苗雨田　著

玉兰带
石崭
王满贯打工记
青春色泽

玉兰带

——苗雨田中短篇小说集

陕西新华出版传媒集团
太白文艺出版社

图书在版编目（CIP）数据

玉兰带：苗雨田中短篇小说集 / 苗雨田著. —— 西
安：太白文艺出版社，2016.3（2023.2重印）
ISBN 978-7-5513-0941-7

Ⅰ．①玉… Ⅱ．①苗… Ⅲ．①中篇小说－小说集－中
国－当代②短篇小说－小说集－中国－当代 Ⅳ.
①I247.7

中国版本图书馆CIP数据核字(2016)第054447号

玉兰带——苗雨田中短篇小说集
YULANDAI——MIAOYUTIAN ZHONGDUANPIAN XIAOSHUOJI

作　　者	苗雨田
责任编辑	刘　涛　林　兰
整体设计	前程设计
出版发行	陕西新华出版传媒集团 太白文艺出版社
经　　销	新华书店
印　　刷	三河市嵩川印刷有限公司
开　　本	787mm×1092mm　1/16
字　　数	242千字
印　　张	14.75
版　　次	2016年3月第1版
印　　次	2023年2月第3次印刷
书　　号	ISBN 978-7-5513-0941-7
定　　价	58.00元

目　录
CONTENTS

玉 兰 带

以当下城乡广阔的社会生活为背景,叙写了我哥叶山木从一个农村放羊娃一步步大胆地走向集镇,走向县城,走向大城市的发家创业史。在我哥创办"典当行"的带动之下,我哥周围的一大批人,当然也包括我在内,都几乎在一夜之间暴富。正当暴富后的我们将所有的钱财完全放心地投入到我哥的典当行里,一心谋求更强大、更超长发展之时,我哥的典当行却突然出现了资金链的断裂,再也付不起如此高额的利息了。在几十亿庞大的资金债务面前,我哥跑路了,我们却无路了。"典当行"如同萦绕在每个人心头的一场噩梦,至今我们都难以分得清楚自己是如何发的和如何败的,究竟是谁谋杀了我们的钱财。生活仍然在继续,噩梦却扎根疯长,而梦想却永远是我们继续向前的力量!

1

不管怎么说,我哥就是个传奇人物。

传奇之一是,义务教育普及了这许多年,高校扩招了这许多时,人人都清一色地读高中、上大学,最次文凭都已是大学专科了,而唯独我哥却只上了还不到三年半的学,连个小学毕业证也未能拿到手。他不读书,到也罢了,他还一股劲地在那里叫嚣:读书能愁死人,谁读书谁是灰尘。但是,奇就奇在,偏偏就是这样的一个我哥,却居然大发横财,捧得个盆满钵满,而且看样子,还有大富大贵的可能。你说这是个啥世道了,你说这令没日没夜苦读了多少个秋冬的我们做何感想?

传奇之二是,在尚未发家致富之前,我哥还是个老实本分地地道道的农民。在家种些许地,出门打些许工,时而卖些许鸡或蛋,时而卖些许猪或羊,时而也卖些许时蔬、玉米、高粱、谷子、糜子、黍子、豆子,时而也还打些许野兔、野鸡、野狐、野獾卖几个钱。总之,自从十多岁踏出校门那一刻起,我哥就已经如同现在二十多岁才踏出校门找工作的大学生一样,开始一心一意、专心致志地苦苦寻觅那棵为生存而栽植的摇钱树了。我哥那时毕竟是小学生,想得很简单,做得也很幼稚,没有一点儿像人家大学生甚至是研究生那样的矜持和高傲,左顾和右盼,前瞻和后望。前面若有一分钱的钢镚儿,我们或许碍于情面不屑一顾,但我哥是个小娃娃,他定然会冲扑上前,将这一分钱紧紧地攥在手掌心里而沾沾自喜上好一阵。初出道那时的他,不管钱多钱少,不管粥稀饭稠,总是先舀一碗吃了再说。他的勇气总是远远超乎他的理智和智力。但这并不能简单地就得出我哥是个有勇无谋的粗人的结论,我哥某些谋事之道,一般人简直就望尘莫及,愧叹弗如。

说了大半天我哥,还真忘记告诉大家我哥的真实姓名了。当然,我也不是个正经搞说书的,我也只是偶尔编个故事,闲来无事而已。今天给大家说的这个我哥,和我的姓名原本仅一字之差,我叫叶崇柯,我哥叫叶崇嵘。名字本是父母所赐,谁也一般不去更改。我哥却说,他没上几天学,不识几个字,名字就简单易认为好,遂将"崇"改为"山",将"嵘"改为"荣",一易而成"叶山荣"了。这个名字倒也不错,可惜他却是个不知足的人,还嫌这个名字烦琐,又将"荣"字更为"木",这样一来,原来由我父母大人起就的好端端的"叶崇嵘"大名,就什么也没有了,只剩下"叶山木"了。我哥却说,看,多好听的一个日本名字。我真难以理解,一个侵华日本,对我们有什么好处?我连带它名字的商品都拒买。于是,我没好气地回了他一句:叶、山都没(木)有了,还有什么好?老祖宗都没(木)有了,还好什么?

我们老叶家在我们这一方天地里,算是人丁兴旺的大家族。我爷爷辈弟兄四人,我的这四个爷爷的四棵大树上,各自又长出了四到十根不等的庞大枝杈,每根枝杈上又分别长出了无穷的枝蔓。这枝繁叶茂的四棵大树号称我们这里的"四大家族",又出一叶,在我们这里常有"一叶障目"之戏称。我们这一大家族里,多年来一直沿袭着一辈一字的族谱规矩,到我们这一辈是属"崇"字辈,因此同辈兄弟的名字总有个"崇"字,而且还都是第二个字,这样就整齐划一,而且单从名字里就能听出是兄弟关系,感觉亲近而自尊。可是我哥,偏偏就搞出了这一没文化的事来,单从名字上一听,他就不属于我们老叶家的人了。他还戏称要将自己划归为日本人,那我们也就没有办法了。但是,在好长一段时间里,我们仍然一直叫他叶崇嵘,直到后来他离开故土,在山头上闯荡了好些年后,社会上人们都尊称他为叶山木时,我们也才不得不那样地叫他了。因为,那时他已经算个人物了,叶山木在山头上算是个响当当的大名堂了,我们再执拗已经不起任何作用了。不但不起作用,相反,我们在很多时候还不得不通过叫叶山木的大名,办成了不少的并不能算作是鸡零狗碎的关键事情。

记得那时的我哥叶山木还是屁大的个放牛娃,有时也放羊,有时又牛和羊一起放。在我们这名叫石峁的小山村里,在这由黄土硬石筑就的沟崾、梁洼、坡谷、渠畔之上,到处都留下了我哥的那双小小的肉脚丫。初出茅庐的我哥,那时做什么事情都非常下苦。他自从我父亲手里接过放牛鞭那天起,就一天没落地赶着牛儿,后来又吆着羊儿,完全以一个壮劳力的姿态将父亲从心急火燎般的放牧中解脱出来,而专心一意地去营务庄稼等繁重的农活去了。从此,我家的牛儿肥了,羊儿壮了,庄稼也长成势了,小日子倒也过得美满而乐足。就我们这个石峁村而言,别人家每天忙忙叨叨地吃两顿饭,甚至有时忙得只吃一顿饭,而且有好些时候还是头天吃剩的旧饭,而我家却每日三餐,一餐不落,并且早上有蛋,中午有肉,晚上还有奶,且所有吃食都是自产的纯绿色食品,吃得人只长精神,不长肥膘,不生怪病。

那时我还在石峁村上小学,下午放学往往很早,还是大半后晌,这时我先不回家,背着个破书包,也是赤着一双小脚丫子,找哥哥一起去放牛羊了。哥哥那时已经自作主张,更名叫叶山木了,但是他却一点也不木,他能精准地估算出我的放学时间,准时站在石峁的某个山巅,向我发出他那黑不溜秋的"牛娃"信号,每每这时,我们弟兄二人就会从两个山巅同时向着对方山头一阵狂奔,在沟底汇成一汪欢快的清泉,彼此紧紧地融在一起,很难分出谁是谁的那股甘泉。

山木哥哥给我讲着大山里的趣事,我给哥哥山木讲着学校里的乐事,当我津津有味地吞咽着哥哥在放羊时给我采摘的酸枣、沙奶奶、紫皮小蒜等各种山地美味时,突然隐隐地感觉出,哥哥原本絮然的脸上飘过了那么一丝忧云。末了,哥哥怅然地说:"唉!还是念书比放羊好,我当时怎就听不进咱爹半句的规劝,真悔呀!"

"那你现在再回去念书,也不晚呀。"我停住了欢快地嚼咽着的嘴巴,颇显稚嫩地说。

"不可能了,这么多牛羊,我走了谁来照料?你会吗?"哥哥向我调侃地笑着,令我幼小的心灵还未能品咂得出那许多的苦涩。

2

哥哥挣到的第一笔钱来自石峁深山。

那年，我已经到本村克乎镇上的克乎中学读初中了，哥哥也还是未满 16 岁的半大小伙子。经过数年黄土地面上的摸爬滚打，此时的哥哥已深谙大山里的全部奥秘。

哥哥拥有一件非常出色的工具——弹弓。这个弹弓从外观上看非常粗陋，是哥哥用树杈和废旧的橡胶、布条、铁丝等就地取材，自己摸索着，反复改进后做成功的弹射工具。它和我的哥哥一样，虽然外表笨拙，但却十分灵活、管用。它除了能远距离驱赶牲畜外，还能在数米开外直取一只狂奔的野兔、一只起飞的野鸡、一群纷乱的鸟雀的性命。正是凭着这把自制的弹弓，我哥除了自己一年四季里不缺野味外，还日积月累偷偷地积攒了一笔不小的卖野味的钱。我哥其实还是很有经济头脑的，当他尝到卖野味得钱的甜头后，他就紧紧地盯上了这一来钱的口子。此时，牛羊他仍然还放，但他的主要目标早已不在牛羊的身上了，他以牛羊为耳目，正全力以赴地去搜捕可快速来钱的"山珍野味"。

现在，除了弹弓外，他的手里又多了一柄铁铲和一把老镢头。此刻，他正高撅着屁股，深弯着腰背，在一道黄土坡梁上拼命地挖深坑，挥汗如雨。

他在挖什么呢？

前几天，他从黄土山峁上探得一个獾子窝，挖出了一只 30 多斤的滚肥圆溜的大獾子，在县城里，一下子就卖得好几百元钱呢。

那天，天刚蒙蒙亮，哥就带着所需的工具上路了。初秋的黄土地面，草丛上挂满了露珠，泥土湿漉漉的，空气里散发出潮润的黄土香气，令人精神随之一振。他顺着进山道路一路攀爬，走出大约七八里地后，拐上了一道坡梁，下到了一条沟洼。这里已没有了现成的道路可走，所有的路途都需要他小心地去开辟探寻。虽然为了找獾子窝到过不少地方，但好多地界他都未曾涉足。世之奇伟瑰怪常在于险远，那些他未曾到达之地，也许正有无穷无尽的宝贝在等待着他去开掘。因此，他就专去挑拣那些他未曾到达的荒蛮之地前行。

转过一座山坳，前面沟底有淙淙的溪流声传来。他气喘吁吁的，很是口渴，不由自主地一阵紧走，草丛里一群山鸡咯——哇——呱——啦——惊慌失措地胡乱逃遁，突然，嗖的一声，一只野兔箭一样从眼前一闪而过，端直跃过前面的清渠，隐入丛林深处去了。

他没有去追鸡，也没有去捉兔，他的心思只在于獾。

他来到小溪边，双手捧起了一汪清清亮亮的泉水，持续不断地送到喉咙里去。水的甘甜在他心间回响起了那首酸溜溜的信天游老歌，令他周身热血沸腾，青春的荒草在不经意间又茂盛了起来……

就在他小憩了那么一会儿之后，突然他的眼前一亮——溪岸的前方，一只肥硕的獾，正在那里喝水。它灰褐色的皮毛在阳光的照耀下，溜滑光亮，尖尖的嘴巴上方，两只骨碌碌的眼睛狡黠地注视着左右，做好了随时逃窜的准备。

他屏息静气，双手悄悄地握紧了老镢把，猫着腰，蹑手蹑脚地悄悄地斜靠了上去。

他将镢头举了起来，看看就要够着了，便使劲地砸了下去……

"打着了！打着了！"他不由得惊呼了起来。

当他再次睁眼看时，却见那獾早已遁入了对面的黄土高坡，在一片茂密的丛林间消失了。

怪事！明明打着了嘛，怎么会突然间遇鬼了？

他将打折了的镢头随手一扔，只身飞也似的追到了对面山坡，在那片灌木丛林间，他突然惊喜地发现了那獾藏身的洞穴。

当下，他拿了那柄仅剩的铁铲，顺着獾洞，疯狂地开始了挖掘。

獾洞是斜着45°角的样子，躲过巨石，沿着虚土，七拐八弯地深入到地底纵深处的。大约挖了有六七米远，那坑已经有一人多深了，却还是不见有探着洞底的迹象。他只好扔了铁铲，无比失望地坐在湿湿的土堆上，暂喘口气。

此时，衣服都湿透了，他干脆上下衣裳全部剥光，只有一条褪了色脏旧的裤衩遮挡住了那片含羞之地。他浑身热气腾腾、汗水淋漓，小小的稚嫩胸脯，狂放地跳荡着，如同汹涌的波涛狠劲冲击着刚刚截流了的全新的坝堤。

他将嫩小的屁股异常疲倦地安放在了那堆散发着热气的濡湿的泥土之上，这就是自己一口气挖出来的小山似的土堆。他难以想象这只尖嘴獾会藏匿得如此之深,此刻沮丧的他还不知道自己还能否将它刨挖得出来。但是,开弓没有回头箭,如若现在打了退堂鼓,那他就太对不起已经挖出的这许多的泥土了。嗅着这泥土的气息,渐渐地,他那酸软了的手臂,他那颤抖着的大腿根,又蓄积起了一股蛮干的力量。他心里非常清楚,这是好几百块钱的大生意呢,不下血本,那钱能轻易地到手吗?唉,他这人就这个脾性,对其他什么都可以不上心,唯独不会让可以得来的每一分钱从指缝间滑落,更何况是如此有诱惑力的大钱呢?

当他再次开挖的过程中,突然从里面传来了吱吱的哀鸣声,他一阵惊喜,终于到了獾的老窝巢穴了!他将事先准备好的铁丝笼子罩在了洞口,而后用一根长木棍穿过铁丝网后探孔驱獾。獾受了疼痛,仓促夺路而逃,不幸落入铁笼,成了他的囊中之物。

他将铁笼收紧后,看着獾那因过度惊吓而瑟瑟发抖的身躯,一股大获全胜的喜悦不由得涌上心间。他将装獾的大铁笼扛在肩上,和獾脸对着脸时,他异常惊讶地发现,獾的双眼落下了几行清清的泪滴。这泪滴不经意地落溅在了他那幼小的心灵石板之上,他忽地感到肩头一阵沉重,人也不由得落地而沉,栽倒似的跌坐在那个土堆之上。

放养牛羊出身的他,对动物有种本能的爱护与怜惜。可是,为了生存,为了那无可拒挡的钱财,他又将猎手伸向了这些生灵。这就像爱牛护羊,最终却是要将它们统统地宰割掉一样不可理喻。现在,他唯一可以做到的就是让它们在活着的时候尽可能地舒适一些,少遭些罪。

于是,他又不知疲倦地开始挖掘那一洞穴了。他想将遗落在洞底的獾的绒草窝巢挖出来,铺在铁笼里,好让他的獾即使是关进了铁笼,也有种在家的味道。反正只要獾还在他的手里一天,他就绝不肯让它去遭罪,至于卖到人家手里怎么对待它,他就无能为力了。就像他只管放牧牛羊,却从不会下手宰牛杀羊,甚至一看到要宰杀这些可怜的生灵,他就会远远地躲避开这一血腥而恐怖的场景。

开挖的结果令他终生难忘!

在他挖掘了还有几铲子的时候,他触碰到一个硬邦邦的东西。他以为是又遇着石头了,就换了个方向去挖。这一挖之后,一些带着垢土似石头块之类的零碎东西出来了。他将其中一块攥在手里,沉沉的,有些分量,但没有石头重。他小心地将泥沙垢土打磨掉,一个乳白泛绿的精致铲形玩意儿,十分奇妙地呈现在他的面前,在太阳光芒的照耀下,反射出奇特的五彩斑斓。他连忙又将其余零碎尽皆打磨除垢,刀形、方孔圆形、圆孔方形等的各种轻薄精妙的玩意儿一一展现在了面前⋯⋯

这究竟是些什么,他也不清楚,但他曾听父亲讲过,这可能就是那些奇特的石峁玉器。若真是这样,他可是发大财了!

他异常慌乱地向四周看了看,蛮荒之丘,空无一人。獾已无奈地安静了下来,正将尖尖的头颅窝缩回肚囊,呈圆球样团卧在了那里。

他虽然惊骇,却加紧了挖掘的速度。不大一会儿,一具塌陷了的棺椁出现在了他的面前。这时,他才发现这只獾竟然将藏身的窝巢安卧在人家上古之人的墓穴里了,而且从不断挖出的大量金银玉器来看,这定是个达官贵人。

说来,我哥也真够勇敢的。在那许多的金银珠宝面前,他没有被上古之人花红柳绿的漆画棺材吓倒,也没有被上古之人那些七零八落的腐朽白骨惊跑。他异常沉着而专注地搜索着那些玉器珠玑,以至于后来竟然忘记了再去捡拾獾的那团绒草窝巢。他可能忘了,正是他心生那种为他的獾捡回那团窝巢的柔绒之性,才使他意外地发现了这一切。

3

不知是从什么时候开始,我们老家石峁山上的外来人突然多了起来。有些自称是考古学者,一来就住上十天半月,整天拿个铁柄探头,在这个山头凿凿,去那个沟底挖挖,谁也不知道他们在搞什么名堂。也有来村子里买古货的,只要是老先人手上传下来的陶瓷瓦罐、石铲玉片等,他们都以极高的价钱予以收购。说来也怪,我们这里的古董石器、陶瓦砖玉还真的是有很多,大多都是大人小孩在耕地放牧中从周围的田间山野捡拾回来的。我们这里穷乡僻壤,穷山恶水,乱石成堆,但是,却家家拥有象征着富贵荣华的玉器。这些玉器多采自山上的乱石堆里。起先,人们都是无意间偶尔拾得;后来,听说专门前来购买石峁玉器的人多了,大家就有意到山上去采掘。在山上那由乱石堆砌成的城墙似的石头缝隙里，往往能找到一窝又一窝的各种样式的精妙玉片。石峁山上，本来就乱石成堆，如此一来，就更是乱石纷纷了。这些石头大体一致，说大不大，说小又不是很小，多呈无规则片状样式，刚好够一个人随手搬挪。好多人家就拿它砌了院墙，既省了窑砖之钱，又结实耐用，胜过窑砖。

考古人员来到村上没几天，就发现了被我哥挖獾时无意间盗掘出来的那座古墓。考古人员和我哥的关注点显然不同，我哥只识得金银玉器，而这些考古人员却将我哥丢弃毁坏掉的棺木、墓室壁画等当作千万年也难以寻得的宝贝。只可惜这么有研究价值的宝贝蛋子，已经被破坏得不成样子。有一位上些年纪的考古人员，抱着那些七零八落的棺木板子，竟然放声地痛哭起来，听他那哀怨惋惜的悲声，感觉这被毁坏的就是他的老祖宗。

很快，我哥叶山木就被抓捕归案了。他根本没有想到，一座两千多年前人类最完好的壁画古墓被他破坏殆尽。

我哥很是丧气。他不遗恨破坏了啥古物画壁，他丧气的是吃进去的金银珠玑还得再吐出来。他真后悔那天没有将挖出的黄土给填平复原，若那样，鬼才能晓得那里埋了个啥。唉，真是时乖运蹇，偏偏就来了这些个考古的家伙，将我的财神爷爷给撵跑了！

我哥客观上只是因挖獾才掘出个古墓，因此和真正的盗墓贼有着本质上的区别，加之他又是未成年人，因此在交出了一些金银玉器，问题搞清楚之后，就被放回了家。当然，吃尽吐不尽，我哥将一些重要的金银财宝，特别是一条上好的玉带等，都截留下来，统统埋藏隐匿，包括我的父亲在内，他都没有告诉。但是，单单就我哥交上去的这些小件玉器，就已经引起了考古界的极大震惊，从而掀起了家乡考古开发的热潮。从这个意义上说，我哥也算是家乡开发建设的有功之臣。因为，自从哥哥无意中掘出那一墓葬以来，家乡石峁的知名度就在全国甚至全世界一天天地高涨起来。山上那些由石头垒砌起来的墙垛，据说有 4000 多年的历史了，被称为是世界上最早的文明古城。

我哥本来不是个文化人，对家乡石峁这些有关石头的历史也似懂非懂。他想的其实很简单，他说地球有多少年的历史，石头就会有多少年的资历，在他看来，土石山畔、川沟河道都是与生就有的，只有生灵草木，当然也包括人，才有年岁不等的生息繁衍,周而复始,无以穷尽。人生苦短,活一辈子就得抓紧时机,混出个人模狗样来。不求历史留名,但求现世得财。

如何得财?

挖獾这条路行不通了。因为自从上次挖獾事件发生后,工作人员进村驻扎,任何人不准再在山里田间胡挖乱采。

无奈,他只好去打些野鸡野兔啥的,换些零花钱使。

我哥从我父亲那里轻松学到了种地的一应本领,但我哥却不是秉承传统的庄稼人。种地对他来说只是春和和秋收,其余时间他都不会待在田间地头去干那些无谓的劳作,拿村里人的话说,他是个很活泛的庄户人。他的活泛在于,什么来钱快,他就去干什么。他是个很善于适应市场经济形势的实践性人物。

我哥在打猎中,获益不少,不过为此所付出的也挺多。工欲善其事,必先利其器。他先是在黑市上买了支老猎枪,就是那种钢管木柄长杆枪。自从拥有了这支长杆枪之后,我哥就常常背着它在山间巡逻,有时候中午也不回家,整日里就在山上度过,饿了就烤山鸡吃,渴了就找泉水喝,一个野人似的。起先,他也就是瞎转悠,玩玩而已,枪法不准,收获很少。但是,经过两三个月历练之后,他的子弹打入山鸡群里,就像炸弹似的,一下子就能炸死一大群。原来,他是将子弹换作打猎专门用的那种铁砂做成的霰弹,这种子弹打出去爆裂后,里面装着的铁砂就炸裂开来,似炸弹爆裂,可将成群的山鸡悉数消灭,一弹打尽。

过去打山鸡,他是满山撵着山鸡跑,结果可想而知,他是人,是永远也跑不过鸡的。现在他学会了隐蔽,将自己伪装成一棵柳或一垛柴,慢慢地靠近山鸡群,悄悄地藏伏下来,专等山鸡一步步地向他走来,等它们到了射程之内,便轻轻扣动扳机,山鸡定会被群而歼之。

那时我哥已满18周岁,是法定的成年人了。但是,看到群而歼灭的那般血腥场面,他多少还是有些不忍。特别是看到有些还未长成年的稚嫩山鸡,他感到内心在隐隐作痛。可是,这是野味,这些野味是可以换钱的。一想到可以换钱,他就又不管不顾了,虽觉得可怜,却也不可惜了。

现在,他不单白天在捕猎,连同晚上也开始行动了。晚上他不用猎枪,用的是"天罗地网"。

晚饭过后,同村想挣"外快"的几个男人在哥哥的带领下,两人骑一辆摩托车,共三辆车子,向着村外荒丘高地包抄了过去。哥哥和叶崇德、张三怀三个人一人骑辆摩托车,负责搜寻和驱赶山鸡,另外年纪大点的叶崇胜、高光仁和高叶盛三个人负责布网和收网。

夏日的高原丘陵,草木茂盛,躲在山林深处的山鸡野鸡,经摩托车灯光照射后,惊吓得如同瞎子一般,挪不开脚步,往往摩托车灯光照射到哪里,它们就跟着追逃到哪里。这样一来,它们就乖乖地被驱赶到了网兜里,一个个成了瓮中之鳖。

同村的这些人,因为跟着哥哥发了一笔不小的财,就时常请他一起去喝酒。渐渐地,哥哥酒会喝了,烟也会吸了,俨然一个小大人。

父亲见哥哥吸烟,也曾管教过几次,但见他还就那样,便不再理他,由他去了。直到后来,他们就互相递烟抽了,也正是从那时起,父亲已经将我哥完全当个大人来看待了。

在天罗地网般的密集追捕之下,我们居住的这片天地间,山鸡野鸡等急剧减少,原本随处可见的这类生灵,已经很少再会出没此间了。可以预见,哥哥的这扇财门,不久将会被彻底地关闭。但是,哥哥却总是会绝处逢生,总是会峰回路转,柳暗花明。

入冬时分,哥哥从外地购买回来了一只猎狗。这只狗四肢细长,体型瘦弱,皮毛呈棕黄色。因为四肢瘦长,奔跑起来速度惊人,是我见过的我们这里陆地上奔跑速度最快的一种动物。

这几年,我们这里实行封山禁牧,野草长了,各种野生动物也跟着增多了。因此,虽然山鸡、野鸡等鸡鸟类被我哥他们集中捕获,狩猎殆尽,但是,狐子、兔子等各类中等形态的动物还是十分活跃,分布广泛的。我哥正是看中了这一点,才不惜重金从外地买回了这只猎狗。

这只猎狗说来也怪,它和家狗就是不同,它只吃肉,从不吃饭,也很少喝水,更是从不向人发起攻击,而只对猎物有兴趣。叫它猎狗,真是名副其实。它的腿比家狗明显地细长了很多,跑起路来更是令那些徒长了一身肥膘的总是在贪吃的家狗们望尘莫及。这只精干的黄猎狗在我哥悉心驯导之下,由它搭手捕获的猎物全都是活口。它将猎物抓扑在地后,一口便咬住了猎物的脖颈,使猎物因一时缺氧而昏迷,当它将含在口中的猎物交到随后骑摩托车赶来的我哥手里时,这只猎物就又慢慢地活了过来。要知道,一只死兔子也就卖上个三五十元钱,可是一只活兔子却要卖到一二百元。逮到了活物,我哥往往就会将一块熟兔肉赏给小猎狗。当然,为表示庆贺,我哥往往是自己先将兔肉咬上一口,然后才将剩余的肉喂到猎狗口中,我哥和猎狗同时大口嚼咽着兔肉,大获全胜的喜悦氛围就有了。这狗也算是太通晓人性了,它为了让我哥有个好的情绪,后来,只要是我哥不先吃上这一口兔肉,它就不吃,即使强喂到口中,也会又叼递到我哥手上。我哥就会苦笑着说:"狗狗呀,你可算是当皇上了,到口的肉还得先让我们这些做奴才的先品尝看是否有毒后,你才肯放心去吃。"

在捕猎的战场上,我哥和狗协同配合,和谐默契,心有灵犀,眼色行事。荒郊旷野,我哥其实是很想和狗狗说话的,但是,在如此紧要关头,说话定会误事,说话已成为多余。他越和狗狗无话,越说明他们已干成了大事。

捕猎讲究的是灵动和速率,在这一点上,与其说是我哥引领着猎狗,还不如说是猎狗带领着我哥。在狗狗的带动下,我哥现在骑摩托车的技术已经是炉火纯青,车人合一了。在那些坡梁沟谷,荆棘丛生的险途陌道,险象环生的几乎无人涉足之境,他就那样单骑着摩托车将油门加得足足的,跃坡上洼,穿沟过渠,翻山越岭,蹚沙涉水,如入无人之境,如同驶上了平整开阔的柏油大道。我在想,狗狗的眼睛如果不是将人看得那样的低,此时此刻它也定会为我哥的车技叫绝的。而我却是着实被我哥的那股勇往直前的豪气给吓得尿流了。要是换了我,我是宁肯被穷死也不会去挣那个"兔钱"的。虽然是一娘所生,但我胸揣的最大也就是个鼠胆,而我哥却是胆赛虎豹。

但是,话说回来,我的担心还未免就是多余,同村子里也在效仿我哥捕猎兔子的高叶盛就吃了大亏。

4

高叶盛和我哥同是属兔,在年龄上却比我哥大了两轮,基本接近我父母亲的年龄。因为要供养两个孩子上大学,他也是被迫无奈,总是想方设法地在打弄些钱。这不,看见我哥骑摩托车追兔子可来钱,他也就学着来了。对于跟着我哥的道道去挣钱,他还是挺有把握的。前一阵子,他不就和我哥他们好几个人一起结网去捕山鸡、野鸡啥的,他也是分到了不少钱的。虽说这些钱距孩子们上学所需费用还差十万八千里,但是,对于本来就缺钱的他来说,有一分是一分,还能那样去挑肥拣瘦不成?

高叶盛骑的摩托车是从城里废旧回收市场上东拆西拼组装而成的一辆旧车。这车因为没有消声器,声音大得出奇。车子在行进时,粗壮的排气筒一股劲地向外冒着焦油味特大的黑烟,就像老家人们生炭火做饭时从烟囱里冒出的浓黑的炭烟。他当然也更买不起猎狗。倒是有一只狗跟着他的摩托车在那里跑动,就是他家那只快老掉了牙的瘦骨嶙峋的黑狗。这狗要么就不会去追赶猎物,要么就追上去一口咬死猎物,是个典型的成事不足、败事有余的货色。气得本来就火气很大的老高,可没少抽了它的耳刮子。

猎兔所需的两样利器,一样都不好使,加之老高年龄又偏大,在这一战场上,他获胜很少,收获自然也不多。不仅如此,那一日,老高的摩托车在翻越一个很小的壕沟时,车子向前猛一扎,头像脚似的猛一落地,才觉得颠倒了,等他反应过来时,脖颈疼痛得已经再也不能挪动了。好在那天天不太黑,我哥随后赶到,将他送往了福驰市医院。那时已是数九寒冬,要不是我哥及时赶来,他那天即使没有被跌死,也肯定会被活活地冻死的。

高叶盛再次回到石峁村时,人就完全变换了一种形态。

由于颈椎严重挫伤,本来就细弱的脖颈已经再也难以支撑起他那颗沉重的头颅。为了使脖颈能够彻底地休养生息,医生给他戴了个像盔甲似的支架,从肩胛骨向上,一直顶托到那颗脑袋,将他那管细长的脖颈像骨髓似的保护在了中间。原本可承托起一个人一片天空的那管脖颈,如今像那刚出锅的易碎的豆腐似的,被牢牢地固定在了特制的槽子里面。现在他才猛然领悟到,一个人不是头脑最重要,而是可以顶托起头脑的脖子才最最重要。

高叶盛一天二十四小时戴着这一支架,被村里人称作是"装在塑料壳子里的人"。他已经什么活也干不成了,完完全全地成了一个废人。要知道,什么人都可以被装进壳子里面,唯独农民不可以,因为农民是凭苦力吃饭的人,干不成活,让他们吃什么饭?谁给他们饭吃?刚被摔了时,他也没去想那么多,可天长日久这样下去,两个正在上学的孩子谁去供养,一家人吃喝开支怎么办?越想他越觉得没有出路,越想越觉得活着不如死了。死倒容易,可是老婆孩子们谁去照管? 唉,真是连死都难了,连死也没有个出路了。

其实,他的伤主要是头颅和颈椎交界处的骨骼断裂。本来是通过固定后,想让断裂的骨头自然愈合。可是,高叶盛家也实在是太穷了,就连给他养伤的营养餐都没办法保证,每天就是清汤寡水,粗粮野菜,瓜粥面糊。按说他的媳妇倪英莲还算灵巧聪明,她就将这些有限的食材,想方设法做出新花样来,哄着丈夫高叶盛,能多吃一碗是一碗,能将身子早点补起来,就补起来。她的这些吃食,遇整天肥酒大肉的高富贵们确实是最稀罕的,但对于此时此刻的高叶盛来说可能就是最致命的,因为他断裂的骨头快一年了始终未能愈合,支架就一直在脖颈上架着,不能被拆卸下来。

这时,我哥就真着急了。他想,为人为到底,救人就救成个人。全村不能大家都好好的,就让一个高叶盛戴着个支架,像个犯人似的,任人观瞻,这不是让小看我们的这些人看笑话吗? 更何况人家高叶盛还是咱"打猎队"中的一员呢。不知何时起,我哥将他们自称是"打猎队"了。

我哥啥话也没说,叫了辆车就将高叶盛拉走了。他们这次没有去市医院,而是直奔省城的京东医院。京东医院骨科的桑红雄教授详细检查后,经科室认真讨论,决定为其实施手术。

高叶盛一把抓住桑教授的手,激动得热泪盈眶,他用颤抖而沙哑的声音说:"桑教授呀,我何尝不想卸掉自己身上的这一副受罪的架子呀,难道我还要摆什么架码不成? 我实在是没有钱呀!"

桑教授一听,愣了。他扶了扶架在鼻梁上的那副精小的眼镜,突然感到镜片有些模糊。他随手将眼镜摘下来,先用兜里的纸巾擦了镜片,又用另一兜里的手绢拭了下眼睛。他的眼睛红红的,看上去很有些难过,他正想说什么时,我哥突然走上前来,说:"桑教授,你尽管去安排手术,钱的事,包在我身上!"

桑教授又是一愣,说:"你是他什么人?"

"一个村的。"

"哦——"

桑教授话未说完,已被医生叫走了。

京东医院给高叶盛实施的是"导航辅助下寰枢椎脱位复位、椎弓根螺钉内固定、植谷融合术",利用术中 CT 扫描获得患者实时影像数据,再输入导航系统进行三维重建后,在实时导航的引导下,避开血管和神经组织,将 4 枚螺钉准确植入寰枢椎的椎弓根内,通过钉棒固定,将脱位的椎体恢复至正常位置,从而避免了以前的将头颅和颈椎固定成为一体。高叶盛在被推入手术室要求家属签字时,桑教授向他如此详细地介绍了这一手术的概况。

经过 4 个多小时的精心施术,手术圆满成功。第二天,高叶盛即可下地活动了。由于卸掉了那副烦人的支架,也没有了以前那种头颅完全由肌肉和韧带支撑而随时可带来的高位截瘫的风险,将头颅又重新安放到脖颈上的高叶盛,此时,甭提有多舒心,有多高兴了。他就像重获新生一般,抱住了我哥放声号啕,那哭号之声,正似婴儿刚刚坠地。

离开省城回家那天,我哥和高叶盛在一个小饭馆里喝完酒后,高叶盛拉着我哥的手说:"山木呀,山木,你就是我的再生父母。我高叶盛,没有你,我拿什么去茂盛呢?啊?对不对,这都是命啊!命!"

我哥说:"别说那些感天动地的,其实你不跟我打猎,也不会出这事,遭这罪的。不是我救了你,是害了你才对。我这叫将功补过,不要放在心上!"

高叶盛红着眼圈说:"不对呀!每个人一生下来,就都会注定要有离奇的一死,但死时总不能怨怪父母吧?总不能不讲良心说父母生了你吧?此一时,彼一时,不能那样纠缠,否则人生的这团乱麻,就会乱翻了天。……你救我的钱,我会还你,不过还得等我有了钱。"

"不!再说还钱的事,我就和你一刀两断!"哥哥突然火了,向高叶盛喷射着一点便可燃烧的浓烈的酒气。

高叶盛从桌子边站起来说:"好!什么也别说了,咱弟兄们,回家!"

我哥笑了,说:"这还差不多。一窝兔子,不分白黑。"

5

也许是因为亲历高叶盛受伤这件事后感觉骑摩托车捕猎凶险太大,也许是因为父亲经常教导他不能年纪轻轻的就那样去杀害生命，也许是因为县林业派出所经常在明察暗访抓捕盗猎者，也许是……总之，我哥已经将小黄狗忍痛出售，不再打猎了。

父亲见我哥突然间醒悟了，很是诧异。自己的孩子，他最清楚，执拗而又傲气的我哥，其实就是个一条道要走到黑的人，他自己如此热衷的这事突然洗手不干，还真是让人觉得有些蹊跷。

一向耿直不爱多话的父亲，就有意向我哥靠近。他拿出了家里招待己亲时才肯抽的好烟，自己先抽了一支，又将另一支递给我哥。

我哥见父亲像有意给他烬抽，很好奇地看了他一眼，将烟拿在了手里，端详了起来："哟，爹的档次还挺高，抽的还是'好猫'。"

"好烟赖烟，嘴上冒烟，都就那么一股子熏人味道。我来问你，最近真的不打猎了？"

"嗯，上面查得紧，怕被抓。唉，爹，这兔子、狐子、野鸡等，也算野生保护动物？狐子……"哥欲言又止。

"不清楚。共产党的天下，人家说是，那肯定就是。我们是老实本分的庄户人，遵规守矩总不会出差错。前厂天，我听说邻村的人用啥电网捕猎，竟将人家的一头牛给电死了。幸亏是牛，若要是人，那可就闯大祸了。所以说，孩子呀，你现在收手不干，爹是打心眼里高兴呀。你现在也老大不小了，过段时日，等地里的活不多了，爹托人家给你找个媳妇。到时候有了媳妇，你就会有人指教了，爹也就安心了。"

哥哥默默地听着，再没有回话。一支烟吸完后，他又自己去取了一支，父子二人不大一会儿，就将那孔土窑洞包围在烟雾之中。母亲一阵干咳，连忙去将门窗打开，哥哥也站起身来，随着烟雾，溜了出去。

哥哥心里清楚，他不再去捕狐猎兔的真正原因是，有一件怪异的事情吓到了他的魂灵。不过，关于这件事，他不想对任何人讲，包括自己的父亲，因为他害怕只要提念起来，再将自己给怕晕了过去。他不怕天，不怕地，单就害怕丢了魂儿。

那天，我哥是在黄昏时分跨上摩托车兴冲冲地带着黄猎狗出发的。

初春的高原大地，乍暖还寒，刚刚破土而出的青草嫩苗，在黄昏的寒风中瑟瑟发抖，不时将稚嫩的头颅深埋于枯草萎叶之中，试图躲过即将到来的寒夜的袭击。远处，猫头鹰的鸣叫发出旷远的回声，声声撕裂着依然瘦弱的荒山枯水。摩托车在有节律地突突行进,黄猎狗像个忠诚的卫士,护佑左右,这多少有点像鬼子进村的影视画面。

今天我哥刚"进村"就收获了不少,但都是些鸡兔之类的小玩意儿,他一直期望的越冬狐却始终没有出现。狐贵一张皮。经过一个寒冬的休养,此时的狐皮价格最为昂贵,有初春狐皮赛黄金之说。待到春末夏初天气转暖之时,狐皮绒毛随季节自然褪去后,它也就失去了那般光鲜金贵的价值而变得极为寻常了。

随着黄昏最后一缕霞光渐行消退,天色渐渐暗淡了下来,再过一会儿,我哥就准备开启摩托车的大灯行进了。此时,左前方不远处突然像有赤黄色的东西一跃而过,转瞬间即和黄昏的色泽融为一体,使人难以分辨澄清。他以为是摩托车走得疾速,眼花了,但此时的黄猎狗一声啸叫,向着刚刚闪现的那团赤黄色猛扑了过去,他心间一震,是条狐狸!

已经冲扑上前的黄猎狗,突然像被谁狠狠地抽了一棍,吱吱地哀鸣着退缩回来。

他猛地加了一把油,准备一冲上前。令他万分惊奇的是,他原本好端端的摩托车非但没有前进,反而开始了后退,就像失去了动力源的空挡车,正从半山崖上疾速向后倒退着溜滑了下来,他当即便昏死了过去……

不多时,他就被那只面尖尾长,耳朵呈三角形,像狼一样瘦小而通体赤黄的狐狸押解着送到了阎罗殿来。在阎魔罗阁面前,这个狐狸精历数了我哥连杀它们祖宗四代大小老少20多条性命的血腥罪行,一再提请阎王爷将我哥予以炸油锅、分五脏、挖六腑、钉铁柱、绞肉泥等重重惩罚。我哥听闻,当即便被吓得尿了裤裆,屁股冒屎,搅得阎殿更加肮脏不堪。

阎王恶心地摆摆手说:"看在他曾经救过人命,有七级浮屠之功,此等贪赃鬼,还是发配到人间让他遭罪去吧,等他人罪受满期后再来予以惩处不迟。这笔账暂且记下。"

一听阎王爷说推后惩处,我哥连忙磕头谢恩。

谢恩已毕,我哥便在无常鬼的带领下,赶在万家灯火之时,又复还于人世之间了。

6

春耕忙过之后,我哥就由石峁村搬迁到了克乎镇上。他在镇子上办起了一家超市,取名"山木米面粮油副食五金百货超市",简称"山木超市"。超市货全面广,只要是农村人所需的吃喝用度,在他这里几乎都能买到。

我哥由一个种地捕猎的能手,一下子改行做起了买卖,大家都觉得他的变化实在不小。除了吃惊,就是艳羡。在众人的惊羡之中,他的生意就日渐红火了起来。

首先是我们石峁村的人,听说我哥发了,做起了生意,到了镇子上,都以买东西为名,顺便过来看个究竟。看过之后的一致结论是:山木这小子果真有所作为了,出息了!已经不是昔日那个放牛赶羊娃了,也已经不是过去那个翻山上洼、猎鸡捕兔、搜獾打狐的调皮货了。有几户人家就动了心思,准备将自己水灵灵的女儿嫁给他。

其实,我哥仅是从村子到了镇子,又不是到了政界。他一没有升官,二没有发财。不但没有发财,反倒为开超市又投入了一大笔钱财,除了将昔日卖野货攒下的几个钱投进去以外,还借了一些钱,并且他的好多货款到现在还一直在赊欠,刚刚才起了个步,他能发得了什么财?父母亲也上了些年纪,并且身体一直很差,农忙时节,他就关了超市的门,还得回去帮种、帮收、帮浇地、帮锄苗,帮好多好多的大小事情。因此,他的超市其实是属于半超市,即半农半市。相当于一个是吃皇粮的干部,一个是在家种田的夫妻二人,两边都要照顾协调好。父母亲心疼我哥,就打算来年开春少种些地,好让我哥专心超市经营,免得来回两头跑,两头折腾,结果哪一头也做不好。

第二年,我哥往家里便跑得少了。现在,他打算向镇上的信用社贷一笔款,再新上一批货,以便使空荡荡的货架显得琳琅满目,使作为上帝的顾客朋友们有一种可信的满足感。

克乎镇信用社的主任吴泽华就好那么两口小酒,平时就爱打个麻将啥的,也算个性情中人,和本地老百姓关系不错,常肯帮助百姓们办些事情。这天,我哥将超市门早早关上,骑了他的那辆曾带着他出生入死的摩托车,来到了吴主任的府上。

刚吃过晚饭不久的吴主任,正坐在他的那间办公室套着卧室的房间里看电视。电视的内容也实在是过于精彩了,以至于叶山木进门后,他都没有发觉。这使得叶山木陷入了万分尴尬的境地。你到了人家门上,人家不理你呀!你说这丢不丢人,气不气人?

他想迈腿走时,看见电视上的一对男女搂抱着走上了床铺,那个男的先三下五除二地褪去了自己的衣物,又一件一件地脱去了女子的衣服,两人就翻滚在床,在他睽睽注视之下,开始了酣战。他胸口一热,感觉身体憋胀得紧张,就不由得呻出声来……

吴主任被无端地吓了一跳,抬头一看是镇子上开"山木超市"的小老板,就红着脸问:"你怎么来了?"

"我怎么就不能来了?"

"哦——能来,能来。"吴泽华很快回过神来,忙笑着说,"怎么,有事?"

"想请主任去喝两盅,主任该不会不给这个面子吧?"叶山木直话直说,咄咄逼人。

吴泽华好奇地看着叶山木,心想,小小个后生,还长势气了。遂大声答应说:"好!就和你小子好好较量较量。"

他们选在本镇最豪华的御景饭馆喝酒。饭馆老板朱其祥是叶山木的朋友,两人虽然结交时间不长,但关系却相当深厚,常以兄弟相称。朱其祥给他们安排好座位后,笑着说:"行啊!山木小弟,你竟然将咱们镇上的财神爷爷给请来了,佩服呀!佩服!"

吴泽华不客气地半开玩笑说:"少说那么多废话,快给财神爷上酒啊。"

叶山木说:"对,快上酒,另外叫几个唱家来,好好给财神爷捧捧场。无酒不成宴,无乐不成酒嘛。"

"好嘞!"朱老板高兴地应声而出,连忙安排去了。

不多时,红油猪耳、干炸兔肉、山鸡伴野、大快丰收四道凉菜摆上了桌面。

叶山木一看,除了最后一盘大快丰收是由朱老板自己做的时新蔬菜大荟萃而外,其余的三道菜全是他从自己家拿来的纯绿色食品,其入髓入骨的馨香味道,是其他任何山珍海味所不能比的。朱老板正是凭借着他为其提供的这些绝味食材,才将饭馆办成了本镇最为吃香的一家,不过除今日而外,他已再没有这些货物可提供给他了。

吴泽华盯着桌子,眨了眨细小的眼睛问:"怎么全是肉?"

"此肉,非彼肉矣。"朱老板笑着说。

"对!非比肉,非比肉!"吴主任说着,笑着。叶山木听出了味道,也忍不住笑喷了嘴:"什么比肉,这不就是我带来的野鸡肉吗?"

在众人的一片哄笑声中,开席了。

在座的另有吴主任的两个同事,一个年龄大点,一个年纪尚小,应该是刚工作不久。席间又来了吴主任叫来的两个女同志,一个是少妇,一个是少女。

吴主任说:"女同志过来捧个场,大家才能红火起来,光几个大男人在一起喝猛酒,也没啥意思。"吴主任手掌向着那位皮肤白嫩,面色略含娇羞的少妇示意一下,介绍道:"这位是咱们镇政府的妇女主任李香梅女士。"

李香梅含笑着同大家点点头,将飘逸的秀发随手向后捋了捋,显得楚楚可人,令在座的几位不由得多看了几眼,连说:"李主任年轻有为,了不起呀!了不起。"

吴主任又将手掌心向上举着,像端着个什么似的,移到了那个少女面前,李香梅忙说:"这是我表妹,名叫姚盈盈,是咱镇子上的老住户,没事常到我那里来做个伴,倒使得常出门在外的我也少了些孤单。"

盈盈姑娘红润的脸颊泛起了润红,不好意思地略微点头,竟然不敢大胆地看人。

吴主任接过李主任的话说:"盈盈姑娘是咱们的小妹妹,咱们照应着点她。来,吃菜,吃菜。"说着,他将一块山鸡肉夹到了盈盈的吃碟之中。

盈盈忙又不好意思地说:"我自己来,自己来。"

吴主任说:"都是熟人,你不喝酒,就多吃点菜,不要客气。"

吴主任刚说完不喝酒,这时酒盘子就端在了她的面前。叶山木对每一位到场的客人,要尽地主之谊。姚盈盈常到"山木超市"买东西,对于叶山木她其实是很面熟的。叶山木也好像记得在哪里见过她,有点面熟。盈盈礼节性地接了叶山木敬过来的酒,轻轻地呷了一口,杯中的酒却依然紧贴杯沿,并未见到少了那么一口。

"盈盈女士,这一杯喝了,我叶山木做东,你就给捧个场。"叶山木看着姚盈盈欲喝不能的样子,遂开口劝酒。

姚盈盈听出叶山木像似有求于她,心柔软了一下,就异常痛快地将那杯酒送入了口中。令她万万没想到的是,如此芳香四溢的一杯酒,入口后竟然是如此毒辣,她本想一口吐掉,但还是忍住了,无比可怜地弯弓了腰身,无奈地吞咽了下去,顿觉胸口发热,一股热泪涌来,令她显得那样狼狈。

吴主任看着盈盈如此豪爽,先是一愣,后来看她竟是如此稚嫩,不由得笑出了声来,怜香惜玉地说,:"要锻炼,要锻炼呀!"

李香梅怜惜地摸着盈盈的胸背,似有几分嗔怪地说:"不会喝酒,还喝。就这一杯,再可不能喝了。"

盈盈泪眼迷蒙,似受了委屈的孩子般,在姐姐的安慰提醒中使劲地点着头。如此烈性的辣酒,在进入她的娇嫩之体后,迅速地释放扩散了开来,使她心跳骤然加速,血管急剧膨胀,浑身紧缩的肌肤逐渐开化柔软了起来,通体有种突然松弛之后的愉悦感,像汗流浃背的父亲将收获了的粮食扛进了粮仓,像烟熏火燎的母亲将亲手做好了的美餐端在了家人面前,那种无名的成就感和幸福感突然滋生,令她满身舒坦。晕晕乎乎间,美好的奇思妙想尽从心头散发,使她显得异常兴奋而活跃,一种氤氲之气在冉冉升腾。在这一翻腾的云气之中,她看到叶山木的形象特别高大而帅气,一种久藏于少女心底的美妙情怀,无端地开始泛滥。

叶山木看见这一杯酒下肚后,被整得痛哭流涕的姚盈盈已经彻底地缓和了过来,内心也跟着安然了下来,同时,他也再不敢劝她喝酒了,只是示意她吃菜,再吃菜,以此来淡化他心中的歉疚。姚盈盈不时友好地看着他,使他内心一片慌乱,还好,酒壮怂人胆,他便毅然承接了盈盈姑娘传递过来的热辣辣的目光,心里热乎乎的,像似酒精被她的目光点燃,有种被焚烧般的畅然豪气。不知不觉中,他又多喝了几盅。当他又要将一盅酒送入口中时,盈盈突然从座位上站起来说:"叶山木,让我来喝。"说着将酒杯接在了手里,大家还没有回过神来,她已经将酒喝掉,把空杯子递回到了叶山木手中。她好像吃了个大辣椒似的,大张着口,嗷——嗷——地叫唤着,苦不堪言。

吴主任惊愕地瞅着姚盈盈,将那被酒精燃红的一张脸朝向了叶山木说:"你们认识?"

"嗯,一点点,一点点。"叶山木慌乱地点着头,随口答道。

李香梅用诧异的眼神打量着他们俩,附耳悄声问姚盈盈:"妹子,你何时认识了这个叶山木？我怎么从来没听你说起过？"

"他是'山木超市'的老板,我们都常去买东西,你也认识的。"姚盈盈的回答毫无破绽。

"可是,看上去,你们的关系可不一般。"

"不就一杯酒嘛,有啥不一般的。"

"可你从不喝酒呀!"

"我这不是开始喝了嘛。"

"哈哈,你真逗。不会是看上他了吧?"李香梅也喝得有点酒大,最后这句话,让叶山木听进了耳朵。他的心脏突突地跳腾着,怀里似揣了个小兔,绵软得不肯安生。

"姐,你说啥呢?"姚盈盈突地羞红了脸面,借着酒的力度,红晕波及脖颈,扩散周身,薄嫩中,荡漾起熟透了的诱人姿色。

大家正说笑间,朱老板带着几名唱歌小姐进来,给大家一一敬酒献歌。随着嘹亮歌声响起,将酒席氛围推向了高潮。

吴主任喝得有点大,不住地要将李主任的手攥到掌心里去把玩,还说:"你们妇女主任才是最伟大的主任,把持着半边天呀!"李香梅也拍着他的手说:"我们只是个虚职,哪有你们管钱的厉害,整天吃香喝辣,财神爷爷呀,谁敢不去敬畏! 来,叶老板,快给吴主任再满上一杯,让他多多支持你的事业。"

"没问题,不就是个十来八万的贷款吗? 我答应。"吴主任有点晃荡地看着叶山木,又说,"不过,你要找两个贷款担保人,这其中第一担保人还必须要有工作,第二担保人有无工作都可以。"

"我给担保!"李香梅异常爽快地答应道。

"好!"吴主任一手轻轻地拍了下桌子,另一手又拍了下李香梅的大腿。

"我也给担保。"姚盈盈见这事要成,忙煽风点火,添了把柴火。

"好,好,好!"吴主任一连说了几个"好"后,竟然趴在桌子上睡了过去。吴主任喝大了。

大家见好即收。由信用社的两位同事一左一右搀着吴主任,李主任和姚盈盈结伴而行,叶山木独回超市,如此各自道别散去。

7

自从那次赴宴回来之后,姚盈盈就显得有些心神不宁。23 岁的她,已经到了找对象的年龄,但至今还没有一个年轻人令她心动,直到那天见到叶山木后,她的眼前突然生出了一片痴绿。在"山木超市"见到这个帅小伙时,她心想,这一帅哥肯定是有对象了,所以没敢仔细去打量他,直到那天酒席中,当得知他还没有对象时,她才将他大胆地多看了几眼。越看,心越跳得慌;越看,越觉得难以收敛。

这几天,她一有空就去"山木超市",经常帮叶山木卖货啥的。叶山木说:"盈盈,你要愿意就给我卖货吧,我给你开工资,这样我就可以帮父母回家种地了。"

盈盈说:"可以啊,不过,我不想挣工资,我想当老板。"

"你可以当老板娘。"山木笑嘻嘻地说。

姚盈盈很是认真地说:"说话算数,我可就当老板娘,住这不走了!"

叶山木停住了笑,也装作很认真的样子说:"真的!我这什么东西都不缺少,就缺少个老板娘。"

盈盈听了,咯咯地笑了,说:"你可真会说话呀,叶山木。"同时走上前去,将她的小拳头轻轻地打在了他的胸口,如同触碰到了他的心房,令他为之战栗。他本想将她一把揽在胸怀,无奈,超市进来了顾客,他慌忙去照应,显得有些不大自然。

在日渐交往中,叶山木得知,盈盈父亲姚占山是克乎镇本镇人氏,祖辈一直在镇上做生意,赚了不少钱。姚家如今做的是建材生意,主要经营钢筋、水泥、各类陶瓷等建筑装潢材料。他的家虽然安在镇子上,但他在余兴县城和福驰市等地都有房产和门面店铺。他有两个儿子和一个女儿,儿大女小,三个孩子从小都不屑于读书,单等待着长大后继承祖业,发家致富。如今大儿子姚福兴在福驰市开建材门市,做建材生意;二儿子姚福旺在余兴县城开建材门市,也做建材生意;父亲姚占山则在克乎镇老家开建材门市,做生意。父子三人各占一方市场,呈一鼎三足之势,撑起这个财富宝鼎。

如今,姚家的两个儿子均已成家立业,在外打拼,只有这一小女儿盈盈一直陪伴在父母身边,被父母亲视为掌上明珠。两个儿子不时传话说给盈盈在城里找下了个好对象,但父母亲害怕盈盈也像两个儿子似的远走高飞,就一直将她拖延在家。但是,当他们得知盈盈新处的男朋友是叶山木时,又坚决反对,认为叶山木无论从哪一方面都不配他们的女儿。这下可急坏了盈盈,一度在父母面前大吼大叫:"你们是做生意的,人家也是做生意的,人家怎么就与你们不相配了?"

"他做的那也叫生意?那能与咱们相提并论吗?"姚占山没好气地回敬女儿。

"不要忘了,咱们祖上也是卖货出身。人家才刚刚起步,你怎么就认定人家会不如个你?"盈盈哭着鼻子,一甩手出门去了。

"你去哪,盈盈。"父亲见女儿要走,忙缓和了语气,关心地问道。

"去我姐那儿!"盈盈语气生硬,头也不回地走了。

姚盈盈并没有去镇政府找她表姐李香梅,而是直奔"山木超市"而来。一进门,她上前一把拉住了叶山木的手说:"走,咱们领证去。"

"领证?领啥证?"叶山木一头雾水。

"结婚证呀!"

"啊?"

叶山木顺手摸了把盈盈的额头,说:"也不烧呀。"

盈盈随手打掉了他的手掌,像真生气了似的说:"真的,不跟你开玩笑。我父母不同意咱俩的事,咱们就先去结婚,等证拿到手了,看他们还有啥说的。"

"那不更不同意了吗?"叶山木颇感吃惊,觉得这样做不妥。

"反正我的事,我做主,他们谁也别想干涉。走!我们这就领证去。"盈盈说着,就又上前去拉叶山木。

"行,行,我这就去准备,去准备。"叶山木嘴上答应着,心里却想着如何消了她的这口气。他猜到盈盈肯定是为这事又和父母吵架了,这会儿正在气头上呢。这个小女子,模样儿娇嫩,脾气却辣。尤其对父母,还是有点狠。

怎样消了她的气呢?他就一拖二哄三劝说。先拖延着,这不超市正忙嘛。再哄她高兴,说她爱听的,夸她的皮肤白、容貌俊;夸她个子高、身材好;夸她穿着得体、会打扮;最后劝她,不要和父母斗气,慢慢一步步来,父母总会同意的。一句话,他们的爱情行程,前途是光明的,道路是曲折的,要有做好长期战斗的思想准备,切忌急躁轻率,心急吃不了热豆腐,一板一眼,稳扎稳打,方为上策。

盈盈听他说得头头是道,火气如同冰山之雪遇到了暖阳,无声无息间便消融殆尽。她将脑袋靠在山木结实的胸膛,仿佛听出了他的全部心思。

叶山木感觉着乖巧的盈盈紧紧地贴向他的心头,并无多少文化的他,一下子就想到了"贴心人"和"心头肉"这几个字眼。看来,女人真是男人的催化剂,她可以使朽木逢春出新苗,她可以使枯石遇雨绽莲花,她可以使锈迹宝剑露锋芒,她可以使膏肓病身换新颜。

他紧紧地搂着她,感觉她是他前世修来的姻缘。现在其实不是她离不开他,而是他离不了她。他真的很害怕一旦盈盈的父母坚决反对,他们不能走到一块,他会是怎样的一种寻死觅活的状况。现在真正着急犯愁的不是盈盈,而是他。他必须要为此而有所行动。

他想到了一件利器。

当他将这一利器拿到盈盈面前,并且说要作为定亲礼物送给她父亲时,她简直不敢相信这会是真的。

她也学着他的样子,随手摸了把他的额头,说:"脑子不热呀。"

"热不热都得送!"叶山木斩钉截铁地说。看来他已经做好了投玉问路,投玉定亲的打算。

他哪里来的玉呢?哦,就是那次在石峁挖獾时……

那不是都上交了吗?

吃尽吐不尽。看来,他还是留了一手。要说,这一手可留大了。他将那次得来的最贵重的一件物品在最关键时刻拿了出来。是什么呢?

——一条玉兰带。

姚盈盈虽出身富贵人家,可是她却从未见过如此华美金贵的一件宝物。这玉兰带,整体温润而又充满鲜美光泽,玉饰四周一团宝蓝色或者墨绿色,中心雪白的地方有许多美丽的斑点,令人望之徒生奢想,捧之欲罢不能,爱不释手!

盈盈动心地说:"你玉兰带归我,我人归你。"

"那不行,你这个人现在可不属于我,你是属于父母,父母说了算。"叶山木半开玩笑地说。

盈盈手捧玉兰带想了想,说:"好吧,你给了我父母,父母也一定又会转手给我,这么好的东西,他们哪里舍得从我的手里去抢夺?"

　　这一天，叶山木提些礼物，怀揣玉带，登上了姚占山的家门，准备正式提亲。提亲只是他自己的一厢情愿，说靠谱点，其实就是探亲、试探之意。当然，他的这探亲其实是比提亲还要有把握的，因为，盈盈这张王牌他是紧攥在手心里的，使他有十分的胜算而又占尽主动。

　　盈盈的父母亲都在家里。这都是盈盈查探好之后，才通知他过来的。他们里应外合，准备打胜这关键的一仗。

　　他从镇街上走过，心里有几丝忐忑不安，感觉像去偷人似的，心里虚得慌。等到了姚家门上，几次想按动门铃，却犹犹豫豫下不了手。他真想迈步离开，却又被理智挡住了脚步，最后只好硬着头皮去闯。他在心里感叹自己，做贼也不过如此吧。

　　他轻叩门扉，开门的是盈盈。盈盈像对待过门金龟婿似的，甚是亲昵地拉着他的手，一起来到了父母的身边。父母亲正在院子里纳凉喝茶。此时，天色已晚，街上的建材门市早已关门。

　　"这是我对象叶山木。"盈盈开门见山，直截了当地介绍道。

　　"叔叔、姨姨，二位老人好！"叶山木礼貌而谦卑地问候过两位老人。

　　姚占山和他媳妇借着灯光很被动地上下打量着叶山木，半天后，姚占山才说："你就是那个卖货郎叶山木？"

　　"啥卖货郎，人家开的是大超市，别那么损人好不好。"盈盈搬了个凳子让叶山木坐下，没好气地回敬父亲一句。

　　"你住嘴！我又没问你，这里没你的事！"姚占山突然火了。

　　"大人家，别那样和孩子们使性子，有话好好说嘛。"姚占山媳妇职嫦娥忙用指头在姚占山背上一戳，提醒他不要发火，和气生财嘛，真是的。

　　这时，叶山木拉开了夹克衫，将玉兰带从腰间解下，轻轻地捧在手掌心。玉兰带携带着他的体温，在灯光的照射下，浑然天成，光彩艳丽，绽放出晶莹剔透、墨绿宝蓝的绝世光华，将自认为见识过世面的姚占山惊得目瞪口呆。

　　职嫦娥好奇地走到女儿身边，一脸疑惑地问盈盈："这是什么？"

　　"玉兰带！石峁山上出土的上古宝物，价值连城，抵得上整个余兴县城。"盈盈无比骄傲地炫耀道。

　　我哥看着姚占山垂涎欲滴的样子，将玉兰带托起来，像托着自己生命似的，交在了姚占山的手中。

姚占山手一哆嗦，十分小心地将玉兰带接在了掌心。他用手轻轻掂了掂，感觉沉甸甸的，分量不轻。仔细打量，玉带温润细腻，柔和亮泽，玉润中透着宝蓝，宝蓝中泛着金玉，是世间独有的奇珍异宝，得之犹如得天地呀！这一定是出自宫廷或达官贵人之手。那么，它是如何到了叶山木手中的呢？是祖传，是偷盗，是买卖？还是……

姚占山正对着玉兰带发痴发愣时，叶山木说："叔叔，这一玉兰带是作为我和盈盈的定亲之物，今天就特意交在您老的手中。我今天来，也是正式向您老提出我俩定亲的事，希望您能同意我们成亲结婚。"叶山木看着姚占山，等他回话，却见他还在盯着玉兰带犯傻，就又补充说，"您老今天没有考虑好，我等明天；明天没有考虑好，我等后天；后天没有考虑好，我等大后天。反正我就这样准备一直等下去，直到您老同意了我们的婚事，我再登门正式提亲。"

姚占山手捧玉兰带，没有说同意，也没有说不同意。但是，他的态度明显温和起来，他说："女儿大了，她的事我们做父母亲的也就是尽责而已。女大十八变，变来变去不便管。管得浅，不起作用；管得深，就结怨。就像烫手的洋芋，怎么拨弄都是是非。她自己的终身大事，我们劝她想好后，再做决断，不要头脑发热，意气用事，更不要感情用事，到头来后悔可就来不及了。"

"爸，有那么恐怖吗？这是找对象，又不是找陷阱，还害怕掉进去不成？"盈盈听父亲越说越离谱，没好气地说。

"找不好就成陷阱了。"

"那我也愿意。"

父女俩又犟上劲了。

职嫦娥忙起身去给叶山木添茶，打圆场说："今天就先算我们见了个面，一面生，两面熟，互相再先了解一段时间，你们娃娃了解娃娃的，我们大人了解大人的，等互相了解得差不多后，我们再正式说定亲提亲的事。孩子他爸，你说怎样？"

"就这样吧。最起码的门三户四总得打问个清楚嘛，养儿养女都难哪。"姚占山摸了把谢顶的头颅，算是初步应下了这事。

盈盈喜滋滋地将叶山木送出门外，在夜幕下，情不自禁地将她的山木含在了口中。叶山木也觉得他们的事情犹如紧紧关闭着的铁门开启了一条缝隙，他就顺着这条罅隙猛插了一杠子。盈盈上口喉咙在他舌尖的有力探触下,隐隐有点喘不上气来的咽塞着的感觉。盈盈下身被他硬邦邦地顶着,润湿了一片,令她有种透不过气来的欲仙欲死的感觉。

叶山木要走时,盈盈紧紧地箍缠着他的腰身,柔声细语地说:"我想跟你去,山木哥。"

"改天吧,今天我带你走,这不打你老子的脸嘛。"叶山木从甜蜜中清醒过来,他没有答应将盈盈带走。

"你将玉兰带交给我爸,我要和他要回来!"盈盈也从甜梦中苏醒了过来。

"现在千万不可,我们要让老爷子高兴。"

"反正我迟早要要回来。"

"那当然。"叶山木说着,将盈盈揽在怀里,紧紧地箍抱着,又美美地亲了一回,才恋恋不舍地迈着异常幸福的步子回超市去了。

8

入冬以来,北方大雪纷飞.纷纷扬扬的雪下过之后,大地像铺上了一层棉絮,松松地在那儿盖着,洁白、晶莹而又厚实。洁白绵软的积雪之上,夹杂着各种动物的爪印。有时,树上裸露着青绿的冬青。乌鹊相聚着,聒噪着,待人走近,立住,就一下子全飞了起来。鸽子在咕咕地叫着,啄着吃食。在石峁山梁,散布着稀稀拉拉的人家,却不见有人,好像人们都酣睡在自己的安乐窝里,不肯忍受雪冻冰侵。一缕缕的轻烟,缥缈地消散在天空里,旷野显得冷清、空廓、寂寥。白色、铅色的线与面,构成了整整一幅无边阔大的水墨油画。

父亲在这幅油画中出现了。他开始为即将到来的我哥的婚礼做准备。父亲看上去干瘦羸弱,苍老不堪,不像是个娶儿媳妇的人,倒像是个抱孙子的人了。拿我哥的话说,他就是个顶不上啥寻的人。可是,父亲却一直在为哥哥的婚事张罗着,因为这毕竟是要娶了镇上首富姚占山的女儿,父亲就是再怎么显得无能,也必须要鼎力操办。钱财自不必说,他已拿出了全部家当,向里里外外的亲戚六人借了无数,但即使是这样,要想和人家姚占山相匹配还是如同马尾穿豆腐——提不起来呀!

眼看婚期将近,这雪却是下了又停,停了又下,没完没了地在天上地下折腾。这一天,雪花渐渐地停止了。空中是一片铅灰,地上是一片银白。狗在院里卧着,鸡在里院聚着。父亲弯着腰,在院里用笤帚扫雪。雪倒在了车子里,准备往外推。这时,听见远处有摩托车声响起。老大回来了!父亲在心里想。

一同回来的还有我的嫂子姚盈盈,他们从镇上买回来彩带、气球、墙画等,准备装扮新婚房屋。

婚房设在院里最西边的那孔窑洞。早在下雪之前,父亲就已里里外外地将它收拾得一干二净,墙用白灰刷过,炕用红油泥子打过,地用地板铺过,现在就等着装扮好之后,往过来铺毡垛被。毡用自家羊毛,半个月前就请人来家里赶制好了,被子褥子是母亲请来邻家的大妈、大姨、大婶子们也在几天前已经缝制妥当了。

装新,装新,其实是操劳自己家人,装给别人看的。实质上的新鲜劲,我哥和我嫂子早就在"山木超市"品尝过了。而且现如今,我哥和我嫂子几乎天天就在一块儿黏着。我哥过了那股劲,有时倒还罢了。我嫂子盈盈由于整日原本就无所事事,现在沾上了我哥,就如同吸食了大麻,对此特别地上瘾,一日不来上好几个回合就过不了瘾,简直对此是乐此不疲。让我哥觉得,她不是爱上了他这个人,而是爱上了他的这根棍。

要说我嫂子也真是个实在的人。她得了我哥的这一好处后,对一般人认为的婚姻大事中的任何大事她都毫不上心,完全听任大家的安排和摆布。她心里窃笑这些人,啥大事,大事我都得到手了,还有啥事比我俩那事更重要吗?真是的。

嫂子对婚事中的任何大事小情都不上心,更不挑剔,在她眼里一切都是很完美的。倒是我哥更谨慎和细密,唯恐有啥做得不周备,引来旁人的笑话。尤其是嫂子娘家门头上的一些人,那可都是些有头有脸见识过大世面的人物。

婚期订在了腊月十六。由于冰天雪地,大地冻得像琉璃板似的,人在上边都可以滑冰。为安全起见,众人商定娶亲不用小汽车,而是改用最原始、最传统的骑驴坐轿式婚礼。

原来,我哥还一直在为用什么档次、用多少辆车的事情而发愁犯难。这下倒好,天公作美,省去了我家一大笔开销不说,单就采用这种传统婚礼样式就够我哥和我嫂子一辈子去好好地怀想和回味了。

那天，天出奇地晴，也出奇地冷，整个原野覆盖着皑皑白雪，由于冷冻结冰，看上去满目都是洁白的盐，松松地盖在大地上。我哥西装革履地骑着头黑毛驴，显得十分滑稽。还好，由于天冷，他不得不再在外面加了件厚羊皮袄，戴了顶厚棉帽子，以挡风寒。此时他的装束才与天时相应，与毛驴相称，与山川原野契合。

我嫂子特意穿了件加厚的大红棉袄，脸冷青青的。头发梳出特别好看的形状，似冻结的冰凌一般，直挺挺地扩散开来。她坐在大红轿子里，头上蒙块红纱巾，随着轿子一颠一颤地动着，特别有结婚的味道。

迎亲队伍从我嫂子家克乎镇上出发，要行走十里左右的路程才能到我们石岽村。这段路说长不长，说短又不短，特别在冰天雪地里行进还是颇费周折。轿夫们走一阵，歇一阵；歇一阵，喝一阵，以酒御寒。最前面是欢天喜地的锣鼓唢呐队，一路上鼓乐齐鸣，不时催着轿夫们快快赶路。轿夫们将酒瓶举得高高地喊："又不是给你娶媳妇，你忙个屁。"我哥骑着毛驴，在轿子前后左右地转，一心护着嫂子，害怕被轿夫们拐走了似的。最后面是送亲的亲人们和前去迎亲的亲人们。他们慢慢喜笑颜开地拉着话，悠闲地走着，不时互相递支烟，站住吸了后，继续走。人人感叹："这才叫娶亲，这才叫结婚，多浪漫，多环保，多么悠闲自在，多么诗情画意，多么前卫。"

中午时分，太阳有了几分热气，迎亲队伍进了村庄。

突然，我家院里院外礼炮齐发，挑材的、担水的都随着抬新娘的轿子从大门外往院子里面挤。新娘从院子里下轿后，由新郎将新娘抱起，要回到新房。这时，同辈的兄弟姐夫们就挡住了道，要吃喜糖。我哥就从兜里掏出了早已准备好了的喜糖和红包，四面撒开后，趁着众人去抢糖和红包时，一溜烟地抱着我嫂子回到了新房，将嫂子轻轻地放在当炕的红毯之上后，娶亲总算大功告成。

招呼客人们吃喝等，全都是我和父亲等同族人的事。我们事先做了严密的分工，谁记账，谁收礼，谁保管，谁分发烟、酒、饮料，谁看客，谁供应茶水，谁取柴火炭块，谁管灶务，谁递菜送饭等，并且将一切分工红纸黑字写得清清楚楚，张贴在墙上，公之于众，接受大家的监督。分工划定后，还得有个总代理来组织、领导这帮人来积极完成好自己的本职工作，不然，一旦某个环节出了差错，人多事杂，到最后就会给客人留下招待不周或不好的印象，将好事没有办好。这就叫作事务。我那些天是真正的事务缠身呀！买个针头线脑、豆芽豆腐，都得亲自去跑。好不容易这些东西买回来了，又说缺那，还得再去跑。跑回来还不算完，这个七婶八大姨要送，那个五姑六舅要接，总之是没完没了。事务不完，我们全家就永远都在马不停蹄地运转。给我哥娶媳妇，享受的是我哥，忙乱的却是我们。有时，我哥还要向我们发脾气，说这也做得不好，那也做得不是，为他受了数天的苦累不说，还得受着他的气。这就是自己家人吧。由他去说长道短，我们还得一门心思埋头去苦干。

事务总算忙完了。我爸妈却彻底地累垮在了炕上，爬挪不起来了。

我也是只想好好地睡觉，但父母亲病了，我还必须去照料他们。我将稀粥熬好后，端给父母去喝。我又走到院子西边，去叫哥哥嫂子的房门，想让他俩也过来喝碗粥。

哥哥嫂子也是整天在睡。不过，他们睡得很是热烈。他们是睡得累了，才又睡；而我和父母亲却是因为确实累了，才睡。父母亲更是累病倒后，起不了床。

我就要敲门时，嫂子的呻吟声骤然响起，吓得我急急向后退去。

嫂子的呻吟之声，响自某种肌肤击拍的震荡当中，响自某种狂野粗放的喘息之中，起初似浅浅的灵动之乐，继而若轻咬的舌触之痛，最后突然放荡加剧似分娩婴儿，声声撕肝裂肺，声声节律震悚，似要天崩，似要地裂，将荒野山村搅荡在皑皑卧冬雪中……

9

现在，石峁村人茶余饭后议论最热烈的话题之一便是我哥叶山木。他们说我哥真是命好啊，一个没念几天书的穷苦庄户人出身的放牛赶羊的娃，如今这一青枝嫩蔓，却攀上了全镇首富姚占山这根高杆，将来还真不知道要高挂到哪里去了呢。

说来也是，自从我哥娶了姚占山的女儿之后，全镇子的人都对他高看了那么几眼。有人在私下和他探讨："你怎么就将姚占山的女儿给搞到手了？你是怎么给搞到手的？"

我哥盛气凌人地反问："姚占山的女儿怎么就将'山木超市'的老板给搞到手

了？她是怎么将他给搞到手的？"

那人看着我哥傲慢的神态，想想也是。"山木超市"已今非昔比。无论是日用百货、五金农具、蔬果杂粮、米面肉油等，凡是你想要的东西都可以在这里买到。偌大的超市，货物堆积如山，是克乎镇目前为止最大的超市，仅售货员就雇有好几个。人家叶山木，那可算是数一数二的大老板了。别说是姚盈盈，就是再比姚盈盈强的姑娘，嫁给他，也是完全可以的，是顺理成章的。这样说来，却又有点本末倒置的味道，想当初他还真就是个穷家子弟，是高攀于人的。甚至也可以这样说，若没有盈盈娘家门上的大力支持，尤其是两个哥哥姚福兴和姚福旺的全力帮扶，他的生意也不会那样地突飞猛进。至于盈盈的父亲姚占山，那可是搞了多年的生意能手。他是既帮钱来又添人，将"山木超市"像是自己家的一样来打理照应，为"山木超市"的发展壮大付出了全部的心血。

叶山木，叶老板，现在已将"山木超市"的日常生意交给老婆姚盈盈来经营，他主要负责超市的配货和经营其他的一些可赚钱的生意。

他是生意人。生意人没有具体的程式化的工作任务，但是却有着明确的工作目标，那就是赚钱，赚大笔大笔的钱。他现在已有相对稳固的来钱路子"山木超市"，但是他觉得这还远远不够。他觉得，超市是一种广而为之的大众化经营，只能是来些小钱。严格地讲，它算不上是什么生意，饿不死，吃不饱，没有那种捕获商机狠赚一把的惊心动魄般的快感，显示不出一个真正生意人的锐气、胆识和魄力。

那时候，我已经在县城上班了，娶妻生子，但是日子过得十分寒酸，整日骑辆破自行车，在家和单位两点一线地奔波，感觉和读书时在宿舍和教室两点一线地拼搏并无有太大的差别。唯一不同的是，现在在月底可以拿到些工资，但是，这些少得可怜的工资，除了支付房租和孩子的奶粉钱以外就什么也没有了，连日常开销都成问题，感觉和念书时一样的贫穷和一样的有压力。读书人永远也走不出那种饱受贫困煎熬的魔咒在我这里应验了。

这一日，哥哥又来看我。他一头秀发油光可鉴地向后梳着，一脸的朝气蓬勃。一身笔挺的西装，配以性价比极高的锃亮的皮鞋，腋下夹了个黑色老板包，看上去风光无限。相比之下，我则显得苍老而猥琐。知道的人，往往会认为我是他哥，而他则是我弟；不知道的人，则根本不会认出来我们是亲兄弟。

我哥这次来，专门提了件羊肉。他知道我家又好长时间不吃肉了，一家人一定又馋坏了。说来也是，若没有我这位好哥哥接济，我们全家也许一年也不会吃上个肉。大人家，倒也罢了，关键是3岁的儿子看见人家吃肉，他也急着嚷着要吃，我拿什么给他买肉去呢？往往这时，我就真恨自己白白地瞎念了这么多年的书！我就连只乌鸦都不如，即使乌鸦还能不时地为子女们叼来口肉吃的。

我们一家人异常美满地吃到了羊肉蘸糕。儿子吃得更是狼吞虎咽，像是从未沾过如此的美食，不时被噎得喘不过气来。我哥看着他心疼地说："狗子，慢点吃，伯下次给你带一只羊来，保你一次吃个够。"

吃饭中，哥哥说："我在城里买房子了，以后等孩子长大了打算在城里住，好让孩子们在城里念书。"

哥哥已有一儿一女两个孩子。儿子东东，今年5岁。女儿叶叶与我家狗子同岁，但生日要大上半年。狗子和东东、叶叶三个孩子到一块，特别能玩得来。狗子听说哥哥和姐姐要到城里来上学，异常高兴地说："那我们就能天天在一块玩了。"

妻子听说哥哥在城里买了房子，而自己常年住在城里的人，却连个房影子都没有，心里觉得很不是滋味。同样是弟兄，看看人家，再看看自己，真不像是出自一个娘胎。当听到狗狗说玩的时候，她就没好气地说："你就知道玩，玩！和你老子一样，没出息！"

妻子这样当着我哥的面怨怪我，使我觉得特别没有面子。本来这顿久违的炖羊肉我还是打算要好好地吃上一些，解解馋的，但不知怎么，我一下子就像萎缩了的驴屎，对日夜馋想着的母驴母马，失去了胃口。

我也是特别地屎气自己的无能！

我更是特别地屎气自己的窝囊！

我更是后悔自己白念了那么多年的书！

没几日，哥哥请我在县城酒店里吃饭。弟兄二人坐下后，开怀畅饮了几杯。我因人穷志短，在单位没有一官半职，在家又饱受老婆怨责，在尘世间混得没有半点人模狗样，心情一直很是郁闷。我这人平时也没有什么嗜好，唯一就好喝上那么两口。但是，手里又缺那两个酒钱，没有实力请人喝酒，人家谁又肯请你来喝酒？对于我来说，能进个饭馆就已经相当不容易，至于说能进了酒店，那简直就是一种奢侈！

我已经喝得晕晕乎乎了。不知怎么搞的，我最近一沾酒就醉，一醉就想沾酒。

说真的，我很不愿意使自己清醒了过来。醉生梦死对我来说就是人生的一大奢想，何乐而不为呢？

令我万万没有想到的是，哥哥的一句话，却使我彻底地酒醒过来。

哥哥说："我给你在城里买了套房。"

买房？那可是我做梦都不敢想的事。

"哥，你不会是逗你弟弟我玩吧？"我瞪着血红的眼珠，向哥哥征询这件事情的虚实。

"我什么时候给你说过假话？不过，这房子不是让你来住的，而是需要你来经营的。"哥哥的话听得我一头雾水，房子不让住？来经营，怎么经营？

"这房子是我花了38万元买的，现在就属于你的，你就拿它去倒卖，卖了再买，买了再卖，如此倒贩下去，赚个差价，比你一年挣的工资要多得多。"哥哥的这一句话，令我茅塞顿开，酒意全无。是啊，这是相当于哥哥借给我38万元钱做本金，让我去做鸡生蛋的赚钱买卖。他是授人以渔，而不是授人以鱼。这才是我的好兄长，好哥哥啊。他是看我受穷，心疼我，是真正想帮我翻身的亲兄弟呀。

他就像手把手教导初习下水者一样，先以最低价买到较好的房子，而后让我看涨后，根据行情及时卖出。卖出去赚了是我的，卖不出去搁那是我哥的。他是让我在尝到甜头后，一步步地去涉足商海，慢慢地我也就会像他那样成为商海之中的弄潮儿了。

38万元的房子，我压了快一年，卖了整整50万元。除去我哥38万元本金外，我净赚了12万元。12万元呀，相当于我当时4年的工资收入还多。一夜之间，我的腰板就挺直了起来。心情好了，喝酒少了，老婆孩子也都喜欢上了。原来一直以为无比至上的工作，也真的算不了啥了，因为我一年就可以赚好几年的工资，我还再在乎那个工作吗？现在，我已经彻底放开，工作对我来说就是经商之余的又一个闲职，我已经完全没有过去那许多烦心事了。

我哥听说我赚了钱后，只淡淡地说了句："小钱，以后你会赚到比这更多的钱。"他不但没有要回他那38万元本金，还说让我好好干，啥时候有好生意需要钱，他还会给我送来。他鼓励我再接再厉，争取干上一两年后，买车买房，好好活出个人样来。

有了我哥的大力支持，我更加信心百倍。我就如同刚学会了浮水的鸭子，却已经开始尝试远征江海的浮游。

10

按说我的脑子要比我哥的好使,但是,在挣钱这一行当上,我要远远地落后于他。市场经济社会,在挣钱上落后于人,是件多么可怕可悲的事情,它关乎你的贫穷与富贵,关乎你的身价与地位。当我在我哥的启发、引导、帮助之下,开始倒腾房产的时候,我哥已经在倒贩煤矿了。当我在给煤矿入股时,我哥已经转手开始涉足典当行了。

典当行是个什么玩意儿?按照书生的惯例,我专门查了字典。字典里对"典当"有详细的表述,即用物品抵押借钱,方言也叫"当铺"。我翻阅了各种版本的大小字典、辞海,并没有"典当行"这一说辞。

字典、辞海里都没有的典当行,此时,在我们这里城乡的现实生活中,已经逐渐开始盛行。我哥办典当行还算晚的,看来,他也是跟风模仿别人才学到了这一赚钱渠道。办典当行并不能算他首创。

首创是谁?

这个问题问得多傻,人家都在那里一窝蜂似的在赚钱得利哩,你还在这里又是翻字典,又是搬辞海地研究个没完,你说这不是灰孙是啥?

但是,我这个人就像共产党的法律和制度那样,平时放那里不理你,而一旦较起真来,就会没完没了,直到最终翻腾出个水落石出后,方才罢休。我想,既然我哥是开典当行的,那么他一定对这一行当有着深度的掌握和了解。我就不由自主地问我哥:"典当行首创是谁?"

我哥明明白白地告诉我:"市场!"见我还是那样傻不拉唧地挤着个狗蛋似的眼睛,他就进一步开导说:"你看现在社会发展多快!就拿咱们小小的一个余兴县城来说,过去有几条街,几栋楼,一目了然。可如今,你能数得过来有几条街、几栋楼吗?过去整个县城拳头大个地方,现在却比几个恐龙的头还要大。这仅仅是城市发展的冰山一角,再看看煤炭、电力、化工、交通运输、文化教育等,各行各业,都在加足马力,冲锋向前。如此快速发展的社会,犹如一辆快速行进中的列车,它需要不断地来为它添加动力,这动力的源泉就是一个字——钱!个人要发展,需要钱;企业要发展,需要钱;社会要发展,需要钱。这么多需要钱的个人和企业,就催生出了一个庞大的融资市场——典当行。"

我听得犹如醍醐灌顶,如此经典实用的事理,岂是书本典籍中所能说得清、道得明的? 我又一次在心里暗骂自己真是个书呆子! 哥哥见我似有所开窍,又进一步说:"典当行其实就是个人开设的银行。是将散落在民间的闲散资金集中起来,贷给急需要用钱的企业或个人。你向我的当行里存钱,我给你付利息,利率一般是每月1%至3%不等,远远高于银行的利率;你向我当行里借钱,这就是"典当"了,你给我付利息,利率一般是每月3%至10%不等,这个利率也是远远高于银行的。典当行赚的就是这个利率差。比如我从你那里是以1%的月利率拿了10万元钱,我转手将这10万元以3%的月利率贷给了他人,那么我从中就赚到了2%的利率差。也就是说,这10万元钱,经我转手运作后,每月我就可净赚2000元,一年净赚2.4万元。假如我有这样的运营资金100万元,那么我一年的收入就是24万元;有1000万元,一年就赚了240万元;有一个亿,一年就是24000万元;有……"

我听得简直目瞪口呆,这哪里是在赚钱,这就是在用数学公式往出推理钱数么。你想要多少钱,就能推理出多少钱。只要你有胆量去推理,你就会赚到这笔不劳而获、坐享其成的钱财。一个赤裸裸的虚拟经济!

哥哥沾沾自喜地向我兜底说:"干这一行当,我已经有两年多了。刚开始,我是将自己的钱给人家以3分(3%)、4分(4%)甚至是1毛(10%)的月利率放出去,挣了那么多钱后,我就动心了,就以低利率向人家贷钱,再以高利率转贷,如此一倒腾,却比干其他任何生意都来钱快,而且还不用担心赔多赚少,因为所有该赚的钱,都清清楚楚地约定在具有法律效力的条约里,白纸黑字、红章大印地写得一清二楚,只等着到时候顺利地收钱就行了。干这一行,要想多赚钱,就得多吸收资金,就像滚雪球似的,越滚越大,多么过瘾啊!"哥哥又说,"刚开始干那会儿,两边老人都反对,说万一钱要不回来,怎么办? 那时,我也担心这个,心里也没底。可是,两年多了,和他经常共事的老板们都倒房地产和煤矿发了大财,除了按约定利息给我本息全部付清之外,还往往另外又加个红利啥的,说若是当初没有我的这一笔巨资的及时到位,他们也不会赚到那个钱的……"

哥哥是自己家人，他所讲的赚钱神话，我确信无疑。而且，从哥哥的装扮来看，他的座驾一换再换，从最初的奥迪、奔驰、宝马，到如今的凯迪拉克、悍马、劳斯莱斯。他的司机小赵，是专门从国外随车培训出来的专职司机，仅这一点，他比国家主席不差上下，只需再添置一架专机和一辆专列即可。

仅仅三五年的光景，哥哥便发展到富可敌国，这真令我始料不及。我斗了胆，发了狠，在未和妻子商量的情况下，将原本已经攒够了的用来买车、买房的钱等尽数投到了哥哥的典当行去。不仅如此，我还通过关系，从银行以4厘钱（0.4%）的月利息贷出了100万元，也投放到了哥哥的当行。哥哥是不会吃我的利息差的，这100万元，他以4%的月息替我放给了他人，年底我仅这一项得到的净收益就达43.2万元。这样，一年里从典当行的收入我就又够买一套房子了。然而，在如此高收益的逐利时代里，即使是最笨的傻子也会明白，用一套房子的钱来利滚利地作滚雪球样旋转，一年你就会又得到一套房子，两年你就会得到4套房子，三年你就会得到8套房子，四年你就会得到……天哪，这是数学上学到过的几何级数，若以此来推断，你不想成为千万、亿万富翁，那是根本不可能的了。在如此疯狂的收益面前，我感觉自己的两只手已经悄无声息地伸向了某个银行，这些钱就不是我用血汗之苦挣来的，而是就这样轻松地从银行取过来的。我想取多少，就是多少；我想拿多少，就是多少。

对于如何挣钱，我就这样任性！

对于如何挣钱，我就可以这样四两拨千斤地轻松搞定！

人人都说，我们这是在抢银行呢。抢银行我不敢说，反正有钱就能赚钱，这是人人都看明白的铁的事实。有一分，你就能挣一分；有一万，你就能挣一万；有百万，你就能挣百万；有千万，你就能挣千万。过去我们老先人常说的一句话是："千万不要。"现在，你要千万，就真的能挣到千万。千万可以要，已经成为许许多多的身边人兑现了的活生生的事实。那么，在稍纵即逝、日进斗金的大好时光中，你还在犹豫什么呢？人人都已去"抢"银行了，你干吗还傻愣在那里，不伸手呢？

曾经和我哥一同在石峁村子打猎的那帮弟兄们，都纷纷找到我哥门上，恳求着让我哥收了他们的那点钱，年底能挣多少算多少。

为什么要恳求呢？我哥的典当行是经正规注册，面向全社会经营，谁来了存款或贷款都是一视同仁，一律接待的呀！

那时,前来存款的人太多,简直如同赶集似的,纷至沓来。有些农民弟兄们,将卖鸡、卖蛋、卖猪、卖羊得来的几个零花钱也要凑来存了,他们只想着存一块,年底就能得一块,精明得连生活费也不给自己留了。我哥嫌这样的一些零碎小钱麻烦,而且搞不好容易出错,于是就及时做出决定:凡金额在1万元以上者,方可存入。这样,我哥省事了,可他却将农民兄弟们得小钱的财路就给断了。于是,和我哥曾在一个战壕里浴血奋战过的打潜弟兄们就找他来求情了,恳请他将他们的钱收了。

我哥看着这帮黑衣烂衫的弟兄们可怜,就给他们出了个主意,让他们将钱都集中到高叶盛那里,然后再由高叶盛拿来存放到他的当行里,年底大伙就和高叶盛去结算、分红,我哥这里只和高叶盛一人存在资金往来。

大伙一听,使劲拍了把自己的木头脑袋:"啊呀,我们咋就没有想到这招呢?不就这么点小事情,还把兄弟你给麻烦一回。"

我哥轻轻地一笑,说:"没事,给别人的月息是1分(1%)到1分半(1.5%),给你们算上2分(2%),怎样?"

众弟兄一听,都嘿嘿地笑了:"那真是太好了!太好了!太感谢叶行长了!"

这时,人们都已经习惯将我哥称作叶行长了。叶行长淡淡地说:"那我不留你们了,我还有事,就先走了。"说着,叶行长向司机小赵点了下头。小赵急忙走出门外,将劳斯莱斯开到当行门口,叶行长十分神气地坐车走了。

众弟兄目送叶行长走远后,一个弟兄说:"这车也不大。"他们的意思是,这样有钱的行长应该坐个越野车才是,那个越野车多大,多气派呀!

11

在是否买房这件事上,我和妻子曾有过激烈的争论,最后甚至进行过激烈的争吵。我的意思是,房价现在这样高,小小个县城,一平方米的房价近万元,比大中城市还要高,买房暂且缓一缓,而且用买房子的钱来放贷,一年差不多又能赚一套房。放着这样好的赚钱机会,你不去赚,这不等于财神爷来了,你却用脚踢跑了吗?房子一直会有,而赚钱的好时机却不一定年年会有。有钱,啥时候都可以去买房;没有钱,有再多的房子你也买不了。一句话,赚钱才是第一位的。

妻子说:"我们现在不是有钱了吗?有钱你还一直租房子住,你这不是自找苦吃吗?有钱你还一直租房子住,这能说你有钱吗?再说了,有钱就是为了有吃、有住、生活好,如果有钱还那样穷酸,你不是个标准的守财奴吗?看来,你还就是个十足的穷光蛋。"

我这个人最烦人说我穷,特别是在当下还敢有人说我是穷光蛋,说我穷得连房子也买不起,我就会和他急,我就会立马做给他看看。当时,我就毫不犹豫地给我哥打了个电话。我说:"哥,我想买套房子,我的那些钱你先给支100万来。"哥说:"好啊,你早就应该买套房子了。放着那么多钱,自己却租房子住,显得有点出格。"我不好意思地说:"我不是想着要多吃点利息,多赚点钱嘛。"哥说:"赚钱没错,可也别太亏了自己,守着座金山在那里饿肚皮。"

我以为只有我才会那样的财迷,想不到还有比我更财迷的人。给我卖房子的这户人家,房主叫赵霍财,50多岁,和我在一个单位上班,一辈子辛辛苦苦也就挣下这么一套房子。去年,他听说往典当行投钱赚钱快,他就从银行想方设法地贷了些钱放到当行里去,想不到还不到一年,他就足足赚了20多万。他逢人便说:"真是财神爷爷从天降,比抢银行还来钱快咧。"今年,他下定决心,抓住机遇,大干快上,就决定将房子卖掉,投钱给典当行。他已经估算过,将这笔钱投入当行,一两年之内,他就又能赚回来这么一套房子。他的儿子大了,结婚还正愁没房子住呢,这样一来,全家最大的难题也就彻底痛快地解决了。

和我同在一个单位里上班的赵霍财,亲眼见证我在这两三年之内,由过去一个穷得挺不直腰杆的穷光蛋,一下子暴发到如今富得流油的英雄汉,对我佩服得是五体投地,整天不是请我去喝酒,就是请我去洗浴,还不时给我塞包烟送筒茶叶啥的,常将我尊为座上客。现在他将房子卖给我后,同样是坐在这里,他就又成了我的座上客了。生活就这样日新月异地变化着、推进着。

老赵和我关系好,靠得住、信得过我,又听说我哥的当行里给的利息比别处高,他就想通过我将卖房子的150万元和别处凑齐的50万元,总共是200万元钱投放到我哥的当行里去。我说:"可以呀,我哥是正规注册的当行,面向全社会吸纳资金,尤其对你们这种百万元以上的大额资金,给的利息是周边最高的,你要是愿意放,我就给我哥说一声,就说咱们是一个单位的,利息给得稍微高点,说不准和给我的利息是一样高呢。"

老赵识时务地说:"你们是亲兄弟,和你一样高就不必了,只要比别人高点就行了。"

我笑着说:"那当然。"

这样,老高就以月息2.5分(2.5%)将200万元放到了我哥的当行里,比别处高出了0.5分。0.5可不是个小数字,他一个月就会多得到1万元的利息,一年就可多得到12万元。我对老高说:"12万元是你几年的工资了? 你自己好好算算。"

老高情不自禁地大吼一声说:"我发啦! 我发啦!"然后就又拉着我去喝酒。

这一段时间,我酒喝得特别的多,不是因为像过去那样郁闷,而就是因为高兴。我本身已经很有钱了,在买了房之后,我又在妻子的撺掇下,买了辆颇气派的越野车,这样看上去我就更像个有钱的人了。但是我却很少有机会去掏酒钱,和大家出去吃饭,他们早就抢着将酒钱给结了。有时,即使是我请他们去喝酒,酒足饭饱之后,当我到吧台去结账时,服务员小姐会很亲切地向我微笑着说:"先生,您的账已经结过了。"你说我这混的,我一不是官员,二不是老板,我充其量就是个小老百姓,仅仅是因我有了几个钱之后,我却连出钱的机会也被剥夺了。

不过,令我欣慰的是,还确实有官员常请我去吃饭。官员与我同属衙门口的人,人家又是领导,我便总是显得谦卑有加,底气不足,感觉有种很不自然的别扭,完全没有和我那帮兄弟们一块喝酒的畅快之感。领导请我,我又不能说不去,去了我总想掏钱,但领导的司机或秘书早就将钱掏了,人家是拿回单位去报销,账有的是出处,我也就真的没有必要抢着去付账了。

千里居官,只为吃穿。领导请我来意图很明显,他也是瞅准了我哥的当行生意,又不好直接出面,就想请我来牵个线,搭个桥。牵线搭桥无非是想多吃点利息,别人的利息是2分(2%),给他可按3分(3%)。我知道领导们的钱大多是从银行贷来的低息贷款,贷款时都有一份买房或做生意投资的假合同,其实,贷到款的当天,他们就将钱尽数转到典当行里吃那老高的利息来了,从而使款项没有一天的耽搁和闲置。

我借上厕所之机,偷偷给我哥去了电话,说明情况。我哥说:"好啊,官员们钱多,可以按3分付息,不过对外要绝对保密,统一说成按2分给他们付息的。这一点,要他们必须做到,守口如瓶。"

回到饭桌上，我将情况向领导如实汇报，领导很是高兴，再次向我举杯敬酒，还说："一旦时机成熟定会将我提拔重用。"我当时听了，很是受用，激动不过连喝三杯。此时此刻，我才深深地感觉到，只有和领导喝酒，才喝得有价值，才喝得有前途。

后来，我就多长了个心眼，一般人叫我去喝酒，我要么说到某某地方去了不在家，要么就说有病喝不成。总之，不再像以前那样，只要有人请就去，只要有酒喝就到。我已经学会了养精蓄锐，我已经学会了向组织、向领导靠拢。看来，我也还是个有上进心的人。

我现在住在四室两厅两卫两厨近 200 平方米的大房子里，和曾经租住的小房子，今非昔比，感觉真像个富人。这一点当然要归功于妻子，是她使我活出了人的感觉，是她使我找回了人生的自信。如果按我的套路，我只想着去赚那些利息，而不去享受体验美好的生活，那我挣那么多钱也真的没有多少意义。就像给我卖房子的老赵，他现在虽然能吃利息挣来好多钱，可是那种寄人篱下的感觉一定会很难受的，最起码他不会感觉到他是一个有钱的人。活出有钱的感觉，那才能叫有钱。

年底，老赵放在我哥当行里的 200 万元，净得利息 60 万元。尽管现在物价飞涨，买啥啥贵，但是老赵在一年之中赚得的这 60 万元还是能够买到一套位置稍差、平方米不大的房子的。可是，此时的老赵已是见识过血腥味道的猎狗，他正瞪着血淋淋的双眼，图谋发起更大规模的噬咬。当我哥当行里的工作人员通知他来取利息时，他连想都未想就毫不犹豫地说："本息累计，再放一年！"看来，他也是完全驶入了本息累计雪球式翻滚的快速致富轨道。如果照这样发展，也许用不了几年，他也会赶上甚至超过我的，我的危机感油然而生。

12

典当行业的繁盛已经彻底地改变了我们这里人的生存方式和生活节律。投钱即可赚钱；投入越多，赚钱越多，已经成为无须公开的赚钱秘诀而被大多数人所追捧和践行。有伟人说过，实践是检验真理的唯一标准；还有伟人说过，榜样的力量是无穷的。这些都在我的身上体现得最为明显,我由一个原本一穷二白的普普通通的工薪阶层,只因偶然的机遇将一只前进的脚步轻悄悄地迈入了典当行业的门槛,连我都未曾想到,仅仅是两三年的工夫,我就有房有车有了地位,有了我需要付出毕生的心血和汗水才可追逐到的一切。这变化实在是太巨大了。巨大的变化使我目不暇接,眼花缭乱,使我常常有种失重的感觉,有种不知所以然的思维滞后的感觉。我像突然中了千万元的头等彩票大奖,欣喜、激动、不知所措。

中彩票犹如大海捞针,是千万分之一的概率,而在我们这里,只要你涉足当行生意,人人都是中奖高手,人人或多或少总会有些收益。换句话说,只要你肯出那两颗蓖麻子,有的是到手的麻雀。

"套雀还需要两颗蓖麻子"是我们这里最寻常的一句俗语。现如今,人们将这句俗语反复实践,反复得到了无与伦比的雀子。人人皆大欢喜,人人眉开眼笑。挣钱在我们这里已不再是流血洒汗的苦差事,你只需要大胆、放心地投入几粒蓖麻子即可。我们这里的人都已经很幸运地拿到了那把打开方孔钱眼的钥匙,挣钱已经变得易如开锁,致富如同囊中探物,只要你有足够的胆量,你就会有意想不到的产量。

钱来得快,花得也冲。因为这些毕竟不是自己辛辛苦苦挣得的血汗钱,我们根本还没来得及去珍惜它。就像突然间抱得个大胖儿子归来,我们还没有工夫去仔细抚养、呵护他,没有时间去认真训导、调教他,我们只是看着他惊喜,信马由缰地任他去调皮撒娇,即使偶尔干出些蠢事,也会觉得那是性情使然,情理之中,笑而置之,每每只作无所谓状。人性乘着钱势的东风,在丽朗的星空中,开始一圈又一圈地兜起了威风。

我哥叶山木,人们已经将他的名字彻底隐去,开口闭口都是叶行长。慢慢地,在大庭广众面前,我也只能管他叫叶行长了。叶行长如今举家移居省城。叶行长的发迹之地——克乎镇"山木超市"已转给了他的岳父姚占山去经营。本来我哥原打算将这一超市关闭的,但我嫂子姚盈盈说啥也不肯,因为那毕竟是她曾经投怀送抱于我哥身下的第一场所,有着处女时刻骨铭心般的深刻印记。

最初和克乎镇"山木超市"联姻而成的"山木当行"也由克乎镇迁徙到了余兴县城,并且有了一个响当当的大名——山木小额信贷有限责任公司。但是,很多人仍习惯于叫它为"山木当行"。公司的董事长为叶山木,总经理为姚盈盈。我哥和我嫂子都担任着公司首屈一指的重要职务，手下员工有六七人，且都是清一色的大学本科学历，有一位还是中央党校的研究生毕业，真可谓人才济济，蓬荜生辉。这几年，大学毕业生多如牛毛，难以就业，我哥的典当行正好为他们提供了绝好的就业机会，某种程度上减轻了政府安排大学生就业的压力。身为总经理的嫂子，她的主要精力却放在了两个孩子东东和叶叶的培养教育上。我哥说："我这辈子最遗憾的一件事就是没有好好去读书，我要让我的这一儿一女补上我的这一缺憾，实现我未能实现的梦想。"他在西安买了楼中楼式的近500平方米的大套学区房，出了好大一笔赞助费，让两个孩子上了省城最好的学校，进了最好学校的最好班级，选了最好班级的最好老师。仅仅因为是有钱，就使得他在人生地不熟的省城竟然也是如此的任性。他想怎么发挥，就可以去怎么发挥。我哥常说："金钱开路，路路畅通；金钱不在，路路障碍。"他是将由我们地方赚得的钱财拿到省城去开拓他的更为辉煌的金光大道去了。

要说现在社会，还真是个方便快捷的大好时代。信息化使得地球融为一体，没有了距离的远近，没有了河山的阻隔。网络办公、微信联络使得我哥坐在西安的家里，就将公司的一应事务安排得妥妥当当，除非在他必须出面的时候，他也就两三个小时便可以从西安飞往福驰市，再从福驰市乘专车直达余兴县城。他常将他的这一行程称作是三小时经济圈，在这一圈子里，可以用一个字来概括，就是"快"；用两个字来概括，就是"太快"；用三个字来形容，就是"太太快"。太太专指我嫂子姚盈盈，"快"是因她而起，而又因她结束。

我哥的任性还在于，他干什么事情几乎不和我们相商就自作主张，一锤定音了。比如前阶段，他觉得自己一家人住在西安，周围没个兄弟亲戚做伴，闲来无事时，好生孤单，于是他就在自己居住的小区一次性买下了五套楼房，分别是给我和我父母以及他岳父姚占山和他的两个妻哥姚福兴、姚福旺买的。我哥说："除了两边四位老人的两套房子由我来全部付款以外，咱们弟兄们的房子我只付个首付，其余每月的分期付款由各家自己承担。"我哥买的这是黄金地段的精装房，首付金额都在房价总额的一半以上，剩下的少一半房价由我们来分期付款，我们觉得欠我哥的太多，都想将钱全额还给他。我哥说："我没和你们商量就将房子买下了，这一笔负担是我强加给你们的，你们现在不怨怪我就好了，首付算我的，啥也别说了，谁叫咱们是亲兄弟呢，一家人还硬要说两家的话？特别是福兴哥和福旺哥，在我起步阶段,你们也没少帮我,现在我给你们的,其实也是你们应该得到的。"

　　正在老家悠闲种地的父母亲被我哥强行驱赶到省城的家园,多少有些不适应。父亲老了,耳朵一直不好使,可到了城市却最听不惯汽车的噪声。我哥说:"你不是耳聋吗?怎么就吵得受不了啦?"父亲说:"将我耳聋的人都吵得难以接受,可想而知这噪声有多么歹毒!"父亲说着,将哥哥狠狠地瞪了两眼。那眼神哥哥最明白,那是埋怨哥哥强行从他的手里拎走了他的土地。已经到了叶落归根年龄段的父亲,土地,尤其是故土,那可是他一生中最靠实的根本,离开了它,就如同将他连根拔起,那种神秘而莫名的疼痛,岂是一直追求浮光掠影的现代人所能体会?

　　为了博得父亲的欢心,哥哥可谓费尽了心机。他先邀父母亲转山转水看风景,吃海鲜,品名茶,尝遍西安城一应美食。但是,父亲总是说这山比不上故乡的雄伟苍茫,这水比不上故乡的清冽甘甜,这人为打造的城市风景就是在自我撒娇夸耀、自我挥霍作践,哪里抵得上农民在土地上哪怕是随便种个玉米棒子看上去美观而实用。至于各种吃吃喝喝,父亲都是浅尝辄止,一回到家里,他就喊着让母亲给他做在老家常吃的土豆炖粉条、排骨炖豆腐等。他已经完全习惯了那种一锅烩就的糊糊菜,糊里糊涂地吃了一辈子了,积习难改。我哥没好气地对他说:"你这是糊里糊涂的,已经分不清好歹了。"父亲淡淡地笑着说:"该有的在这里都有了,省得一样样单炒,既麻烦还又不好吃。"

　　直到去了一趟海南岛之后,父亲才说:"那里的景色真是不错,椰子汁、柠檬茶味道也不赖。"哥哥一听真是高兴坏了,他就又偷偷地给父母亲及他的岳父岳母安排了一趟欧洲之旅,让走出黄土地的父母亲人在游历了祖国大好河山之后,再一脚踏出国门,到世界最繁盛发达、风景秀美、情调浪漫之地去体验感受一番活人的滋味。哥哥已经遍游了世界各地,这次他专门安排从未出过国门的我去陪四位老人转转。我当然欣然应允。临行前,哥哥除了塞给我一大包兑换好的欧元和美元硬钞外,还又给我一张中国银行卡,并一再叮嘱我,不要节省,要确保老人们吃好、住好、玩好,钱不是问题,问题是要老人们平安返回。我向哥哥点头保证,但我的确又很茫然,因为我真的不清楚国外究竟会是个啥样子,只是常听人说,国外很开放,还有"红灯区"啥的。好在我们一行五人是报了旅行团的,一切行程吃住全由旅行社的小李来负责安排,我只管看待好四位老人的日常生活起居即可。

　　由于毕竟是旅行,四位老人看上去也很开心,就当是出趟远门,只是将一路颠簇的汽车变成了一路震荡的飞机。老人们还是第一次坐飞机,有一种一步登天的惊奇和喜悦。我也是第一次坐上这么大的飞机,而且还是头一回坐上了头等舱,受到了空姐们奴仆般的体贴与关照,各种果汁液饮不断,各种小点餐食不断,各种温柔问候、温馨提示不断,四位老人在浮云之上,谈天说地,精神劲头很足,将我一个年轻人反倒点缀得昏昏欲睡。

迷迷糊糊中,我听到我哥的岳父姚占山在对我父母亲说,他已经将我哥在结婚之前赠予他的那一玉兰带归还到了我嫂子姚盈盈的手里了。姚占山说,当初他看到我哥穷,反对将女儿嫁给我哥,无奈之下接收了我哥的玉兰带,原打算在我哥实在过不下去时,将这价值连城的玉兰带变卖后,说不准还能顶上大事。"当初盈盈多次跟我要这玉兰带,我就是没把握给她。现在看来,孩子们又是给我们买房,又是安排我们世界各地去游逛,啊呀,孩子们真的是过好了,我们也该放心了。这玉兰带物归原主,我就交到了女儿盈盈的手中,希望他们能借着玉兰带的福禄光芒,将生意做得红红火火,代代相传。"

关于玉兰带,父亲并不知情,由于当时正在游玩的兴头之上,父亲也不便细问,欧洲之行近两个月回来后,父亲专门就玉兰带一事查问我哥,我哥就将他在石峁村挖獾时挖出古墓,挖出古墓时挖出玉器、玉兰带等等向他老人家一一做了翔实汇报,最后他不无感慨地说:"要是当初不将玉兰带这一宝贝送到盈盈父亲的手中,那么盈盈父亲是绝不会答应我和盈盈的亲事的,我和盈盈也绝不会有今天这般儿女双全幸福美好的好日子的,玉兰带就是将我和盈盈神秘捆绑在一起的生命系带。"

听完我哥引以为豪的讲述后,父亲将旱烟袋紧紧地攥在了手心,呆愣了起来。他已经无法再去抽烟,只担心旱烟袋会突然掉地,泼脏了光洁如镜面般的地板。父亲像受过惊厥似的问我哥,那玉兰带上面是否刻有"叶"字?

"叶"是我们的祖姓,我哥当然认识。我哥异常惊奇地看着父亲,不住地点头称是。我哥说,玉兰带的弯弓正中之处的确刻有"叶将军""叶府"等字迹。

父亲顿时被惊吓得六神无主,他不住地哆嗦着嘴唇,喃喃地说道:"这是我们祖坟之物呀!孩子,你挖的可是咱们老祖宗的坟墓呀!"

自掘祖坟?——我哥听得毛骨悚然。

我哥长长地舒出一口气来,似从惊异中清醒过来,他笑着说:"爹,你别吓唬我好不好,在我们老家掘坟盗墓的多了,难道都是自掘祖坟?"

父亲说："别的人我管不着,但是你盗出的玉兰带必须交回来,我要请高人妥善安放回去,以告慰老祖宗,但求保佑,平安无事,不出差错,消灾免难。"

神鬼之事,雾烟难面。我哥想,玉兰带已经完成了它神圣的使命,现在遵从父亲的意愿,就交由父亲去安妥,倒也没有任何妨碍,同时也可了却他年轻时冲撞犯下的这件糊涂事。

当我哥向我嫂子姚盈盈说明原委,要将玉兰带收回时,我嫂子却坚决不同意。她说:"世上哪有那样的事,再说了,即使有,也已经过去千年万代了,事隔三秋,物尽位移,先人早已转世另行。先人的遗物,不是被我们刨出,还会被别的人盗取,现在自己先人的东西,落入自己子孙的手里,终是物归原主的好事呀,干吗非要送回去,让别人拿走?那不是犯傻吗?咱老人,人老犯傻,可以原谅,你可不能犯傻。再说了,这玉兰带可是你给我的定亲之物,你硬要收回这玉兰带,就是收回了我们的感情信物,你我夫妻一场的缘分也就只好到此为止了。"

嫂子既然将话说得如此决绝,我哥还真不好硬来。但是,父亲那边,他又没办法交代。妻子、父亲,两面都是贴心的亲人,哪一边他都不忍心去惹动。如此一来,这玉兰带就如同泼出去的一碗水,对他来说已经是无法再揽起来了。家家有本难念的经,我哥一时间陷入了玉兰带迷茫的光芒,无法自拔,难以决断。

13

好在,父亲对玉兰带追讨了一段时间之后,现在已经不怎么上心了,原因是他已经逐渐适应了城市的生活,渐渐忙活了起来。他有了他自己的事情,有了他自己的生活圈子,自然就免去了无事生非的诸多邪念。

说起来,父亲的诸多兴趣和爱好还是我哥一手培养起来的。我哥发现父亲爱听戏,就专门带他去大剧院看戏。但,父亲说,这秦腔一哇声地吼得震耳,不如晋剧听起来悠扬婉转,曲到情到,令人荡气回肠,余音绕梁,百听不厌。也是,我们陕北老家受晋蒙文化影响深远,从小听的是内蒙古山曲,看的是山西晋剧,从小听的看的多了,就好像是在一张白纸上着了色,以后想改变已经很难了。我哥深知这一点,就不远千里,带父母亲及岳父岳母去山西大剧院看戏。戏看得多了,他就和晋剧院保持了联系,只要晋剧院在陕西和靠近陕西演出时,必然会通知我哥,我哥也必定会带领大家前去看戏。每年,在几位老人生日时,我哥还会大张旗鼓地将晋剧院请到小区家门口,隆重集会唱上几天大戏。小区的大叔、大婶、大爷、大娘们一股劲地夸赞我哥,说他能将省级剧团多次邀请到家门口演出,是为大家送上的最高端的文化盛宴,全小区的人民都向他表示致敬。

因为我哥的这种种壮举,父亲也跟着出名了。父亲一旦从小区出来溜达,总会有人上前和他搭话,言语中带有几分艳羡,更多的却是尊重。慢慢地,父亲和他们就熟识了。

小区下午时分,时兴打麻将。父亲先是看,看得多了,就看出了些门道,常还会在不经意间给人指点些端倪。被指点的人就大为惊讶地说:"老叶,你行啊,要不你上来打两把?"父亲就不好意思地笑着说:"我看着也许会,但真正上手打牌怕还不行。"那人说:"没事,你来打,我在一旁给你看着,赢了归你,输了算我。"大家也一同附和着说:"老叶,上吧,牌怕打,打着打着就会了,新媳妇睡过后就熟悉她的全部内容了。"在众人的怂恿下,父亲就真的上手打牌了。他心里有底,大不了就是输几个钱嘛,他又不是没钱呢。但,偏偏父亲手气奇好,一场牌局下来,他一赢三,出奇制胜,首战告捷。众人说:"真是高圪堵上添土,看来人家老叶天生就是个财主的命,而我们天生就是把贱骨头。"

后来,每到打牌时,大家就来叫上父亲,父亲当然就得去呀。赢了钱时要去,你得给人家输钱的人以捞回的机会;输了时更要去,你得将输出去钱捞回来呀。如此一来,父亲就一脚踏入了这场永远也没有尽头的牌局里,每天急急忙忙吃饭,急急忙忙去打牌,风雨无阻,乐此不疲,感觉日子过得充实而愉快。

父亲现在的全部生活内容其实就只有这样三件事:听戏、打牌和抽烟。尤其是抽烟,从早上一睁眼到晚上闭眼几乎不会停息,有时半夜醒来还会抽上一阵,特别是在打麻将时抽得更凶。凶险到什么程度?一次家里来了乡人,母亲到麻将馆里来找他,打开房门后,母亲突然吓得大吼一声:"着火了! 着火了!"原来是4个人打麻将,4个人在门窗紧闭的窄小空间里狠劲抽烟,母亲开门进屋,一股浓烟扑面而来,真似燃着房间后蹿起的一股黑烟,将她一下子给惊傻了眼。

回到家中后,母亲对父亲说:"你不能再去打麻将了!"父亲不解地问:"为啥?"

母亲说:"怕烟把你那把老骨头给熏死呀!"父亲呵呵一笑说:"已经是死的个人呀,难道还怕死不成?"母亲说不动父亲,就埋怨上了我哥,在农村好端端种地的人,不让清清爽爽地种地,来到这乌烟瘴气的城市里,带了一身坏习气,折寿啊!

打麻将还真不比种地轻松舒展。父亲先是坐久了感觉浑身酸痛发麻,尤其晚上睡下后腰背疼得挨不得床板,后来就一声声地咳嗽不止,再也难以入睡了。尽管如此,父亲仍然拖着不太做主的身体毅然去往麻将馆,就如同他在农村老家种地,每天总要习惯性地去地里走走看看。城里不再有地,城里的土地就是这方麻将桌子,它虽然很小,却足以承载和排遣得了他心中的那番苦闷和孤寂,那番无聊和空虚。这些难言的坏情绪是他离开土地进入到城市之后才有的。以前在老家种地,劳作一天,吃得香,睡得甜,根本没有胡思乱想的毛病。自从进入到城市脱离了劳苦后,身子的负载卸除了,思想的毛躁却增加了。待他逐渐克服着慢慢适应了城市生活之后,身体却做不了主了,似有垮塌的凶险。此时,他像多日离家出走的孩子,突然对故乡有一种深深的牵念和思恋。尤其做梦,常常是石峁的面貌,故乡的人事,而绝少会有光鲜亮丽的城市生活。在他身体一日不如一日的时候,他常哭啼啼地抓着我母亲的手说:"老伴,咱们还是回老家吧。在这城里多待一天,我就感觉自己的身体就会被多腐蚀一天。我想回老家去养病,你不会不管我吧?"母亲说:"你不是还天天去打麻将嘛,怎么就病了?"

"我感觉像病了,或者快要病倒了。"

"那你就别去打麻将了,我让山木带你去看病。"

"不!我不去看病,我就想回老家石峁村去。"

这是父母头天晚上的一番叙谈。第二天中午,又有麻友们叫父亲去打牌,父亲推托不过,他又勉强去了。尽管母亲当时一再阻拦说父亲有病,去不成了,但麻友们起哄说:"老叶身体硬朗着呢,死不了。"母亲听后,心头阴森森地打了个寒战,突然显得无能为力。

父亲就是在打麻将时,突然晕了过去。此前父亲出牌有些慢腾腾的,感觉有啥心事似的,打牌心不在焉。后来,他连抽了好几支烟后,精神稍有振作,还接连和了几把,也不算输。但是,就在他又点燃了一支烟,正准备吸时,烟却莫名其妙地掉在了地上,人也软软地歪斜着,向着麻将桌屈服了下来,像喝醉了酒似的,将一颗苍老的头颅抵在了桌子上面,一动不动,任凭麻友们摇旗呐喊。

母亲正在做饭,听得有人叫唤说父亲晕倒时,她连火都未关就急忙往过跑。母亲过来时,父亲正要被抬上救护车,她紧紧攥住父亲的一只手上了车后,便一路呼啸着向前冲去。

我哥接到电话时,却不在省城。他刚前几天回到了余兴县城,现正在公司处理几桩规模较大的当行放贷生意。他当即放下了手头活,给公司人员简短交代后,便和司机小赵驱车直奔省城。半道上,我哥又接到一个电话,他一下子急得吼叫起来,接连催促着小赵开快点,开快点!再开快点!

14

这一年的年尾,父亲和母亲重又回到了石峁村里。父亲因脑梗留下了后遗症,现已彻底瘫痪在床,他唯一的愿望就是要回归故里,死活再不肯留在城里了。

那次父亲病倒后,父母亲所在的房子也因没有关掉灶具明火而遭了火灾,若不是那天小区居民发现得早,扑救及时,后果不堪设想。这些惊心动魄的场景我们都没有告诉重病在身的父亲,但是,父亲却像知道了一般,很识体地不回去住了。

回到了石峁村的父亲,他认识这个村子,却认不得自己的家了。他魂牵梦萦的那三孔土窑、那三围土墙、那一方土院……全都不见了。呈现在他眼前的是一座崭新的城堡:这是一个封闭的四合宅院,四角有耳房,大门开在南方的正中位置,关起门来自成天地。一进大门是外圆内方的影壁,中间是偌大一个庭院,院落宽敞,四周、中间是人行通道。庭院中栽植的松柏树下安有石桌、石凳,也有藤几、桌椅等可供休憩之用。房屋四周再围以高墙,形成四合,墙上安有红外高清监控,既私密又安保。整个四合院落平展开阔。建筑气势威严、高大华贵。

不用说,父亲也心里明白,这又是我哥的大手笔。有钱总是这样任性,他也认了。可是,他又总觉得这个院落和土里土气的原有的石峁村落有些格格不入,他要住在这里会有种鹤立鸡群般的不安。不过这话他如今不能说了,他身子瘫了,心也瘫了,就由着他们来折腾好了。

他北望石峁大山,大山矗立于雪野之中。漫天瑞雪,纷纷扬扬;寒风怒吼,落木萧萧;漫漫苍天,茫茫原野。偶尔,三五只喜鹊从远处飞来落在这块圣洁的雪坡上。雪花映衬下的石峁村黑白、安静。远远地望见,一棵棵榆树、柳树,落尽芳华,瘦瘦的枝条潦草而又无奈地分割着天空。

父母亲回到老家住下后,我哥也一有时间就回去陪父亲解闷。我哥已经给父亲找下了一男一女两个保姆。女保姆主要负责父亲的吃喝洗漱,男保姆则主要负责父亲的起卧拉撒行动。我也会在周末时回去,总感觉父亲的身体每况愈下,一种不祥的预感从心间时隐时现。

父亲的头脑还算清醒,他趁着我哥和我都在时,就又提起了玉兰带的事。父亲说:"我已经感觉自己在世的时日不多了,趁我现在还能开口说话,我将该说的话给你们弟兄俩讲明……玉兰带是咱们老叶家先人遗物,要,要……"

正说话的父亲突然口吐白沫,眼睛瓷瞪,脑袋也失去了支撑,一下子歪到了一边。我慌忙上前,扶托住了父亲的脑袋,将父亲从轮椅上推着往屋子里走,同时着急地喊:"快取药来! 快取药来!"

放倒在炕头的老父亲,灌药时,已经再也难以下咽。女保姆闻着有股子臭味,解开父亲裤子时,却见蜡黄的屎尿溢满了裤裆,她忍不住"嗷——啊——"一声吼叫,冲出了院外,似扫帚星般吐在了当院。男保姆轻蔑地瞅了她一眼,拿了一条新棉裤过来先将父亲裤子脱掉,又将双腿分叉开来,先用卫生纸细细地擦拭去屎屎尿尿,再用温水毛巾轻轻地清洗干净沟沟岔岔,最后将那条青蓝色的新棉裤干净利索地穿在了他的身上。

一会儿,赶过来的村医生摸了把父亲的脉搏后,摇了摇头说:"老人家已经仙逝了,准备后事去吧。"

对于父亲的离世,我和我哥及我们全家的每一个人早在父亲重病时就曾有过种种的猜测,但谁都不会想到,父亲会是如此突然地离我们而去了。父亲去世的这天是腊月二十六,今年是二十九除夕夜,也就是说再有三天,就是一大家人在老宅的新居过上第一个团圆年了。为此,我们已经将各种年味、年货都备办齐全,就等着这一天的团聚了。可是,谁能料到……

事情终归是不以人的意志为转移的。我和我哥互相勉励着、提醒着,很快从万分悲痛之中解脱了出来,将族人、村人一一邀请到场,开始着手操办父亲的丧事。

由于正值新年,我们这里有个讲究,说是新年奔丧会冲坏了来年的运气。因此,每个人其实是都忌讳前来参与这一丧事的。可是,又碍于我哥的面子,他们还是一个看一个,一个接一个,无一例外地全部到来了。截至除夕这一天,父亲的盛大丧事已经初具规模。

灵堂搭建在新房宽敞的大院里,紧靠停放父亲灵柩的西厢房一侧,布置得庄严肃穆,颇显豪壮。灵堂正后方帐篷壁上扎着深黑色绸缎面料,上面缀扎着黄色、白色的新鲜娇嫩、柔美靓丽的花朵。花牌的正前方放着一长条形大灵桌,灵桌后方正中央端放着父亲24寸彩色遗像。遗像由黑边镜框做成,四周同样扎满了黄白色的鲜花。灵桌上除了摆置供果、供菜外,还摆满了黄白菊花,鲜美的香气悠悠散发,给寒冷的冬天平添了几分舒展的气息。灵桌中间放有灵位,两旁置有大白香烛一对,前方是一尊金色香炉。灵桌两旁又摆满了大素花篮,以八字形排开,中间空出一大片地面,供亲人朋友们吊唁祭拜。灵堂两边各摆有一张长桌,桌上放有香烟、茶、水果等各类吃食,供亲戚乡邻等前来吊唁的人们小坐享用。整个灵堂地面全部铺上了深灰色的纯羊毛地毯,人走上去绵软舒适,真有些不忍去踩踏。进入灵堂映入眼帘的是挂在正中的父亲的遗像,两旁正后方的花牌上面由我们弟兄及孙子们敬献的挽联:魂归九天悲日月,流芳百世忆春风。其他各界人士致送的挽联、挽幛早已挂满了灵堂两侧的墙壁,没办法挂起的就堆放在了墙角边。花圈、花篮等则从灵堂门口一直重重叠叠地排满院子的边边角角直到大门外侧还是没办法安放完毕,后面陆续送来的就不再摆置,堆放在了大门外的一片空地上。

所有这些前来奔丧吊唁的,几乎都是我哥在这许多年尤其是在创办典当行时结交的高朋贵客。据粗略统计,这些不辞劳苦,舍弃过年,冰天雪地前来吊唁的人们,每天不下百人。高峰时刻,灵堂门外两侧收礼和记账的小房间一度还曾出现过排队现象。他们都是主动前来,心甘情愿。至于说他们是怎么得知父亲过世的消息,我还真是不得而知,感觉也很纳闷。反正就觉得我哥人缘实在是太好了。至于有人还要刨根究底地追问我每天的礼金收入,我还真是不便透露。只好抛食引狗地说,看见大门外面那几个各具特色、各领风骚的白色充气门楼牌坊了吗?那每一个牌楼都是我哥的某个号称土豪的把子弟兄搭建的;看见那一头头整猪、一头头整牛一字排开摆放的祭品了吗?那都是我哥的三朋四友纷纷敬献的;还有这戏班子是几个兄弟合伙邀请的,这些个吹鼓手也是几个哥们儿联名奉送的,这各类鲜花是几个好友专门从云南空运回来的,这……

最有品位的是,这些挽联字迹都是名家、领导们现场手书后挂上去的。

我的周围无形中聚集了目瞪口呆的一簇人,我这才意识到自己嘴多了。连忙以主家的身份招呼大家入席就餐,心中油然充满了荣耀与自豪。由于不断有人来往,我们治丧委员会决定实行全天候流水供应餐食。一般早中晚是大餐,有八菜一汤,其余则为大锅炖羊肉、猪肉、牛肉、驴肉、鸡肉、兔肉等。无间断供应,谁想吃即吃,谁想喝即喝。烧酒是本地产的黄玉米红高粱美酒,纸烟是大华夏产的中华牌香烟。烟置盆,酒入缸。各人根据喜好尽情取用,不限时,不限量,海海满满,堆堆压压。

父亲的灵柩在家中停放祭拜了二七一十四天后,于农历正月十三在老家石峁山上的祖坟安葬入土。这一天,前来送行的人不计其数,将偌大的山野踩踏得体无完肤。从一早开始,天气由晴转阴,渐渐又开始飘起了雪花。响器班吹吹打打,哭声连成一片。乡邻抬棺上车后,我们这些披麻戴孝的孝子贤孙们,按长幼罗列,用白布拉灵。我哥手持引魂幡走在最前面,送葬队伍浩浩荡荡,环绕着上山道路,前不见头,后不见尾。

此时此刻,我才突然感觉出了父亲的悲哀,相对于如此庞大的送葬队伍,父亲膝下的人丁实在少得可怜:他没有女儿,只有我和我哥两个儿子。下面就只有三个孙子,即我的儿子狗子和哥哥的儿子东东及女儿叶叶。他的至亲只有这么一巴掌——五个人。尽管我哥适逢盛世,闯荡出了这片天地,但父亲说到底也就是这么一巴掌的阵势,一叶不障目,一掌难遮天,孤掌难鸣,我心中不禁一颤。

父亲的棺木至墓地置入墓穴后,阴阳先生将那盏长明灯放在了棺前,棺上方放有阴阳扣心瓦,瓦上写有父亲的姓名及生卒年月。我们孝子贤孙绕墓穴分左右各转了三圈,然后向墓穴扬土,烧回头纸,向乡邻亲朋们叩首致谢。

在向墓穴扬土中,我多看了几眼父亲的棺木,想到这是和父亲永世难面时,不禁悲从中来,竟然放声号啕起来。这时,我突然看见父亲的棺前出现了那一传说中的玉兰带,它晶莹剔透,玉润宝蓝,我惊讶得顿时失去了哭声,甚至本能地要伸手去拿时,猛然间一排排黄土从天而降,黄土在封盖住棺木的同时,也封盖住了我的宝玉。

15

初春时节,天气柔和而明媚,一切都欣欣然充满着蓬勃生机。我们这里的银行及典当行与大自然相映成趣,整日人山人海,车水马龙,一派红火热闹的景象。一年之计在于春,人们总在想方设法地将钱从银行取出或贷出后放到最保险最可靠的典当行里,去赚取更多更丰厚的利润;而那些少数的精英人士即我们俗称的老板老总们,则是将钱从银行或是典当行贷出后投入到了利润更为丰盈的煤矿、房地产、各类工厂企业等。显然,我们每个人最终赚得的金钱都是来自于这些工矿企业等经济实体。从我们内心来说,尽管一直在为买啥啥涨、买啥啥贵的生活而苦恼,一直在为日渐飙升的物价、日渐攀比的现实而烦心,但是,我们人人都有直接或间接从这些经济体中分红得利的广阔渠道,我们还在乎那点点涨价吗?我们甚至在暗暗地鼓劲,涨吧,涨吧,尽情地去涨吧!涨得越多,我们得的才越多!涨得越高,我们飞得才越远!我们已经有了一种奥林匹克般的精神:更快、更高、更强。我们这里处处都显示出一种强劲的发展势头,各行各业通行的一句口号便是:做大做强!

抢抓机遇,超越发展已经成为大家的共识。特别是一些有识之士,正是在煤价翻飞、楼价猛涨的狂潮中,抓鱼得鲸,捧得个盆满钵满,已经在我们这里广为传颂,令人羡慕不已,奉为神圣。市场经济在我们这里搞得红红火火,已经成为压倒一切的头等大事。如果有谁在这几年还死抱着一个饭碗,没有在工作之余或打工种地之外再搞出点啥赚钱的门道,那么他自己受穷吃苦倒是小事,关键是他还会被周围的人小瞧得无地自容。是呀,你没有渠道去贷款、入股、分红,将自己的钱放到典当行去做钱赚钱的生意总该可以吧?如果你连这也没胆量去做,你还是早早绾根屎毛上吊好了。

这些没有一丁点见识的人,我都懒得去说他们,看看人家我哥,他开着那么大的一个典当行还不算,如今,他又谋划着开始购买煤矿了,而要买这一煤矿少说也在20个亿之上。

20个亿对我们一般人来说简直就是个天文数字,对我哥叶行长而言也不是个小数目,为此,他专门将我们这些至亲叫到一块,来商量这事的可行性。这些亲戚主要还是我哥岳父这边多年做生意起家的一些能人。我一介书生,对做生意而言其实就是个门外汉,只是近年来才在我哥的帮扶下挣了不少钱,才在大家面前勉强能够抬起个头来。今天我原本不打算参与的,但我哥说:"你必须来,多少提点自己的意见,人多见识广嘛。"有些事,他实在有些拿捏不准,这才要跟大家多多讨教,想听听众人的分析。

在我的印象中,这是我哥最为谦虚的一次表现。我哥这些年来有胆有识,干啥事情总是风生水起,说一不二,从不拖泥带水,这次他突然一反常态,显得如此小心谨慎,看来这桩生意的确举足轻重,不同以往。我哥好,我们都好,大河有水小河满。我决定认认真真对待这件事,绝不能让他出现半点差错。我甚至比对自己的事情还要着急,就像原本平静地放置在那里的一串鞭炮,突然间被点燃了,一下子表现得噼里啪啦。

我们这算是个小型家庭式会议,会议的主持人当然是我哥。他先大体介绍了一下所购买这座煤矿的地理方位、煤炭储量、煤质状况、开采年限及煤矿老板的一些情况等,然后让我们各人发表对购买这座煤矿的种种看法。从他的话语中,我们都能听得出他自己是下决心要买这座矿山,只是觉得价格上有些昂贵,才没有做出立即购买的最后决定。

很快,我们参会人员就形成了买和不买两种完全不同的意见。赞同购买煤矿的有我哥的妻哥姚福兴和姚福旺两个大老板,不赞同购买煤矿的有我嫂子姚盈盈及她的父亲姚占山和我。同时,双方给出的理由也针锋相对,说得头头是道,犹如熊掌和鱼,摆在了我哥面前,这就令他更加难以决断,更加不会取舍,更加不可皆得。

赞同购矿的姚福兴和姚福旺认为,现在世界经济,尤其是中国经济正在由低端向高端急剧攀升,抓住这不可多得的升腾机遇,漂漂亮亮做几桩好买卖,这几年的生意场我们已见得多了。谁胆子大,放得开手脚,谁就发财了,成功了;谁胆子小,畏首畏尾,缩头缩脑,谁就在那里龟缩着原地踏步,永远也不会登上青云。

我听后心中一震,我觉得这财大气粗的弟兄二人就是针对我的龟缩状态而言的。但是,仔细一想,人家说的也是事实,这大千世界像我一样龟缩着的人比比皆是,不可能人人都成为大老总、大老板,我们就是在人家大老总、大老板的大鱼之下吃过水的小鱼鱼。大鱼们撕咬过后泼洒下的细末碎屑已经足够我们去吞咽长膘了,我们在大鱼之下一样腆着大肚子,难道还不知足吗? 我们一群鱼挤在一块吃混食,我们悠然自得不需要去冒任何风险,难道还不惬意吗? 鱼大招鲸,树大招风,枪打出头鸟,我还是就这样做个小鱼,长棵小树,成个缩头小鸟,其实要比他们美气得多,潇洒自如得多。

于是我就不卑不亢,理直气壮地说:"从眼下来看,我们的经济运行的确是处于上升期,但这种上升期还会有多长,谁也难以预料。假如这条难以琢磨的经济运行曲线在某一天一旦开始下滑,那么我们就会由最高位开始跌落,即飞得越高,跌得越惨。我这样说并不是给你们泼冷水,也不是空穴来风。不瞒你们说,我除了在我哥的典当行放贷款分红外,这几年我还一直在股市里炒股。大家都知道,股票市场一直被认为是我们国家经济运行的晴雨表,以我炒股的状况来看,刚开始几年,股票在持续走高,我还一直多少在赚那么一点点,可是,这两年来,股市一直在走下坡路,我的好几只股票都被套牢,赔得一塌糊涂。现在,我已经彻底封仓,再也不去关注股票市场行情了,只是偶尔看看股市到底滑落到了何种程度,不论怎么看,有一点是肯定的,那就是它终归是在跌落。单从股市来判断,说明经济已经开始下行,只是这种下行也许才刚刚开始,还没有波及房地产、煤炭等行业。而我们都清楚,这几年房地产、煤炭行业持续升温,价格也已经炒到制高点,泡沫已经产生并成形……"

"泡沫越吹越大,最终爆裂后,那将是毁灭性的!"我正说到关键点,我哥的岳父姚占山突然接着我的议题发话了:"20 个亿的煤矿,不要说如何经营,如何盈利赚钱,恐怕你连这 20 个亿的利息也赚不回来。过去我的一个原则是千万不要! 就是上了一千万的煤矿我们不去考虑;现在我们发家了,有钱了,我的那个原则是,上亿不要! 上了亿的煤矿我们不予考虑,风险太大嘛。"

"就是嘛,我们典当行顺顺当当赚钱多好,还要买什么自己不熟悉不懂行的煤矿。20 个亿可不是闹着玩的。"我嫂子姚盈盈也接着老爷子的话,对买煤矿提出了反对意见。

"我也知道 20 个亿放在典当行里吃高额利息,会是多么可观的一项收益。可是,你也要知道,拿 20 个亿来放贷,其风险要远远大于购买煤矿。"我哥打断我嫂子的话,接着说,"很简单,买了煤矿,即使赔到了底子上它还有煤矿在手;可是你将钱放出去,一旦贷款人出啥意外或干脆拍屁股跑路了,那可就是什么也没有了!"

一句话说得我恍然大悟。是啊,此时此刻,我才明白我哥为何放着保险的利息不赚,而要去买房,买车,买煤矿。唉,真是人生不如意十之八九,看着有钱有势、风光体面的我哥,那只是一种表象,其实他内在的压力要远远大于我们这些无钱无势、吃饱穿暖即可知足的小人物。我突然隐约觉得我哥挺可怜的,他开典当行为那么多人在谋利赚钱,自己却背着多么沉重的负担。他的目光肯定每时每刻都在紧紧地盯着那些个大老板。这些老板动辄从他这里贷走几十万、几百万、几千万,甚至几个亿,一旦他们情况有变,比如出了日常的交通意外等,那么,我哥不就要跟着受害吗?而给我哥典当行放钱的这些人,比如我们石峁村的高叶盛,他即使是出了意外,他的老婆、孩子、父母、岳父、岳母、兄弟、姐妹、亲戚、朋友等一干人定会一拥而上,帮他讨账索账,追款要钱。而我哥却是单打独斗,并且涉及资金更大,风险更大。

记得那次我哥请我们一大帮人喝完酒后去洗浴按摩时,对我说:"我最近总是睡不着觉,满脑子的事情赶都赶不走。我就想在舒适的按摩床上多躺一会儿,就想在小姐柔嫩的洞穴里多进出几趟,否则我就真的没办法活了。成天满脑子都是老板们的账单,这些数额巨大的账单,我走哪带哪,从来就没有离开过我的身。害怕一旦丢失就完了。我其实从来不害怕别人抢我的钱,我就拦心人家将我这许许多多、成千上万的账单抢去,那就是等于把我的命给夺走了……"

我哥给我说的是醉话,可我一点也没有听出他的醉意,他是敞开心底向我说的最亮堂的真心话。我第一次觉得,哥哥实在太难。他开典当行虽然利润可观,可是犹如在刀尖上舔血,稍不留神,便反被放血;犹如多米诺骨牌,一旦一块牌倒地,便会全牌尽倒,无一幸免。

我就对我哥说:"既然开这典当行如此凶险,何不及早收手?"

我哥说:"这是一个无可名状的隐形链条,你一点一点链接容易,一环一环往前接续即可。但是,你要拆除它时,就会难上加难。你要一扣一扣地拆,拆一扣,又得扣上一扣,否则便会全盘散架,满盘皆输。我输了不要紧,关键是给我当行放钱的那些个人们,不是左邻右舍,就是亲戚朋友;不是父母长辈,就是兄弟姐妹。我不能亏了他们的血汗钱呀!我如果将他们的钱财闪失掉,那我就会被困孤岛,成了孤家寡人，即使最终被困死，也无人嘘寒问暖，只会追款讨账，我会成了十足的孤魂野鬼……"

"哥哥，你不要再说下去了，我帮你来慢慢拆解这一链条。"我赶忙打断哥哥的话语。我实在不忍心听他说得如此残忍而决绝。同时，我平生第一次有了一种莫名的危机感，内心充满了一种山雨欲来风满楼的恐惧！

16

最近一个时期以来，我哥特别好喝酒，而且一喝就醉，一醉就去往各种高档会所，折腾不休，看上去颇有几分奢靡之风，为此我还专门规劝过他几回。

这一日，半夜三更，我正在甜美的睡梦之中，突然被手机给叫醒，我很疲惫，很无奈，也很有几分不悦地随手将手机扣在了耳郭内，闭着眼睛很不情愿地轻轻地"喂——"了一声。电话中传来了嫂子的声音，她像是急得哭了，对我说："你哥喝酒后，竟然将小姐带回了家！"气汹汹的还没说完就将电话给挂了。

我猛一惊诧，连裤衩也未来得及穿，光屁股蹬了条外裤就出了门。妻子从床铺给我扔来了那条拭过下身的裤衩说："谁的电话？出啥事了？"我将裤衩随手复又扔回了床上，没好气地说："男人们的屎事，不关你们婆娘的事。"

和我哥这天一块喝酒的其实是克乎镇信用社主任吴泽华及御景饭店老板朱其祥等人，酒喝到一定程度后，吴泽华提议叫个唱家来助兴，我哥说："好啊，就叫几个美女唱家。"

吴泽华翻了翻手机说："我有个老相好，人长得俊，歌唱得美，我就叫她来吧。"说着，他打通了对方的电话，一番不着边际的调笑后，他说："我们在某某饭店某某餐厅喝酒，你过来陪我们喝几杯，一块红火红火，咋样？"对方爽快答应。不一会儿工夫真就过来了。

美女的到来，令迷醉的痴男们眼前雪亮：她看上去白皙清纯，黑丝般油亮的细发很随意地向后一扎，似一股清泉，顺脊而下，直抵翘臀。一弯柳叶眉，自然天成，绝无针刺刀削的刻刮痕迹；一双毛茸茸、黑楚楚的大花眼，含射着摄魂夺魄的奇光异彩;挺直秀气的鼻梁,柔嫩闺约的嘴唇,细腻委婉的脖颈,含苞待放的酥胸,亭亭玉立的身段似模特般恰到好处地挑起一身迷彩连衣裙,远远地从门里进来时,真似仙女一般,轻轻地飘落人间。

美女似有几分娇羞地避开了男人们贼亮的目光,自我介绍说:"我叫悦莎莎,自由职业者,大家叫我沙子就好啦。"

沙子! 大家忍不住笑了起来,笑声中充满着友好愉悦的气息。顺着这舒畅的气息,沙子小姐紧挨着吴主任的身边,温软地坐了下来。

吴主任将叶行长和朱老板一一介绍给了沙子。沙子向二位轻轻地点了点头,温雅柔和地笑着说:"认识二位算小女子荣幸,来,我借花献佛,敬二位一杯吧。"说着举起了酒杯,从座位上站了起来。叶行长和朱老板受宠若惊,赶忙起身举杯,争先恐后地和沙子小姐的杯子碰在了一起,而后,纷纷一仰脖颈将烧酒灌进了胃中。

二位喝完后,见沙子的红唇在杯沿上轻轻地吻过,眉头略蹙,便将杯子放在了桌前,一杯酒好像比以前更多了,波动着要溢出杯沿。

叶行长将空酒杯展了又展,似有几分被捉弄的不悦,说:"沙子妹妹,我们可是初次见面,相见恨晚呀! 这杯碰过了的烧酒,就如同睡过了的媳妇,可不能作假呀!"朱老板也趁热打铁地说:"是呀,可不能日哄人呀!"

沙子下意识地摸了把发烫的嫩脸蛋儿,不好意思地说:"我不会喝酒,大家就原谅我吧。"

吴主任用胳膊轻轻地在沙子身上一碰,说:"喝吧,这都是我的哥们儿,别放不开。"

"喝了酒,你送我回家?"沙子逼了他一下。

"我哪次把你一个人撂下了?"吴主任反将了她一军。

沙子将酒杯重新端起,大家还没来得及看清是怎么回事,杯子已经空了。一不做,二不休。紧接着沙子就和他们酣战在了一起,又是摇骰,又是玩牌,最后还划上拳了。眼见着酒喝得差不多了,都已醉了,她就开始了自己的拿手好戏——唱山曲。

她唱山曲,众人喝酒。她向大家一一敬来。她先给叶行长唱:

一对对那个鸳鸯水上漂,

人家就说是咱两个好；

站在那坡坡上瞭见了你，

嘴上我不说我心里那个美。

你对我好来我知道，

就像那老羊疼羊羔；

墙头上跑马还嫌低，

忘了我娘老子也忘不了你。

山挡不住云彩树挡不住风，

神仙姥家也挡不住人想人；

宁叫那玉皇大帝的江山乱，

万不能叫咱二人关系那个断。

想你想成个泪人人，

抽签打卦问神仙；

山在水在人情在，

咱二人甚时候把天地拜。

　　叶行长本来已经醉了，正靠在椅子上像是要昏睡过去了，让她这一唱，他猛然间便长了精神，从椅子上端坐了起来，像被打了一针强心剂，又像唤起了心间久违了的那丝柔情蜜意。还没等沙子小姐酒曲唱完，递在他手中的那杯酒早已被他一饮而尽。这是他喝过最甜美的一杯酒，其实那不是酒，那就是滋润他龟裂了的心田的清泉和甘露，是抚慰他疲惫了的身心的丝乐和纤手，是拯救他荒芜了的灵魂的佛光和神灵。这是一种引诱，更是一种唤醒，似酿酒的神曲，似点豆腐的卤水，似引燃炮捻的那点火星，他不但异常痛快地喝了酒，而且还喝得涕泪横流，令在场的人不由得吃了一惊。特别是沙子小姐，不但不敢再接着唱了，而且吓得竟然连大气也不敢出了。

　　吴主任一看这阵势，忙起身说："叶行长自从老父亲去世后一直心情不好，今天又醉了，我们走？"他用征询的目光看着朱其祥。不想朱其祥却说："沙子小姐还没给我唱呢。"吴主任说："我们有的是机会。"朱老板只好起身，说："沙子唱的实在是太感人了，歌好，人好，真不知道她哪一点不好！"

"她哪一点都好！"被吴主任搀扶着的叶行长边走边接口说道。

"哈——哈——"在大家的一片哄笑声中，一起出门上了吴主任的车。吴主任吩咐司机，先送叶行长。

到了叶行长的家门口时，坐在后排的叶行长拉着沙子的手却不肯下车。他摩挲着沙子柔嫩的手臂，自言自语地说着谁也听不懂的梦呓。

吴主任从前排座位转过身来，以怜惜的目光看着沙子，轻声说："沙子，你就成人之美，送送叶行长。"

沙子略有迟疑，但即刻做出了飞蛾扑火的打算，她真的是以玉碎花消般的壮烈情怀，将叶行长顺势耸上了自己业已无可承托的柔弱肩胛，似得了口仙气，竟然飘忽着将叶行长一丝一扣地挪离了座椅，一星一斗地摇离了车子，一步一挪地背送到了他的家门口……

这时候，我的嫂子姚盈盈才披了件睡衣轻盈而出，她也显然是被眼前这一幕给深深震撼了。不过，她表现得却异常愤怒。愤怒的她竟然没有哭泣，而是即刻便将电话打给了我的父亲。父亲早已去世，电话自然没有了回应。看来她的怒气已经令她完全晕了头。不过，她的头脑还算清醒，她立马就将电话又打到了我的府邸。

实话实说，我那天真的是连裤衩也未来得及套上就火急火燎地赶了过来。令我很有几分扫兴抑或是不安的是，刚才还在电话里哭泣的嫂子，现在却笑盈盈地十分殷切地给吴主任，给朱老板，还给一位未曾见过面的娇嫩的美女倒茶递水。

吴主任见我情绪紧张，便笑着给我解释说："没事，没事，一场小小的误会竟然让你嫂子受到了惊吓。责任全在我和朱老板，我们俩只顾在车上拉话，没想到人家莎莎早将你哥给扶持到了家里。半夜三更，搂着个美女过了门，搁谁也会受不了，幸亏我们俩及时赶到，要不然你哥跳进黄河也洗不清了。美女救英雄，我们俩又是英雄救美人，好事，好事！"吴主任边说，边开心地笑着。

朱老板有些遗憾地开玩笑说："我们俩那时还不如偷偷溜掉，专等着看了这出好戏。"

"是呀！你说我们俩毕竟还是让酒精给烧坏了头脑，要不然真会有好戏看了。"吴主任笑着附和道。

我嫂子也开着玩笑，却话里有话地说："那当然，我们两个女人伺候这一个男人，里里外外都是好戏。你们就好好等着瞧吧。"

悦莎莎的嫩脸蛋红了又红,似有几分尴尬。但她是喝了酒的人,她的胆子本来就大,现在更是什么都无所谓,不在乎了。她一股劲地称赞着嫂子的茶香,表现出几分以柔克刚般回敬的味道。

我看着毕竟是风平浪静的湖面,长长地舒出一口气来,一屁股坐在沙发上,嗅出了坐在一旁的我哥身上味道很重,又很杂。

哥哥悄声对我说:"兄弟,你哥我哪里会有心情搞女人呀,即使是有这事,也是为了排遣那心中的不快活。你知道吗?现在好几家老板拿了我的几千万元钱,都不好再追要回来了。我现在典当行里的死账已经有好几个亿了,我——"

我看了看左右。伸手按住了哥哥那张口无遮拦的嘴。见大家都在起哄,并未有人在意我哥刚才说的话。我将我哥从座位上扶起来,说:"哥,你醉了,我们到楼上休息去吧,走——"

我搀着我哥从一楼沿着扶梯上到了二楼。

我哥说:"我的卧室在三楼。"我说:"就在二楼就近休息吧。"

哥哥说:"睡吧,睡吧,睡下后再也不想起来了。不起来了,不起来了,不——起——来——"

17

这一天下午,我比平常要早一点回家。我家离单位不是很远,如果没有什么当紧事,我一般会停车步行。我并非崇尚绿色环保,而是感觉步行比开车更轻松自在。边走边转玩,不知不觉便满吸了新鲜的空气到家了,真的比紧紧张张地攥着方向盘憋闷在车里要强。这天,当我步行路过一处广告牌前时,我无意间上前瞅了一眼。各类买卖信息贴得到处都是,还有讣告、宣传广告等,五花八门。

其中有一则由政府发布的信息引起了我的注意。信息披露:邻近余兴县城的侯龙市发生了几起典当行倒闭事件,引发了社会群众资金无法收回的群体性事态,提醒广大群众引以为鉴,注意规避典当行的风险,避免类似事件在我们身上发生,积极防范和化解金融风险。

我当时心中猛地一震,似有一种大难临头的感觉。我哥曾偷偷地给我说过,有几个老板做生意赔了,他们从他那里贷的钱恐怕要泡汤。我当时总以为他说的是醉话,并没有在意。如今看来,风险的确已经在向着我们悄悄逼近。

大难临头,我首先想到了自救。我要赶在众人还没有完全意识到这一风险的危害之前,将我的资金从典当行完全撤离。我总以为,亡羊补牢,犹未为晚。

但是,我还是晚了一步。兰我将电话打给我哥说打算要钱时,我哥并没有像以前那样痛快答应,他说:"现在没钱!"说着就将电话挂断了。

我还准备说,这些钱是我从别人手上低息贷来,高息放到典当行的,有的甚至是从银行贷的,如今你不给我这些钱,让我怎么去还人家的钱?让我怎么去还银行的钱?但是,我哥不但不给我还钱,连听我说两句也不可以了。我当时真的头都大了,我真不知道究竟该如何面对这一突如其来的事态。

我抬头看天,往日风和日丽的天,今天依然风和日丽,但我总觉得天还是变了。

我低头看地,往日平坦开阔的大道,今天依然开阔平坦,但我总觉得地开始颠了。

最终,我还是硬着头皮找到了我哥。这也是我第一次见我哥如此板结着脸对我说:"我们还是亲兄弟,别人都不会这样催着我要钱的。你回去吧,钱我过几天让人给你送来。"我说:"哥,我不是那个意思,我是看到了政府发布的一则消息,说侯龙市典当行——"

"典当行垮了!塌了!但我这里还不是好好的吗?还照样天天有人前来存款,还照样正常营业呀!"我哥打断了我的话,没好气地对我说。

"哥,你还是不要再吸收存款了。典当行风险太大,并且已经开始显现,趁早收手,船小好掉头,千万不能再扩张了,政府已经——"

"政府好多人都在我这里放款呢,有什么消息他们自然会通知我。"我哥再次打断了我的话。看来,他已经完全把我不当一回事了。若不是看在一母同胞的分上,真不知道会对我怎样呢。

十几天之后,我哥将我的钱还给了我。不过,他没有再按以往 4 分(4%)的月息给我结算,而是按月息 2 分(2%)偿还了我的本金及利息。别人大多都是按 2 分结算利息的,给我如此结算我也很满意,况且这些年来我在我哥的典当行里已经获得了十分可观的收益。饮水思源,虽然我现在富了,但是我怎么可能忘记我是凭谁富起来的呢!

我还清了所有的银行贷款,还清了所有的个人贷款。个人贷款我都是以月息1分或1.5分结的,这次赚到的利息差只有0.5分到1分,但是,由于我筹到的款项很多很多,所以赚到的也不是个小数目。因此,我从心底里还是感激我哥的,感激这个好时代的。

我感谢天。

我感谢地。

我感谢自己活出了这一番新天地。

我怀揣一颗感恩的心。

我永远铭记为我付出的人们。

原本以为有了钱之后,我会安分守己,高枕无忧地去过安逸舒适的生活。可是,儿子考到北京上大学后,我突然想在北京买房,将来儿子毕业后就在北京就业,该有多好。我这人虽然心眼很小,比如我就害怕典当行将我的那点可怜的小钱给彻底断送,因此,见好就收,再也不敢做那放贷的生意了。但是,我自认为我的眼界还是开阔的,比如别人总是希望子女们回本地就业,说我们余兴县是资源大县、全国百强县,哪里也比不得这里舒适、富有,而我却主张子女们能在外面去闯荡,就绝不要再回到这里来,这里毕竟是小县城,再怎么发展也比不得外面世界那般海阔天空,我们是农民子弟,在哪里都得要靠自己的真本领去跌打硬拼,因此,与其回来本地受窝囊气,还不如干脆到外面去开创自己的一番新天地。

趁我手里头还有几个钱,我就打算在北京买房,让孩子毕业后就在北京发展。与我正好相反,和我一个单位又是曾经给我卖房子的赵霍财,这几年将钱放在典当行吃高额利息尝到了甜头,上了瘾,如今还是将钱全部放在了我哥的典当行里及其他多个担保公司,自己仍然在租房子住。因为涉及我哥,我就劝他说:"我们邻近的侯龙市已经出现了典当行关门倒闭的现象,我们将钱放到典当行,风险太大,还是及早收手吧,免得将来带害。"老赵却说:"我们又不是侯龙市,我们这里煤价还在涨,典当行生意只会越来越好,根本不会出现倒闭现象。你看看,每家典当行都按月结息,放着这么好的赚钱机会,你不做,将钱白白地撤出来,多可惜。别人骗你我不敢保证,我都不害怕被你哥骗了,难道你还怕你哥骗了你不成?"老赵不解地看着我,很有些瞧不起我的样子。本来是我劝说他的,后来反倒成了他规劝开我了,说我真是个没有经济头脑的书呆子。也是,除了看到的这则消息外,我当时还真的找不出更有说服力的例子来证明典当行就要倒闭了。一时间,我也真的很矛盾。但是,我的钱既然已经撤出来了,我也就不打算再放回去了,我毕竟还不是个太贪婪的人。

我现在突然间活得很轻松,很自在了。我不再欠别人的钱,别人也不再欠我的钱,我完全从往日账务连天的烦闷中解脱了出来。我哥不听我规劝,老赵也不听我劝说,我觉得问心无愧,我不是自私自利,独自逃离,我也很想拉着他们一块去脱离,他们不听我的,我也没办法。也许他们是正确的,而我是错误的。那样其实更好,他们好,才是真的好!特别是我哥,他那么大的一个摊子,一旦出什么问题,必将是毁灭性的。这些我给我哥也提醒过,他自己也给我说过,他也明白这其中的风险,只是他总是很自信,常抱有侥幸心理,没吃过辣子,不知道辣子能辣出来泪水子。

18

这一年临近岁末年关,天气在不知不觉中陡然变冷,气温骤降到零下 20 几摄氏度。表面看,晴朗的天空,既无阴云密布降大雪,也没有大北风刮过,却猛然间冷了,冻了,让人猝不及防。

更令人猝不及防的是,全县一家最大规模的典当行老板生瓜子因炒黄金白银赔得一塌糊涂,突然间人间蒸发,跑路了。

我们这里炒房、炒煤矿是家常便饭,还从未听说过有人炒黄金白银。既然炒黄金白银还赔得如此凶险,更不要说炒房和炒煤矿的了。人们一听这一凶讯,顿感浑身瑟瑟发抖,原来滚烫烫的一颗红心,被结结实实地冻贴在了胸后腔。

还等什么?

——快去要账呀!

一时间,各家典当行、信贷公司、担保公司门口聚集了无以穷尽的追款讨账的人群。

因为事发突然,无论是典当行老板,还是给典当行放款的人众,谁都没有料想到往日财源滚滚、红火热闹的典当行会是这般光景。

这是一个潘多拉魔盒,往日翻滚涌动着的梦幻般的奇妙烟云,如今突然汇聚成了一尊面目狰狞的魔鬼,被惹动了的魔鬼绝不会轻易让你逃脱奔离,你就乖乖地受侵害吧。你可以愤怒,你可以怨恨,你也可以后悔得要死要活,但是你就是无法摆脱这个魔掌。考验你的时候并不是在你要得到财富的那一刻,而是在你就要失去财富的这一刻,就在梦幻烟云骤然凝聚成魔的这一刻,好多人在这一刻被活生生地给吓得死去了或者自寻死去了,但是,大多数人还得艰难地在魔掌之中求得一席之地,存活下来。要不怎么会说,活人太难呢?

我哥在这艰难一刻找到了我。在我面前,我哥已经是悔青了肠子,但是,他仍然一点也不放过自己的那张脸。他抡起了双掌,似魔掌般左右开弓,结结实实地抽打在了自己的左右脸面,边抽打,边说:"我怎么这样糊涂呢!没有听从你的劝说。看来,还是你们读书人看得长远,我怎就没有多念几天书呢,我这脑子不够用呀!"

我赶忙走上前去,一把抓住我哥的双手,说:"哥,你这是干啥呢!这是一场灾难,念书和没念书的人都深陷其中。这就是一潭泥淖,人人都得从这里蹚过去,我们就想想怎么蹚过这浑水吧,别的什么也不要多想了。"

我哥从痛哭流涕、寻死上吊的颓废状态沉静了下来。是啊,全县2000多家典当行,算上暗中操作的地下钱庄,足以过万了,别的典当行能挺得过去,他也能挺过去,天塌下来还有大个子顶着呢,怕啥呀!况且,开典当行这些年,他也算是风光尽览,人生能享受到的好东西他一样也没少过,今天走到这步田地,他也认了,也算是自作自受。只是,两个孩子东东和叶叶还在英国留学,他必须要为两个孩子安排好出路,到那时即使是死,也无所谓了。

我从我哥的典当行路过,看见写有"山木小额信贷有限责任公司"的牌子已经被讨债的人给砸得粉碎,要账的群众挤得人山人海,其中就有石崞村的高叶盛、高光仁、叶崇胜、张三怀等和我哥当年一同在石崞山上打猎的那帮兄弟们。我将这些老乡们叫到一起,看了他们手里由山木信贷公司出具的欠款条据,总金额大概有500多万元。老乡们说:"这些钱都是我们一分一毛舍不得花费,块数八毛凑齐后托高叶盛放到你哥的典当行里的,现在这个钱不给我们,我们就只有死路一条了,我们辛辛苦苦攒的几个血汗钱,好意思不给吗?"

我将高叶盛悄悄地叫到一边说:"咱们老乡的这些钱,由我承担起来,我替我哥偿还,你看怎样?我准备将在北京买房的钱,先来给他们还账。这些钱本来就来自我哥,现在就当是偿还给我哥。"高叶盛万分惊喜地看着我说:"那我就给兄弟你磕头了!"我说:"你先别说磕头的话,你先和他们商量,我只给本金,至于利息以后你们和我哥去结算,暂时这么多要账的一起前来催要,结利息是不可能的了,能将本金给结了就是很了不起了。"

一听说不给利息了,张三怀就大声地叫嚷开了:"我们存钱就是为了吃利息,不给结息,坚决不行!"

我说:"这你也看到了,这么多人同时催要,哪里能一下子给那么多的钱?家财万贯,也还有个措手不及呢。"

"给不了我们不要了!我们走!"张三怀说着,一把拉上了高叶盛的手,怒气冲冲地招呼着这群老乡们扬长而去。

我正纳闷间,忽然接到了母亲的电话。母亲号啕着说:"儿啊,同村的一帮人将咱们老家的独院给占领了!我一个老太婆也被他们强行赶出来了。"

我一下子傻了眼,赶忙给我哥打电话,却是关机。

我准备报案,仔细想了想,却又没有。我急忙开车回到村子,母亲正在村口的那棵老榆树下干巴巴地抹着眼泪,无声地在哭泣。我将母亲搀上车,远远望见老家那一偌大的庄园被父老乡亲们悉数占据。

唉!老家已经再也回不成了。我在心底哀叹着,将车无望地开出了村庄,车后瞬间扬起了一片汹涌的黄潮,故乡在一片黄昏中迷失了。

紧接着,我哥在县城的三层别墅式小楼也被他最要好的几个朋友吴泽华、朱其祥以及我的同事赵霍财等给霸占了。他那上千万的劳斯莱斯座驾也不见了。最关键的是,他人也不见了,我嫂子也不见了。电话一直关机,我实在着急不过,最终选择了报警。警察的答复更令我吃惊,他们说:"全县上千家典当行纷纷关门,老板们纷纷躲账外逃,县上正采取紧急应对措施,请耐心等待少安毋躁!"

19

随着典当行仿佛是约定好似的在一夜之间纷纷关门倒闭,社会这盘原本一直向好运转着的大机器,突然在多个节点上同时出现了故障。最明显且影响最广泛的是,房价开始了下跌,紧接着煤炭价格也开始了下跌。与跌价相伴而生的便是滞销,房子也卖不动了,煤炭也卖不动了。卖不动的房子和卖不动的煤炭,价格再进一步下跌,如此恶性循环,坠入了一种令经济学家也捉摸不透的陷阱之中。过去公路上密集往来的运煤大卡车不多了,街上往来穿梭的高档轿车也突然不多见了,甚至美女也不多见了。好多店面尤其是卖各种高档消费品的店面纷纷关门停业,街上冷冷清清,仿佛遭受了寒潮来袭的田地,到处是一片灰塌塌的令人万般心酸的萧条景象。

一些房地产老板、煤老板、典当行老板等突然经受如此萧条的局面,好些就自寻短见,畏钱自杀了。他们自杀不要紧,关键是给他们投资钱的这些人是一个无法估量的庞大的群体,他们是这一群体的一颗头,这颗头一旦落地,这个无头的庞大身躯是不会轻易地死掉的,他们左冲右突,总要找个头脑,讨个说法。最终,他们找到了政府这颗头领。他们已经是一个掉了脑袋的庞然躯体,顶着一个个血淋淋的脖颈聚集在政府门口,让政府来给他们疗伤,解决这掉头之痛。面对如此鲜血淋漓的庞大群体,政府岂敢等闲视之?现在,政府所有的工作重心完全转向了疗伤扶痛之中,一改往日浮虚夸耀、空谈阔论之风。吹嘘起来的光彩炫耀的肥皂泡已经破裂,面对阵痛而又震荡的社会现实,人人开始实实在在地思考该如何修复这一个个受损的躯体。

余兴县新一届领导班子,在省、市党委、政府的大力支持下,积极稳妥地开始治理民间借贷乱象,平息风波,化解矛盾,使大家冷静面对困难,逐步回归理性,使全县逐渐向着复苏、创新、转型之路迈进。出台了《关于金融支持民营经济持续健康发展的意见》和专门治理非法集资案件的"处非领导小组办公室"。这些倒逼出来的金融改革举措,虽然不能彻底解决民间借贷、民间金融混乱现象,也不可能指望让那些满城讨债的人安然下来,但却在制度层面为典当行提供了缓冲之机,避免了墙倒众人推,鱼死网破式的对垒局面,最大限度地保护了债权人和债务人的双方利益,使大家能够按照协商程序、司法程序逐步达成谅解、解决协议,最终使问题得到合理妥善处理。

我哥叶山木和我嫂子姚盈盈躲藏在西安的小区里,避过了那场群殴混乱的场面之后,准备前往英国,先与两个孩子见个面,而后远走高飞,浪迹天涯。

　　我见到我哥后,我对他说:"同村的老乡们的 500 多万元借款我替你偿还清了。老乡毕竟是老乡,他们最终放弃了索要利息,只拿走了本钱了事。"我又拿出了我卖车的钱及所有身上积蓄总共 1030 多万元,递到了我哥的手里,几乎是恳求他放弃逃跑,回去面对现实,在政府及大家的共同帮助下,定会平息了这件事情的。

　　我哥陷入了痛苦的沉思之中,无动于衷。

　　后来,我嫂子将珍藏在身边的玉兰带十分小心地拿出来,像捧着一颗心似的捧在了他的面前,万分动情地说:"山木,我们就听崇柯兄弟的,我们卖车、卖房,卖掉我们所有的家当,卖掉你给我的这定亲宝物——玉兰带,我们一定会还清这些欠账的,况且我们还有那么多的欠款可以去追讨回来,我们怕啥? 如今,又有政府帮我们来化解危机,我们还有什么不敢面对的呢? 当初,大家都是为着利益而来的,都想着多赚几个钱,我们又没有骗人,也没有犯法,欠账还钱,该我们的我们一定去承担,该追要的我们也一定去追要,我们回去啊。"我嫂子几乎是哀求着我哥,哭喃喃地说得人心都要碎了。

　　我哥动情地将嫂子揽在了怀里,哽咽着说:"跟了我这个没出息的人,让你受苦了。"

　　我嫂子泪流满面地说:"只要我们走正道,受苦我也乐意。只要我们在一起,就没有我们蹚不过去的河。"

　　我哥将玉兰带紧紧地捧在了手心,感受到了嫂子身上的体温,像捧着嫂子的一颗心,一颗玉石宝蓝、晶莹剔透的心。

石峁

通过对石峁村青年苟更新和其师母智慧敏传奇曲折的爱情故事及其小人物的艰难生存现状等的精雕细刻般的描绘，生动展现了石峁人石头般铆实的秉性。

1

年过半百的苟宽厚，现在感觉自己是在过着毛驴般的岁月。他要为年近30岁的儿子苟更新筹措几万元的结婚彩礼，天旱火燎的，简直度日如年。

今年，除过少部分水浇地有少许收成外，大部分庄稼都已绝收。眼下，正是庄户人最难场的时候。好多年轻人、壮劳力都纷纷外出打工谋生，村子里只留守着三八（妇女）、六一（儿童）、九九（老人）"部队"及部分体弱病残者。石峁村犹如遭遇了大劫，一派萧条景象。

这几天，苟宽厚终于在家里待不住了，他必须要想办法来补上这灾年的亏空。最终，他也还是决定外出揽活、打工。当他就要迈出家门的时候，内心不由得一阵酸楚。是的，往年这个时候，满地的庄稼都生长成熟，正鼓鼓胀胀、挤挤攘攘地等待着喜上眉梢的庄户人不知疲倦地前来收割；而眼下的这点收成，他的婆姨康水梨一人睡过八大觉后，都能收拾得一干二净。因此，在农村生活了一辈子，营务了一辈子庄稼的苟宽厚，已经50多岁的人了，却被现实生活演变成了一名农村的"剩余劳动力"。

按照城里人的规矩，苟宽厚现在该是"退休"的人了。因此，他不能被算作劳动力来对待，更不能冠以"剩余"这样的不尊不孝之名，他应该到专门的老年人活动中心，去定点的老年人晨练队等场所，美美地燃起一片红红火火的夕阳风光；而按照农村人的定律，眼下看来，你越是挨近夕阳的岁数，却越是像那朝阳了。是从什么时候以来，农村的大部分青壮年纷纷离开寂寞的乡村，拥入繁华的都市，这样一来，留守寂静村庄的重任，大多就落在了这些上了年岁的庄户人的身上。他们无从顾忌年岁已高，无从顾忌体力不支，默默地营务着一茬又一茬悄无声息的庄稼。

事实上，现在的好大一部分年轻人，已经不会营务庄稼，他们即使是待在家里，种地的细活也还得上些年纪的人来完成。这样，倒不如他们干脆通年外出打工挣钱，在某个城镇租房安家，去过那劳苦却省心的市民生活。

荀宽厚常想，都一窝蜂似的拥入城市，一旦无人种地了，莫非那城里的高楼大厦也能当饭吃？

可如今，荀宽厚也要外出打工了。他显然是被逼上了梁山。他既是拼了这条老命，也要驮回一垛子钱来，为这要命的儿子开销办事。

儿子荀更新从小不好读书，现在却感觉死受苦没有前途，亡羊补牢，年前，遂拜同村的匠人张侯怀为师，执意要将他的这门挣钱手艺学到手。前几天，荀更新的师傅张侯怀给家里的人捎话回来，说今年收成不好，秋天就不回来帮着收割庄稼了；还说，前阶段，他们师徒二人已在一个大型建筑工地找到了活，秋天工资正高，耽搁不得。对于张侯怀有病的事，来人却只字未提。张侯怀的媳妇智慧敏心想，也许这并不是报喜不报忧的缘由，很可能是自己的男人经过一段时间的息养后，他因劳累过度而落下的病根终于给除掉了？

康水梨听说走了七八个月的儿子荀更新，秋天也不回来了，心中就时急时躁、时忧时悲，干活也心不在焉，常靠偷偷地抹眼泪。

康水梨急匆匆地赶到张侯怀家去，仔细打探儿子更新的情况。怎奈张侯怀的媳妇智慧敏，竟然破口大骂，说自己这死不了的男人，走了半年多了，竟连二分钱的钢镚子都未捎回一个来，这叫他们母子们该怎活呀！

智慧敏越骂越凶，白眼瞪着康水梨，唾沫星子溅着康水梨。康水梨立时明白，这智慧敏不是在骂她的男人，而是在给她撒气。她是在怨恨儿子更新跟了她男人张侯怀学手艺，害得她家的男人没给她挣回钱来。

康水梨除了没有问到第一次出远门的儿子的丁点儿消息外，还受了一肚子的冤屈气。

荀宽厚也觉得奇怪，走了多半年了，张侯怀怎么连一分钱也未捎回家来？莫非

身子去上工。他常对好心规劝他的工友们说："没事,能挺得住。工程一完,我就回家呀。"他的那种口气和那种姿态,让人一下子就想到了铁人形象。

可是,这一天,我们的铁人却在干活之中猝然倒地。当他的徒弟苟更新慌乱中将他背在肩头去往医院抢救时,他已经气绝路途,垂死在了他的脊梁之上。其间,在连续的颠簸之中,他挣上命地吼出了一声之后,便完全由硬变软,而后就由软变硬了。他的徒弟苟更新异常惊骇地将他从肩头卸下,看到他那上吊翻转着的一双白眼、龇牙咧嘴的一副凶相后,险些怕死了过去。

按照石峁当地阴阳先生的章谱,张侯怀未满50岁突然暴死,属"小口",当旺火化掉血肉后,拾捡尸骨埋了。

火化后的张侯怀的躯体只占了一小红布袋大小的空间。在临入土的时候,这一小红布袋尸骨又被装入了一个小小的薄木棺匣。这棺匣大概是由普通棺材按比例缩小到七分之一的样子。

张侯怀之妻智慧敏及张侯怀的徒弟苟更新,他们怜己惜人,总觉得张侯怀由阳世走到阴世时的场面有点太简单,总觉得亏欠了他点什么。

正当萦绕在人们心头的这种怜悯、伤痛、灰败的乌云呈厚重堆积状之时,现实的冷雨便劈头盖脸地敲击了下来。

首先是智慧敏,她中年丧夫,留下三个碎娃娃,整天要吃、要喝、要穿、要戴,还要供书念字,知文晓理……手艺人张侯怀这样撒手一走,智慧敏就失去了唯一的依靠,失去了重要的生活保障。正如烧火做饭中,突然抽去了炉灶里的木柴,热气蒸腾的饭(繁)荣景象,便转眼即逝。

其次是苟更新,他从师学艺近一年,其实只是跟着师傅奔波流浪了近一年。一年来,他手艺学得半生不熟,如同一锅水,只烧到了四成开。如今,送走师傅后,他就成了弃儿一般,以后学艺之路怎么走,就无从知晓。

苟更新在学艺路上,之所以要一条道走到黑,完全是因为只有将这把手艺学成功后,他才有可能将傅栓桩之女傅云柳娶过门来,做他的媳妇。在这件事上,傅栓桩给苟更新父子俩各出了一张考卷。给苟宽厚的考卷是彩礼两万元。苟宽厚正在拼命"抢答",甚至置年老体弱于不顾,到薪晶市打工去了,现在正将"考卷"拿到工地上,试图在那里展开攻势,攻克一道又一道的"难关"。给苟更新的考卷是手艺学成功。现在他也已"回答"上来了四成,另外的多一半因为"考场"中突然出现了意外,就迫使他暂且停顿了下来。

媳妇一时半会儿娶不到手,着急也没用,倒也罢了。苟更新现在最担心的是父亲的安危。因为师傅张侯怀的缘故,他时常会在心里胡乱瞎想,莫非爸他……

"没事,好着呢。"每当苟更新念叨他爸时,他母亲康水梨就这样说着宽心的话。康水梨的意思是,凡事说个好,纵有灾祸也破除了。然而,苟更新却不解母亲这般不着边际的意思,竟龇着口吼道:"好!好!你就知道好!走出去的人,近一个月了,连个影子也没见着,还好?不好!不好!不好!……"

苟更新正暴着性子喊叫着,突然,嘎的一声,疯狂中,他像高速冲锋着的战车,猛地中炮瘫痪,顷刻间就偃旗息鼓了。

击中他的炮弹,来自母亲康水梨。他的一连好几个"不好""不好"的连梭子弹射出枪膛,他母亲竟哇的一声,放开嗓子大号了起来。这种阵势有点像智慧敏那天面对死去的丈夫时的情形。上些年纪的母亲,如此伤心地号啕痛哭,苟更新还是第一次经见。母亲的这个样子,不亚于一颗重型炮弹,刹那就将苟更新击得粉身碎骨。他当即便被吓出了一身冷汗,满脸肌肉在颤动中泛出白一阵红一阵的骇人的光彩。慌乱中,他一把将母亲抱了,就要去往医院。但是,转而一想,这又不是薪晶市,上哪儿去找那么方便的医院?惊慌失措中,他只好双手托抱着母亲,站在当院,歇斯底里地直喊救命。

2

霜降前后,田地里的庄稼被抢收一空,整个石峁村显得辽远而空阔。干涩的西北风日渐硬朗了起来,扬沙卷尘中,呈现出一派肃杀般的态势。

深夜两点多钟了,苟宽厚家的三孔土窑洞里,仍然灯火通明,与深秋凉飕飕的夜晚形成了某种幽怨与对峙。

苟宽厚的妻子康水梨独守着三孔空窑洞,突然害怕了起来。往常里,她独自一人在家,并未有过如此怯惧的情形。即使是月黑风高之夜,她也敢一个人熬到深夜,将牲口逐一喂好了,然后倒头便可睡到天亮,中间不会有任何头皮发紧的情况。

这几天,她心里疑惑地思谋着荀宽厚,猛然间就会冒出些奇异可怕的念头,随即她就看见荀宽厚在她前后左右的各个方位,或远或近地向她走来。她一阵欣喜,正要向他靠近时,却见周围只是寂静的房屋和空阔的庭院,并未有任何的人影出现。她当即便被吓出了一身虚汗,浑身酥软得再没有丁点的力气去干活了。她对自己家里的庭前屋后突然感到陌生而恐惧,一种无由的惊魂丧魄之感,犹如章鱼的脚爪,从四面八方聚拢而来,将她紧紧地裹覆住、拥盖住……

　　直到丧夫的智慧敏,苦闷之中客串到她家门上时,才将她从那被灰败怯懦可怕情绪丝缠麻绕着的雾团中暂且解脱了出来。智慧敏说,她男人张侯怀刚殁了那会儿,她也就这样疑神疑鬼地怯惧。人在事中,都那样不正常。其实这又很正常,过一阶段,等时过境迁了,也就没那档子事了。智慧敏说:"你要是实在害怕了,我现在一个寡妇人家,正好可以过来给你照怕。不过,也只是在晚上过来和你一块睡觉而已,可是,别的该由男人做的事情,我可就帮不上忙了。"说话间,智慧敏止不住笑出了声来。康水梨并没有听明白她要笑的意思,却在这一片笑声中松弛了下来。

　　智慧敏唐突地问她:"更新啥时回来?"

　　"我也不知道。"康水梨不经意地看了她一眼,说,"咋啦?"

　　智慧敏突地红了脸,吞吞吐吐地说:"……有点重苦活,想让更新帮一把。"

　　"那没问题,更新本就是你家那人的徒弟嘛。现在他人走了,你也不容易,更新哪天一旦回来,我就让他过来帮你。"

　　"嗯……"智慧敏还想说啥,却没好开口。

　　刚刚进城还没几天的荀更新,突然间又回到了家里。

　　更新说:"妈,我再也不出门了,就在咱们石峁村种地呀……"

　　"城里没找着活干?"康水梨焦急中情绪显得有些暴躁,话语中带着唾沫星子,"我这是哪辈子造孽,得了你这么个活宝,叫我在全村人面前抬不起头来……"

　　"妈!"荀更新打断了他母亲那难以入耳的话语,解释道,"妈,进城的当天,我就找下活了,只是——只是师傅去世了,我一个人在工地上干活,怪孤零的。再说,我也不爱学这揽工受苦的活了。妈,我想,我还是趁早和我爸学种地吧。咱们石峁村,我觉得比在城里舒畅……"

　　"没出息的东西!你就知道舒舒服服的好,可这样能过了一辈子吗?学不成手艺,人家傅栓桩的女儿会嫁给你吗？挣不下几个钱,看你的老婆谁家肯白送上门来？"

"妈,娶老婆的事,你就不要再费心思了,我自己会……"

"怎么,你自己谈下了？"康水梨心有所动,抢着问。

"不是,我是说我自己会想办法的,现在还早着呢。"

"灰东西,你二十八九岁的人了,还早？闪闪失失,30出头了,你真的打光棍呀？"

"……"苟更新被母亲这一路追问下来,至此才若有所思。他那尽染风尘的脑袋痛苦而又无奈地低沉了下去,嗫嗫嚅嚅着无话了。康水梨看着他那冷寒受冻的模样,心里也不由得一阵酸楚。她表面依然强硬,内心却已犯软,忙活着给他开始准备饭食了。

3

石峁村苟宽厚家的又一代秉承传统的庄稼人已经长大成人。

苟更新瓷实雄健的身材与他那敦厚踏实的心灵世界浑然一体,表里一致;他没有过多的追求和欲望,对任何事情都显得满意而知足;他不爱多想事情,有时候,和别人共事,他就喜欢有人指使,喜欢由别人来出谋划策,来给自己出主意,想办法。但是,有时候,他又显得十分倔强,任何人都甭想将他的意念改变。就像他一旦决定了不去学手艺而要在家里种地一样,包括他的父亲苟宽厚在内的所有的人,都再无法改变得了他。

不过,无论从哪方面来说,苟更新都是一个种地的好坯子。只是,眼下流行一窝蜂地进城吃"工饭""浮饭""青春饭",才使得人们对他逆流而行的这一行为不太理解,甚至说他年纪轻轻地窝囊在家里,没出息。苟更新就在心里不断地嘀咕,都进了城,没人养畜种地了,你们吃什么？喝什么？城里那满世界的钢筋水泥壁垒难道也能当饭吃呀？

初冬时节,整个石峁村显得荒凉而空寂。长风裹挟着蒙古—西伯利亚寒流毫无遮拦地吹刮过沙丘滩峁,令所有的生物都有规律地躲藏、蛰伏、迁徙。

此时,正值农闲时节的各个农家小屋里,炉火正旺热地冒蹿着,倒显得异常的温暖而悠闲。这种与外面的严寒所形成的明显反差,让苦受了一年的庄稼人,更好地体味到了生活的融暖与舒适。这个时候,羊也宰了,猪也杀了,打工在外的也陆陆续续地回家来了;有肉吃,有酒喝,有人玩,正是一年之中农人们身心最为闲适、舒坦的时日,就像城里人放了长假。

苟更新闲来无事,就习惯于到智慧敏家去坐坐。师傅张侯怀去世后,他觉得师母一个人拉扯着三个碎娃娃很不容易,受了煎熬。因为师傅的缘故,他对这一家人抱有深深的同情和怜悯,常会帮他们做些苦重的体力活,跑腿办些事情。

这一天,他帮师母干完活后,和师母拉家常、扯淡话、谝闲传,不知不觉中,天就黑了下来。他赶忙起身要回家时,师母却执意要留他吃晚饭。一顿猪肉烩酸菜异常美味地下肚后,苟更新却突然感到了问题的严重性。

苟更新家与师母家之间,正好会经过他家的那个"土圆仓"。在苟更新看来,这个"土圆仓"现在就是一座可怕的"坟墓"。自从亲身经历师傅死亡的全过程之后,他胆小畏怯得就不如一个小孩子。白天还好说,夜晚他就绝对不敢独自出门去了。他现在甚至有了一种"恐夜症",一到天黑就害怕。现在,要让他在这黑天半夜经过那座"坟墓"回家,他是至死都做不到的。

此刻,苟更新在内心里对自己怨骂不已,急出了满头的汗水,却仍然没有找到回家的"路子"。最后,他实在想不出个法子了,就向师母请教道:"姨,我……我……"

"你咋啦?"智慧敏见苟更新说话吞吞吐吐的,像个长大了的小孩子仍然还围在她的身边讨要奶吃似的,却又不好意思说出口来。她就不由得笑着问道:"有话说嘛,都像一家人的,你还有啥不好意思的?"智慧敏刷洗锅碗的声音很响,说话的声音却有点像那碗里的油腻。

"姨,我一到夜晚就害怕。今晚……今晚可能得在你们家住……住呀!"苟更新这话一出口,憋红着的一张脸,紧跟着便缓和了下来,内心也好似趋向松弛。

智慧敏一下子便停止了刷锅。她扭过头来,用疑惑的目光将他从头到脚打量了一遍,奇怪了,这么五大三粗的一个人,尽说小孩子话。笑死人了,一到夜晚就害怕,还不如一个小孩子呢。

智慧敏强忍着未笑出声来,却像哄小孩子似的说:"住吧! 别怕,呃,有我在呢。"

智慧敏将灶房里那张木板床上七零八碎的东西十分麻利地搬挪开来,然后在上面铺好了被褥,对正在和自家的三个娃娃斗耍着的苟更新说:"你就在这张床上睡吧。我给你加了双层褥子,估计不会冷了。"

苟更新十分感激地对她点了点头,感觉有股异样的东西在心头柔和而温热地泛滥开来。顺着悬吊着布帘的门洞听过去,隔壁传来了慧敏姨窸窸窣窣的脱衣服的声响。这温情的响声显然使苟更新再次甜美地躁动起来,他内心突突地跳着,双耳极不规矩地捕捉着那种种惊奇而神往的响动。伴着慧敏姨温柔甜润的呼睡声,苟更新渐渐用被子紧裹了膨胀的身子,将脸紧紧贴向那墙壁,慢慢释放着,呼匀了气息……

与苟更新相比,智慧敏倒显得平静而自然。只是后来,苟更新那成熟的男人所特有的雄壮的鼾声顺着连接两个房间的那条门洞传过来,并将她震醒了之后,她突然莫名其妙地想起了自己死去的男人——张侯怀。张侯怀从正月里打工出门,到九月里死尸运回,直到现在快一年了,她就再未在自家的炕皮上听到过任何男人的那迷醉的呼噜声。张侯怀刚去世那会儿,同村的瘸跛子赵宝元,癫蛤蟆一个,还磨蹭着想要吃她这块无人光顾的"天鹅肉"。这个瘸跛子光棍汉虽然总是被她骂得灰溜溜地走开了,却每每搅得她心神不宁。她似乎在渴望着某种东西,却又在坚决地拒绝着它。特别是在夜深人静的时刻,那种焦渴,往往更加明晰而不知耻……

伴着苟更新那陌生而熟悉,遥远而逼近的男人所特有的强劲的鼾声,智慧敏自怜地将双手拢盖过身,随着一阵紧似一阵的强烈战栗,温热的泪水顺着滚烫的脸颊静静地溢流而下……

第二天早晨,大家显然起迟了。苟更新匆忙叠好被褥,连声招呼未打,就急匆匆地溜掉了。他害怕被人发现在慧敏姨家过了一夜。他十分后悔昨晚住在了慧敏姨家。这令他羞愧不安。

智慧敏起床后,看着更新叠垛整齐的被褥,愣怔了半天。突然,她走上前去,将被褥重新铺开,又重新认认真真、仔仔细细地开始整理、折叠。她的双手已经触摸到了更新留给她的温热,她的鼻子里已经嗅到了更新遗余下的令人心悸的男人气息。她已经好久没有这种感触和体味了,现在,竟觉得一切是如此的新奇而又充满了刺激般的诱惑。

花了好长时间，智慧敏才将这本已叠好了的被褥，又重新叠好。对着折叠好的被褥，她呆呆地发愣着……

猛然间，她想起了一件事情。

她转身穿过门洞，来到了隔间的卧室。她将覆盖在自己被褥上的那个印织着一个大红喜字和一对鸳鸯鸟的罩单轻轻地揭了，然后十分挑剔地将它拢在了更新睡过的且经她一丝不苟地叠得整整齐齐的被褥之上。之后，她才立刻轻松而愉悦地开始为饿得嗷嗷直叫的三个孩子准备早饭了。

待荀更新再次在她家的那张小床上睡下之后，她便十分迫切地将尚未涉此世事的他大胆地导入了自己那焦渴已久的体内。

当智慧敏于夜半时分，摸摸索索着向这灶间走来，像是要寻找什么十分需要的东西的时候，突然就挨着了他的床板。他正要问说，姨，你找啥？我来帮你等等的一些话句时，慧敏姨那光滑柔软的身子就已经完全贴着他了。

当即，他头脑里便失去了任何应变的能力，浑身怪异地抖动着，说不上丁点的字句来。他下意识地将身子向靠墙的一边猛一躲闪，却反而被那温绵柔细的肌肤逼得更加牢靠而紧贴。他全身一阵暴胀，努力着、羞怯着，却不知该去干啥。一种天塌要命般的焚毁，使他完全处在了一种迷幻痴醉之中，他等待着……

酥软柔嫩的一只手，情切意迫地抚摩过来，即刻就抚弄到了他的要命之处。他嗷啊一声喊叫，扭曲的身子在冲突中，被慧敏姨引导而上……趴伏中，他猛然间抵抱住了今生从未有过的厚软与柔细，下身一下子贪婪地失去了目的地。

"姨，快抓着我！"他哼喊着，突然失去了任何的羞怯，比慧敏姨更加具有了那种迫切，那种向往。

"就叫姐吧，叫姨我心疼。"她呻吟中，抓着了他，将他导入了终结地，推托着，迎接着。

荀更新在被导入的一刹那，猛然间触电般地抽搐了起来，他豁然明白了这向往已久的福地，正准备有所作为时，却突然爆裂着消融了……

"新子，以后你就是个真正的男人了。你不恨姐姐我吧？"慧敏拥着趴伏未出、余味未消的更新，呢喃道，"姐姐对不住你呀。你还不到 30 岁，姐姐却是 40 有余了。"

更新溜滑而下,静静地伏卧在了慧姐那绵软的臂弯里,甜蜜咀嚼不尽:"慧姐,有这一晚,我就没白活人,死了也值。只是,我对不起师傅……"

智慧敏突然按住了他的嘴,说:"你对得起他。你伺候他,陪伴他,直到他殁了后,又帮我们母子扛重拿轻。他殁了,怨他苦,我们总得活人享福吧?"

是呀,这才算真正的活人,真正的享福。荀更新心里想,我快30岁的人了,才开始有了这等福分,要是早那么几年,该有多好。但是,要不是慧敏姐(他现在已完全将姨当姐了)给予他,说不准,他永生也不会享此福的。他心里这样想着,脑子里记忆起了"30如狼,40如虎"的黄段子来,顿然间,觉得浑身再次燥热起来,心中潮起了明晰的欲念。

这次,他再无须挑逗,无须引导。他翻身上去,在那片湿地里一阵冲突后,便开始了自然而猛烈的撞击。这次他体味得长久而完美,心中的雄风舒张而顺当。

他对此,显得特别不知足,接连着五六次后,慧姐就提醒他:"新子,你还嫩。咱们来日方长,你要匀着使劲,对吧?"

"呃。"更新傻傻地点着头,被慧姐紧紧地搂着,拥挤出了疲乏的鼾声。

4

与所有烦躁中人形成明显对比的是,这一阶段,荀更新倒显得异常美满和幸福。和所有曾经年轻过的人们一样,荀更新一旦嗅着了女人的香醇甜美之后,对此就无可遏制地痴迷了起来。他的胆子也大了许多,夜间不敢出门的毛病,也被他逐渐努力着克服掉了,甚至黑天半夜里,偷摸着去和慧姐幽会而路过他家的那个坟墓式的"土圆仓"时,他也能大胆地跨越,而不再是心惊肉跳畏缩不前了。所谓的色胆包天,说的大概就是荀更新现在的这等情形吧。

不过,荀更新的大胆也就仅限于这一件事而已,别的事上,他仍然小心而畏怯。他胆小如鼠的本性不会有根本上的改变。荀更新现在越来越害怕一个人。这个人不是师傅张侯怀户族中的人,也不是慧敏娘家门上的人,而是同村的瘸跛子赵宝元。这个老光棍像那传说中的无头野鬼,经常半夜三更来敲打慧姐的门,常常搞得他这个小光棍像小孩子一般紧紧地偎在慧姐的怀里，而不知所措。这几天，这个老光棍可能实在熬耐不住了，情切欲盛中，竟接连天天晚上前来敲门不止，还隔着门说："……慧敏妹妹，你让苟更新那龟孙子来，就不能让我来一回吗？"

更新和慧敏往往虽有温存，却兴致难尽，在云雨磨缠中，两人逐渐酝酿成熟了要惩治这瘸跛子的计策。

待两人摆好家伙，布好圈套后，接连三四天里，赵宝元却并未前来，没能上钩。他们只好将这些玩意儿撤掉了。

"可能是这瘸鬼觉察到了什么，不敢来了。"更新威猛地跨骑着慧敏，得意地说。

"准是贪赌去了。等过阵子消闲了，肯定还来打搅。"慧敏扭曲着腰身，急急地迎接着更新，呻吟着说。

两人再次向着潮头之上荡去。更新已经忍耐不住慧敏那震颤着的一阵紧似一阵的箍抱，已经预感到要从那浪尖之上酣畅淋漓地滑落而下时，嘭嘭的敲门声突然响起，像是突至的风暴，将两人之间汹涌激荡着的美妙的浪花于顷刻间再次毁灭殆尽。

"苟更新，你龟孙子好受泞呀！寡妇的×，众人欺。你也该让一让你叔了吧？"赵宝元将一只耳朵紧紧贴向门缝，竭力捕捉着里面动心的喘息声。良久，他又继续压低着声音，说："慧子，我知道你单帮孤人拉扯三个碎娃娃受罪着哩，你哥我今黑夜里，是专门给你送钱来了，你快开门。哎哟，冻死我了。哎哟……"

"这老东西怎知道我在这里？"苟更新听见赵宝元隔着门对他发话，兴味索然地问慧敏。

"怎不知道？你喘气声多大呀，他能听不来？"

"那也不一定是我吧？"

"我就让他知道是你，那才好呢。"

苟更新吃惊地攥着慧敏的一只奶，觉得她有点疯狂。

"你快起来。咱就让他吃辣子。"说话间，智慧敏已经窸窸窣窣开始穿衣服了。不多时，就听见有摆布家伙的声音传来。苟更新心里一阵紧张，赶忙搂起了裤子。黑暗中，他听到慧敏已经将门关子悄悄拔开了。一想到即将有事情要发生，他心里禁不住像擂鼓一般，震荡狂跳不止。

"送钱的，你悄着声，慢着点进来吧。"智慧敏一本正经地低声向着门外呼唤道。

"嗯？……嗯！"赵宝元一阵狂喜，激动地说，"慧敏妹子呀，这才够话。"

啪！

"啊哟！啊哟哟！啊！——哟——我的妈哟！——哟！——"

苟更新知道赵宝元在迈进门口的一刹那，中了机关，遂一闪身，撩起过洞的布帘，躲到了隔壁的房间。还好！三个孩子仍然在这睡着，暂且还没有被这三个大人给惊扰醒。

咯嗤！隔壁房间的电灯被拉亮了。顺着门洞影射过来的光线，将里间的这屋子照得明晰起来。苟更新连忙蹲曲了身子，害怕地蜷缩在了地角旮旯儿。

"哟！他叔，你怎么偏巧就触碰到了这捕鼠的铁夹子。啊呀呀！放着多宽的路不走，你偏就……"

"我偏就要做只贼鼠，让你们来打！"赵宝元可能一时疼痛难忍，深深地透了口气后，突然喊道，"苟更新！你个龟孙子！你快滚出来！老子今晚倒要看看，你们两个狗男女是怎么个打老鼠法！"赵宝元就像一只未被彻底捕获制伏的恶狼，现在正凶狠地回过头来报复了。听着他那些不依不饶的话语，苟更新当即便瘫软着跌坐在了那个地角旮旯儿里，他脑子里突然一片空白。

突然，苟更新听到隔间里有异样的动静传来，迅即是两人粗重的喘息；后来，随着嗯嗯啊啊的呻吟声，床板被粗暴地掀动着，碰着了墙壁，震动得他紧贴墙壁的背脊，发酥发麻……

他的心一下子提到了嗓子眼，痴愣地静待着那种事情的发生。

"更新！快！——快赶开这个老畜生！"随着智慧敏这一声拼命地叫唤，苟更新头皮一紧，头发唰地向上直竖，待他明白过来刚才并未发生那种事时，他那胡猜乱断中激烈动荡着的情绪才稍有缓和。

这瘸鬼要强暴人？怎么办？他蓦地腾起了身子，瞬间鼓足了勇气，豁出去了。当他腾身而起就要冲过去的一刹那，一连串脆生生的号啕声，突然炸响，惊得他当即不知是收腿好，还是迈步对。

他顺着哭声急速掉头看去，但见慧敏姐的三个孩子鸡雏般圈坐在被子里边，三颗小脑袋，六只绿眼睛，一齐朝向着他，正惊骇地爆发出令人毛骨悚然的号叫。

三个熟睡中的孩子，显然早已被那个可恶的瘸鬼给惊醒了过来。这三个小家伙一时不明白外面房间里究竟发生了什么事情，颤抖着围坐在被子里，像是被劫的鸟雏一般,正惊惶待捕之时,苟更新猛然就在他们面前突兀而起……

这无异于暴鹰突至,令鸟娃们触目惊心地哭叫开了。

苟更新一看这等情形,决定先救孩子们,再去救大人。他正要靠近时,孩子们却真的像是有凶鹰扑过来一般,惊骇地退缩着,并异常恐惧而绝望地放声号喊开了。

苟更新一怔,惊愕地急急后退,号叫声也跟着渐退。这时,外间的撕扯叫嚷声却渐甚。一时间,苟更新被里外间这哭喊号啕、吼嚷叫骂声深深地刺激着,他惊心动魄,魂飞胆战,是进是退一时半会儿没有了主张,一个八尺男儿,竟浑身哆嗦着直呆呆地惊愣在了那里。

突然,一声沉闷的钝响过后,所有的一切怪异般地恢复了深夜的寂静。

所有的阴森与恐怖,一刹那在暗夜里幽然滋生。

苟更新猛然间明白了什么,一个箭步紧急向外间冲扑过去,顿然在那具肉体前惊惧着跌跪了下来。

5

赵宝元被智慧敏用菜刀背子劈头打倒在地的第二天,他就被他的两个哥哥抬放到了苟更新家的热炕上了。

刚从外面打工回到家的苟宽厚惊惶疑乱地质问:"这是怎么一回事了?"赵宝元的两个哥哥却头也不回地走了。临跨出门槛时,杀出口风,人已给你们打了交代,是死是活自个儿看着办吧!

赵宝元头上包扎了一圈白纱布。左边瘸腿脚片子上裹着厚厚的棉絮,显然已无法穿鞋袜,不能正常下地行动了。他像是为给苟家打天下,刚刚负了重伤,正瑟瑟地缩在炕上,需医待药,等吃要穿,看功领赏。

苟宽厚夫妻俩惊慌失措,愣怔着面面相觑,他们真的不知道又是哪一方天空轰然塌陷了。

突然,苟更新不知从什么地方气冲斗牛般地冲杀进来,他一只手怒不可遏地直指向赵宝元的脑门,随即浑身颤抖,满脸憋黑地喊道:"赵宝元!我荀更新并没有打你,你凭什么讹人?你凭什么讹诈人?你……"随着荀更新这尖厉凶悍的叫喊声,赵宝元突然在炕上抽搐成团,他双手揽抱着双膝,小孩子般地就地翻滚着哭闹了开来:"哎哟哟——疼死我了,我今天就死在这墓子里算了……"

"你这不要脸的老瘸腿!"

"谁不要脸了?"赵宝元猛地翻身坐起,满脸透着委屈受辱的伤痛,异常悲愤地嚷道,"你嫩撅娃娃贼心老辣,心性恶道,和那寡妇乱了辈分,胡娟乱奸也倒罢了,却为啥要设计陷害我这残废了的鳏寡孤人?好邻好居的,你娃娃怎好意思呀!……"赵宝元嚷叫中,竟冤屈地抹开了眼泪。

听他这样嚷叫,荀更新更加气恼,但话语却略有缓和,他愤慨地叫道:"谁定计了?谁陷害你了?告诉你!我可没碰你半根毫毛!"

赵宝元愣怔地瞅着荀更新,突然泪水干涸,脸色煞白,急切而愤怒地吼道:"你躲在幕后谋划害人,却还装出无事好人?今天,老子我明说了,原来,我只想看看你小子肯不肯认错,我心底里并未像我的两个哥哥教唆的那样要乘机讹人;现在,你既然说这事与你毫无相干,那么,老子我也就不得不讹一回人了:你小子看不好我老汉这伤病,我还真不走了!反正我这瘸腿子一辈子活得苦戗,最终就给你小子挂个肉门帘算了!……"

荀更新满脸涨红着,还想嚷叫,却被他母亲强扯硬拽着,拉出了门外。

荀宽厚大概听明白了是怎么一回事,他惊疑而讨好地靠近了赵宝元,灰黑燥裂的嘴唇努了几努,最终和软地说:"宝元弟,你看我养了这么个灰宝,你就甭往心里去。千错万错我的错,千过万过是我的过。你要不嫌老哥这里简陋寒酸,就住着吧。反正,我的这右手腕子也伤痛得厉害,咱们两个伤残兄弟不正好可以抚伤惜痛,同病相怜,好好说说知心话了?"荀宽厚见赵宝元渐渐低垂了花白的脑袋,内心立刻得到鼓舞,继续动情地说,"咱整个冬天,猪肉羊肉也都吃腻了,等会儿让你嫂子把那只大公鸡宰了,正好给咱弟兄俩补补伤残;冬公鸡、夏草鸡,好着哩……"末了,荀宽厚才话锋一转,问到了正题,"宝元弟,你说更新这灰宝和智慧敏有那种事了?"

"宽厚哥,你还不知道?"赵宝元显得有些惊奇地说,"这小子贪色猫腻,竟敢和那下贱的寡妇设计陷害我,在门口安了捕鼠夹子,将我这瘸腿……"

这师徒二人出了啥事？莫非张侯怀真如前些时候所言,一直卧病未起？莫非儿子更新……

当下,荀宽厚就决定到薪晶市去打工,顺便去看看更新和侯怀,特别是更新的手艺学得怎样了。

荀宽厚也学着自己的婆姨,提了一小筐子鸡蛋,厚着脸皮,再度踏上了智慧敏的门,以便问清地址后,即刻出发。

智慧敏骂归骂,怨归怨,但她的担心胜于一切。对于出门在外的男人,她常常会不自觉地猜测着,冒出些令人心惊胆战的可怕念头……

智慧敏听说荀宽厚也要去薪晶市打工,顺便去照应一回那师徒二人,顿时喜上眉梢。她赶忙将荀宽厚提来的那筐子鸡蛋,一个个用废纸包了,牢牢靠靠地装到了一个小篮子里,然后,又结结实实地用一根绳子将这篮子捆好。她让荀宽厚将这篮子鸡蛋给侯怀和更新带去,同时将师徒二人在薪晶市打工的住址和联系方式等详详细细、反反复复地告诉了他。

荀宽厚找到了儿子荀更新和张侯怀师徒二人在薪晶市原来租房子住着的地方。房主只说他们两人搬走了,却不知去往哪里,甚至连他们是否还留在这座城市里,也搞不大清楚。荀宽厚就只好在附近到处打问、寻找,却犹如大海捞针,到哪里能寻得到这俩人的影子？想想自己这次出来,倒也并非只是为了找人,而主要还是为了挣些钱,能将儿子的媳妇给拉扯过门。因此,没寻着亲人,他就去寻找工地,去干活了。

现在正是各大小工地用人高峰期,没费太大功夫,荀宽厚就在市中心的一处广场修建工地上,找到了活儿。

荀宽厚白天干活,晚上总觉得像是有啥事似的,常不自觉地有些心惊肉跳。当他拖着劳累至极的身子骨,继续找人时,这种心慌的感觉才略有缓和。他这样一连跑了好长一段时间之后,那种寻找儿子的心性,才随着日渐疲软的身子,彻底地垮塌了下来。

其实,荀宽厚现在所在的工地,与荀更新他们所在的工地仅半里之遥。可是,他们谁也不会想到,亲人们就近在咫尺;荀宽厚也根本不会想到,张侯怀在他身边的不远处,正面临着一场重大灾祸。

怪只怪,拖着一副病弱身子的张侯怀不听荀更新等人的极力劝阻,硬要强撑着

"甭说了,老弟,我全明白了。"荀宽厚沉痛地向赵宝元摆了摆手,低着脑袋没话了。

"老哥,我只是说说而已,我怎会讹你呢? 我只是想吓唬吓唬更新这小子,压一压他的狂劲。"赵宝元说话间,挪动着身子靠近了荀宽厚,然后又神秘兮兮地说,"我只怕死鬼张侯怀弟兄们不依不饶,老哥你可要提防着点。"

"张家?"荀宽厚惊慌地抬起了头。

"对呀! 张侯怀死了不久,你家的更新就和智慧敏这么勾搭上了,这不是给张家户族门上厕屎吗?"赵宝元眉飞色舞地进一步分析说,"张侯怀的那三个愣头弟兄可不像我赵宝元这般稀松无能,那可是什么瞎事都能做得下的。另外……"

荀宽厚突然感觉因打工而受伤的手腕子钻心般地疼痛难忍。这几天,这手腕子愈益伤痛,但还没有像今天这般发作得厉害。这一刻,他疼得差点叫出声来,人也再不能稳当当地在炕上坐着了,配合着这要命般的疼痛,他赶忙下了地,一张蜡黄的瘦脸,痛苦地扭曲着,中邪似的做起异样的舞蹈。他就那样在脚地当中蹿跳腾挪,像是要甩脱正在咬手的蟹子,却又无法做到。

康水梨忙将止痛药拿来,给荀宽厚灌服了两颗。

荀宽厚却一把夺了药瓶,唰地将小半把的药片按进了嘴里。

不多时,豆大的冷汗从脑门上沁出,人也稍有安静,"舞蹈"逐渐停息了下来。

"你怕得用'杜冷丁'了。"赵宝元看出荀宽厚的伤痛比他要严重得多,就想起了医生曾对他说过,实在疼得支持不住,就该用这激素类药品;但凡激素类药品,多有依赖性,用了就难以摆脱得开。于是,他又更正着说:"最好不要用。"

赵宝元好吃好喝了三四天,刚走了还没几天,死鬼张侯怀的两个哥哥和一个弟弟就真的又撺上门来了。他们气势汹汹地到来后,倒没有对荀宽厚家怎么样,甚至连家门也不肯进去。他们只将荀更新叫出门外,在院子里敲着他的脑袋警告说:"再到我们家那寡妇门上骚情,小心打断你小子的狗腿! 不信,你就等着瞧吧!"

这种示威性的挑衅遗留在每个人心头的阴影,其实远甚于赖吃赖喝的赵宝元给他们带来的那种种的隐忧。

随着前后这两起事件的突然发生,本来已经受伤了的荀宽厚,感觉肢体的伤痛已经逐渐侵袭到了他的内心。而这种由于心灵所造成的伤痛却往往是可怕而致命的。

在婆姨康水梨的一再规劝下,荀宽厚正准备要回城去重新彻底医治这只手腕子时,荀更新偏就惹出了这等事端。这件事初看起来,像是更新这娃成熟了,有闯劲,能涉世了,但仔细思量,却是要毁了他的一生。他和死鬼张侯怀的女人搞在了一起,不说他不记恩师情谊,乱了辈分;也不说他由此招惹事端,得罪众人;更不说他沾腥费神,贻误前程,单是他年近三十岁的人了,却抛弃祖德遗训,落下个头脑简单、嫖赌俱全、与人苟合、无道缺德的灰名声。仅此,他这一辈子的光棍命运,便算是注定的了。

人小活父母,人老活儿女。眼看着向六十花甲靠拢的荀宽厚,活得个啥儿女?他不想也倒罢了,一旦前后思谋起来,真觉得活不成个人了。因此,当这件事稍有停定,他的婆姨再次劝他去医治那只脓肿着的手腕子时,他却将老脸一沉,闷闷地吼道:"死不了! 要是能跟着这伤痛死了,我这辈子倒可少遭些罪责。"

无论是赵宝元前来讹诈,还是张氏三兄弟上门威胁,都丝毫未能阻隔荀更新与智慧敏的丝缠蔓连。相反,由于各种外在侵扰与阻挠的存在,反而更进一步加深了两人在一起时的新奇与刺激。他们因了共同面对的风浪,心与心反而贴得更紧了。

不过,现在有一个最直接的问题却摆在了他们的眼皮底下。智慧敏的三个孩子对他们之间的交换已经有了由模糊到逐渐明晰的察觉。这天半夜里,当隔壁房间里那异样的喘息声和狂荡的撞击声再度响起时,三个孩子就在这边一哇声地哭喊开了。这时,智慧敏披了个衫子跑过来,连凶带唬道:"悄声睡! 哭啥? 半夜三更的,就不怕招来恶狼?"智慧敏说着,就又要走开时,三个孩子突然又汹涌地哭叫道:"妈妈! 你别走,我们怕恶狼! 我们怕……"

"别怕! 妈妈在外间给你们照看着恶狼,你们才好睡了啊。"

"妈妈,我们害怕外间的响动。"13 岁的大男孩不满地说。

"妈! 更新哥哥为何天天欺侮你?"11 岁的小男孩疑惑地质问道。

9 岁的小女孩哭着扑向了妈妈的怀抱,娇声嫩气地哀求着说:"妈妈,我怕。我要和你睡……"小女孩边说,边拉着妈妈的手往回扯,扯拽中,就又哭得更凶、更冤屈了。

智慧敏再不知该如何装哄安慰孩子们了。正左右为难之时,荀更新穿戴整齐地走了过来。他随身掏出了大把的糖果展扬在了孩子们的面前。智慧敏连忙抓了几颗塞在了小女孩的手心,小女孩立刻喜滋滋地停止了哭声;当智慧敏再将剩余的糖果分给那两个男孩子吃时,他俩却将小手向后甩去,愠怒地噘起了小嘴。

苟更新立刻小声着说:"别恼,别恼哇,叔叔,噢不,哥哥,哥哥,这就走呀,啊。"

智慧敏一把拉住了他的手,嗔怒地说:"这黑天半夜的,你往哪走?"但是,她一时也想不来,到底该怎么办。两个大人在三个孩子面前,面面相觑,显得难为情极了。智慧敏稍镇定后,才又对更新说:"你就过去在那张小床上睡吧,我和孩子们在这边睡呀。"三个孩子听母亲这样一说,立刻无比欣喜地欢愉了起来。两个男孩突然快乐地开始争抢那放在枕边的蜜糖;而后,三个孩子一起嬉戏着,将母子复归团聚的喜庆气氛舒张到了极致。

苟更新发傻呆愣地看着他们母子,而后默默地走过隔壁去,在留有余温的小床上,独自蜷缩了下来。

接连几天,苟更新再未登门。

智慧敏以为,更新多日不来,可能是出门去了,但当她远远地瞭见更新的身影仍在自家房前屋后忙忙活活地出没时,她的心当下就噔地弹跳起来。

不知为什么,智慧敏突然没有了往日的温柔和善。她变得心性易怒,脾气暴躁,常常因为一些无足挂齿的小事,而将三个孩子凶喊个没完,搞得一家人紧紧张张,异常得不舒畅。一天,智慧敏的大孩子放学回家后,见他妈妈整日就这样黑沉着脸,遂磨蹭着走过来,小心着说:"妈妈,还是让更新哥哥过来住吧。"

智慧敏甚是诧异地看着这小家伙,惊疑地问:"为啥?"

"更新哥哥来了,我们都悦意,都舒气。"

智慧敏稍一愣怔,而后深深地弯下了腰,将孩子一把抱起,紧紧地搂在了胸怀。当即,一股热流从心际涌出,瞬间模糊了她的视线。

第二天,智慧敏便毅然找到了苟更新的门上。

苟宽厚老两口,见智慧敏突然登门,感觉陌生而惊讶。往日里很熟悉,很要好的邻居,今日彼此间却显现出很深的过节,一种无法摆脱的尴尬氛围在每个人的心头留下了灰败的阴影。

"她……她婶,快!快过来坐吧。"还是康水梨率先打破了这种难堪的僵局。

苟宽厚瞪了智慧敏一眼,一只脚在地上狠狠地跺了一下,气呼呼地扭头走出了房门。

智慧敏眼泪汪汪的,低埋着脑袋,狠劲地搓捻着两个大拇指头,像是做了错事的孩子,显得紧张而慌乱。

末了,她终于坚定地昂起了头来,表情复杂、近乎变态般地看着康水梨,说:"水……水梨,姐,更新……去哪儿啦?"

"刚才,还在给牲口添草喂料的。"康水梨见智慧敏说话吞吞吐吐,怪可怜的,想想她一个寡妇人家,也真不容易,就又近乎同情似的说,"你刚才从外面进门时,没见着他?"

"见着了。我见他进了这家门,这才……才撵来了。"智慧敏实话实说。

"嗯,这就怪了。"康水梨惊异地搜寻了一遍前后屋子。智慧敏也确信更新并不在这屋里,只感觉一阵惊疑。

"找他有事?"康水梨装出一脸的平静,试探地问道。

"噢,没……没事。嗯……有一袋子玉米,我想往家里搬一搬,我一个人扛不动,想让……让更新帮着抬一抬!"智慧敏慌而不乱,信口撒了个谎。

"噢——"康水梨用异样的眼光瞅着智慧敏,再不说啥。

智慧敏赶忙低了头,再次条件反射般地搓捻起了那两个大拇指头。

沉默片刻,她蓦地醒悟了过来,连忙讨好地向更新的母亲笑了笑,默默尴尬地小心退出了那道门槛。

苟更新刚才的确是进了自己家门的。

他是看见智慧敏像是要去往哪里,而要路过他家门口时,才暂且放下了喂牲口的活儿,急急地躲回到家里来的。可令他万万没有想到的是,慧敏也跟着他,就要进到他家的门来了。他顿时紧张得透不过气来,这女人不要命了?这不是明着要让爱面子、易动气的父亲当面难堪吗?慧敏呀,慧敏,你怎么就这样糊涂呢?

在智慧敏跨入门槛的一刹那,苟更新迅即溜入灶间,猫儿似的顺着通往房后的那道小门逃了。就眼下而言,苟更新是不会也不敢去考虑他和智慧敏之间今后究竟会是怎样。他只觉得慧敏姐给了他身心的无限欢愉,使他明白了人世间原来还有如此美妙的福乐享悦。一如当年的亚当和夏娃偷吃了人间禁果,他岂可和这个可亲的人儿分割开来?但是,慧敏姐毕竟是拖儿带女的邻居大姨、大婶,是成家立户的师母长辈。和她在一起独处时,他可以大胆地甩脱掉人世间这所有的禁锢,大胆地去暴露去宣泄那原本的野性与欲求;但是,一旦远离了和她在一起时的亲密接触,他的头脑就逐渐由狂热的晕厥回复到了清醒的常态。特别是在赵宝元和张氏三兄弟先后找上门来和他闹事之后,他的头脑里就逐渐开始反省那世俗中的常理了。

那天,因为三个孩子的哭闹,他不太满足地独自在那张小床上委屈了一夜。第二天,未等孩子们起床,他就早早地离开了。当他迈出慧敏家门槛的一刹那,突然看到了一个人影从他的眼前神秘地掠过,就像是在慧敏门道口蹲候盘卧了一夜的恶狼,猛然被他开门惊起后,逃遁了。他猛一惊愕,然后紧急追出院落,远远望见逃窜着隐入对面柳林丛中的"狼影",正像是张侯怀的小弟张小怀。苟更新突地被吓了一跳,头皮阵阵发紧,浑身迅即暴起了一层冷森森的鸡皮疙瘩……

他情急慌乱中,解出了一泡屎尿,而后慢慢明白,女色不可贪求!看来,张氏兄弟已经在暗中盯梢着他了!

他隐约预感到,有人就要在暗中戕害于他。

6

30 岁的苟更新,决定要娶 40 多岁又有三个孩子的寡妇智慧敏为妻。他的这一出人意料的断然抉择,是在父亲苟宽厚跌死之后,才逐渐成形决定了的。

在苟更新看来,父亲不是跌死的,而完全是由张氏三兄弟谋划、引诱、陷害而死的。

初冬时节,因天气持续回暖,苟更新家宰杀了的羊肉,害怕坏掉,就放到了房顶晾着。这一日夜半时分,熟睡中的父亲忽听房上有了响动,他急忙披衣上到房顶,一眼看见一个人影正在肉堆里翻搅。他大喝一声追了过去,贼人就势一滚,不见了踪影,他却一脚踏空,端直从房顶倒栽了下去。

"……不信咱就走着瞧!"张氏三兄弟上门威胁的话语,时时在苟更新心头隐痛震响。

"……那个偷肉贼,像是张氏三兄弟中的一人。"父亲临殁时的呢喃声,随着时间的推移,逐渐清晰地在他的心间惊雷般地炸响。特别是张小怀那狼狐一般的黑魅鬼影,总在他眼前不住地腾挪蹿跃,使他日渐心生恶意,产生了报复的念头。

张氏三兄弟不就是忌恨我和他家的寡妇勾情达意吗？那好，我苟更新现在不光是要勾引他家门上的寡妇；我还要将这女人娶了，让她离开张家的门，进到我苟家的门上来。苟更新这样想着，立刻就被一种雄壮的豪情所鼓舞，于是，当他再次拥着慧敏那柔滑细软的绵身子时，在万般迷醉之中，他就有了几分清醒，有了明晰的目标。他在慧敏那绵软的双乳上揉着、搓着、捏着，终于开口说："慧敏姐，我——我娶你呀。"

"娶我？"

"呃！"

"……"智慧敏显然尚未考虑过此事，一时哑然失语；末了，才说："我在张家门上有儿有女，怕是外人难以将我娶走。"

"咋？"苟更新一下子急了。

"三个孩子谁还肯要？"

"我呀！我全要了！"

"那也只能是我娶你了。"智慧敏突然笑了，紧接着笑脸又突然收起，皱着那对柳叶眉说，"只是，你年纪轻轻的原封后生，给我这拖儿带女的半大老婆子来个倒插门，那怎能行？！"

"那当然不行！"苟更新想着复仇的事，坚守着自己的观点说，"我要将你们母子四人，全从张家的门上娶过来！"苟更新说着，恶狠狠地再次抱紧了智慧敏那烫热的腰身……

智慧敏顿时一阵喘息，不知该说啥了。当苟更新已经开始在那草丛中冲突着、寻找着的时候，她仍然一直在思谋着这件突如其来的事情，待更新进入她体内摇晃震荡一阵之后，已经开始剧烈抖颤的一刹那，她突然明白了这样一个事实，那就是，自己今后将注定要和这个男人厮守一起了！

往日里，她总是在为那三个孩子的吃喝拉撒所操劳所困顿。今日，当更新突然提起这事后，她才逐渐明白无误地想到，在自己今后漫长的生活当中，已经再也难以脱离开这样的一个男人来相陪相伴了。

只是，三个孩子咋办？她在张家门上，是去还是留？张家户族中人，能否顺利同意她的这种选择？所有这些问题涌上心头，使她一下子失去了往日做爱时的兴头。

当初,这个看似完全拴死了的疙瘩,到头来,却被荀更新轻巧地解了开来。

任何事情,只要肯认真思谋筹划着去做,总有通向成功的捷径可循。荀更新现在下定决心要娶智慧敏为妻,自然,他就没有被张氏兄弟们设置的这道关口所吓倒;不但没有吓倒,相反,他倒像一个冲锋陷阵的战士,正悄悄地向着对方阵地的堡垒伺机挺进,准备去各个击破……

荀更新将第一个攻击堡垒的对象选定在了张小怀身上。蛇打七寸,擒贼擒王,在荀更新看来,张小怀虽然在张氏三兄弟中排行最小,但他却正是那蛇之"七寸",正是那贼人之"王"。他的两个哥哥,在任何场合的任何时候,总是以他为首,做着蛇尾样的摆动响应。

荀更新的父亲荀宽厚曾在阴气侵身、阳气收敛、屏息毙命的重要关头,将旧日里许是上几辈子先人传下来的一个梳头用的小木匣指给荀更新,然后,断断续续却又充满无限希冀地遗言道:"更新,你……你要用……用这给咱,娶回个人儿来……"荀更新聆听着父亲微弱的气息,流着眼泪,当着全家人的面,将木匣郑重开启。木匣里套着又一个小木匣,小木匣里装着一个小红布包。红布包裹了黑布包,黑布包里是一个缠绕着的线团。线团一圈圈、一匝匝地被卸掉后,露出了一个皱褶的白纸包。白纸包扒过数层之后,豁然闪出了硬朗的一团。

荀更新双手抖动着,将这些祖传石峁玉器一件一件地平展了开来。

荀更新将这玉器又原样包裹好,锁在了那个小木匣里,静静地安放在原来的那个秘密处,默默地流泪不止……

自此,全家的任何人,都再未去动过那个小木匣。

现在,荀更新就将这个小木匣子拿出来,打开了,将玉器取了一小件。

他铁石心肠般地憋黑着脸面,来到了张小怀的家门。

张小怀面对这件上好的石峁玉器,先是震惊、惊喜,后来就生出了疑戒之心。但是,当他确信荀更新是真心前来恳求他时,他便再无疑虑地接受了这一高额馈金,并满口应承,在两人的婚事上,将竭尽所能,从中倾力斡旋。张小怀说到激动处,眼圈竟然有些发红。他拿出酒来招待荀更新,趁着酒劲就说出了掏心窝子的话来。他说,他一个时期,为人处世有些愧对荀家;今天,既然能为更新成全这样一件事情,也权当是将功补过了。

荀更新觉得,自己没有白来这一趟,基本上达到了预定目的。他心中偷偷一乐,遂喝了个酩酊大醉。临行时,他仍然铭记着张小怀指点给他的路子,他要对慧敏姐的娘家人、对张小怀的两个哥哥等人,逐一去探望、打点。只要这些人都肯点头同意了,他和慧敏姐的婚事就算顺利告成了。事实上,这些人是否悦意已经无妨大碍;因为,有了张小怀一人的同意,就已经预示着他已大功告成。有张小怀从中为他说话,给他出主意、想办法,这事还能不成?

但是,他该走的路子,该花的钱,却一点也不能少了。于是,一向惧怕城市生活的荀更新,万般无奈之下,决定再次进城去打工挣钱。

荀更新的母亲康水梨已经抛却了辈分、年龄、去当上门女婿等诸多顾虑,开始为更新的婚事操办,进行一应准备。她一想到和她年龄相差无几、一向与她互相称妹呼姐的智慧敏就要成为自己的儿媳妇时,顿然就会觉得心慌、脸热。一时间,她竟然难以想清楚,这究竟是哪档子事了。但是,左思右想,又觉得失去父亲的更新,年届三十,却也终未打了光棍,她也就释然了。

一日,赵宝元又闲溜到了康水梨的门上。这个瘸跛子光棍汉,除了赌博,就爱到寡妇门上闲串。康水梨对这个瘸子频频前来,甚是厌烦。但时间一长,这人一走后,她又会顿然觉得房空屋冷,就像在刹那少了个什么似的。后来,她冷静地明白,是少了自己的男人荀宽厚,是少了这样的一个说话的人。

今日里,赵宝元说的都是正经事儿。康水梨笑着说:"你今天还像个人样儿了。"

"我怎个人样儿?"赵宝元欣喜地急忙问道。

"你说正经的,我就喜欢。"

"你喜欢我了?"赵宝元一阵惊喜。

啪!一个无轻无重、谜团样的巴掌,即刻便扇灭了他心中的那团虚旺之火。赵宝元突然又联想到了智慧敏曾经给他设置的那个捕鼠夹,内心灰暗地想,这女人个个都是难缠的花狐!

一想到智慧敏,赵宝元马上又说:"更新果真要跳门子到智慧敏门上?哎呀!这哪里是在娶媳妇?更新年轻轻的一个娃娃,还不让智慧敏的那群碎娃娃将他这一个大娃娃给吃掉?"

"依你看,怎么办?"康水梨听出了赵宝元像是在为更新想事,说得有理,就又和他说话了。

"以我看,智慧敏给更新当娘还差不多!"

康水梨一下子翻转了脸面,黑沉起了一副猪腰般的颜容。但是,令人奇怪的是,这次,她既没有骂赵宝元,更没有再去打他一巴掌,她只是一屁股坐在了地角旮旯儿,失去了纹丝的气息。

赵宝元猛然觉得自己是那身处险礁的撑船人。他默然地退避着,异常艰难地绕离了康水梨这堆灰暗的礁石;然后,才终于汗津津地划行着,远远退离而去。

赵宝元的一席话,使康水梨陷入了异常灰败的氛围之中。她非但没有恼火于他,反倒觉得,这憨人尽说真话。她还想和赵宝元就此再行一番讨教时,却见这人已令她失望地默然远去了。

望着赵宝元那一瘸一拐遥遥而去的黑影,康水梨顿然心生怜悯,怆然间落下了同病相怜的热泪。

夜间,康水梨一人独自睡云。睡梦中,她依然独自一人来到了一处低洼地面。正行间,忽见一只大黑狗向她咬来。她紧急扒住了近旁的一根树枝,拼命地向上腾跃。突然,那树枝咔嚓一声折断了,她身随树枝掉啊掉,最终就被那恶狗叼住了脚板,啃住了大腿,咬住了……

忽然,有人大声喊叫着,救了她一命。

她当即从噩梦中惊醒了过来。她梦醒后,却听得那喊叫声仍然在继续着,门板也被急促地摇动叩击着,一如那恶狗追到了家门,正凶恶地叫喊着,抓扑而来……

这当口,康水梨再也难以分辨得清,她究竟是在梦里,还是在清醒的状态。她浑身上下顿然紧缩成团,哇的一声号喊,将树叶般飘摇的身子,紧紧地裹缩在被子里,抖出了一身又一身的冷汗。

"大嫂!快开门,是我呀!"慢慢地,她听到了一个熟悉的声音。她的身子从异样的痉挛中逐渐松弛平息了下来。

良久,她确信这声音来自门外,的确是一个真实的人在喊叫。她将蜷缩着的脑袋偷偷地从被窝移了出来。

最终,她确定这声音正是来自弟弟荀宽畅!她将被子一把扯开,深深地呼出一口气息,爽朗着一身的热汗。

康水梨终于彻底地从睡梦和惊吓中清醒了过来。她应声下了炕,将门打开。

荀宽畅气汹汹地进得门来,异常暴躁地怨责康水梨为何不给他开门?

康水梨左眼皮突地一阵弹跳，才开始醒悟到，小弟半夜三更焦急地打窗叫门，定是又出啥事了。

她一下子就想到了进城打工的儿子。

"更新进城两个多月了，不会是他有事吧？"

"嗯！出了点小岔子。城里将电话打到张支书家，张支书夜里叫醒我，我这就过来了。"

"我的娃……怎了？怎了？"康水梨猛然间扑闪上前，疯也似的攥紧了荀宽畅的领窝口。

"没，没啥事，大嫂。只是出了点车祸，一定会好……"荀宽畅一阵慌张。

"是的。而今这么好的医疗条件，小小的车祸算不了个啥。一定会治好，一定会治好！"这时，荀家户族里的好些人都拥进屋来，大家一边拉扯劝慰着康水梨，一边一哇声地应声重复吼喊着："一定会治好！一定会治好！"

康水梨突然挣脱了众人的手臂，眼泪哗哗地说："我现在就起身进城呀。"

荀宽畅说："大嫂，你先稍等，我们都去。"

荀更新来到县城，重操旧业，在一家建筑工地上当起了"二把刀"（二把手）的泥瓦工匠人。在干到一个月的头上，他如约应该挣到接近三千元的工钱。但是，当他向工头诉苦说，他婆媳妇急着需要钱时，工头却讪笑着说："年底能付清一半，就算给你天大的面子了。"荀更新以为工头在唬他，后来才听所有的揽工汉都说："确是如此。"

这样一来，他就完全地泄气、失望了。在万般绝望之中，他又突然有了主意。他想，在这里一分钱都拿不来，与其这样白耗工夫，还不如趁早到煤矿去掏炭。听工友们说，煤矿给的工资是这里的两倍不说，还都是现钱；工友们还说，像他这样等着娶媳妇急于用钱的人，最好的选择就是到煤窑上去干活。

但是，一提起煤窑，荀更新就想起了被瓦斯炸死了的二叔；一提起煤窑，他就不由得想象到了那里的种种凶险。

没钱将人逼上煤窑。逼上煤窑，不是被塌方冒顶透水活剥生吞，就是被无形的瓦斯万段撕身。荀更新整日里就思谋着如何去挣得娶媳妇急用的这两三万元的现钱，这样思谋焦虑了好长一段时间之后，他果真重复了二叔的道路，毅然决然地走向了煤窑。如果没有一种视婚爱为生命一般的坚定信念，如果没有因此而生发出视死如归般的强大精神动力，那么，一向胆小怯懦并且有过这方面残酷教训的荀更新，是绝对不会向着小煤窑一步步挺进的。

其实，掏炭爬煤窑并不见得就有多么可怕和凶险。比如，荀更新一直在井下掏炭、掘井、打支架，却并未生出任何的意外事故来。发生在荀更新身上的悲惨事故，可以说，是与煤矿毫无关系。如果这一事件能与煤矿有所牵连，那么，他也一定会像他死去的二叔一样，是可以得到程度不等的经济赔偿的。可令人遗憾的是，可怜的他却连这一点也未能得到。

荀更新有一个特别爱想家的毛病。过去出了门，他思念父母亲人，想念故乡石峁山水。这次出门，又多了一个特别思恋的对象，这当然就是即将要做成他媳妇的慧敏姐了。对慧敏姐的想念，既有心理的，更有生理的；有时候，这种淫邪明晰的想望，简直是难以遏制。终于，赶在秋凉时分，荀更新有了寻被添衣这样一个充足的理由，可以回家和慧敏姐相聚了。但是，荀更新又觉得，自己出门在外两个多月了，就这样空着手回去，很不合适。过去空手拉脚地回去倒也无妨，可这次回去要见心爱的媳妇，怎能不给她带点啥呢？

荀更新在煤尘飞扬的各个小煤窑边上的小卖部逛了一圈，却见这里卖的东西都比城里贵个块数八毛；他不服气地又转了一圈，但还是未能买下任何的"礼物"。突然，他的双眼盯在了一堆又一堆的黑炭上面，顿时有了主意。

荀更新急忙去跟矿主请假。矿主说："你还是写个假条吧。"荀更新拾起一支笔来，在一张窄窄的白纸条上歪扭了半天，又揉了；再写时，终于成功了。矿主随即将他放行。

荀更新立刻借了辆农用机动三轮车，将早已物色好的黑炭装了一大车。他给照场子的"黑大爷"塞了包"公主"牌香烟，一分钱未花，就将炭车开走了。此时，天色已经完全黑定，伸手不见五指的外面，刮起了呼啸的秋北风。

"黑大爷"喊话说："更新！你还是等明日天亮再回家吧！"

荀更新满脑子闪现着慧敏姐的水色，心里甜丝丝地嘲讽道，你懂啥！这总共才两天三个晚上的假期，我岂肯错过今天这一渴盼已久的美好的夜晚？

荀更新兴冲冲地踩动了油门，将一股浓重的黑烟抛向了"黑大爷"。

"黑大爷"不由自主地打出了凉飕飕的冷战，满鼻子里尽是一些不太正常的怪异味道。

走出炭窑龌龊的羊肠小道,向南拐入了通往石峁村的已经接近完工的柏油大道,这辆颠颠难稳的、小小的农用三轮车便渐呈风驰电掣之状,愈益显得颠颤不堪。

苟更新顶着异常急促的抽脸灌耳的刺冷的夜风,心里却温热地想,以这样的速度,回家的这近200里的路程,三个小时左右的时间准到!回到家后,我将这一车炭倒在慧敏姐的院子里,这样,她就再也不会为今冬烧炭的事犯难了。慧敏姐这么长时间才见到了我,本来就是异样的惊喜、高兴,这样再一经如此厚重的礼物刺激,她定会将我紧紧地死搂着,再也不肯放开了……

苟更新这样甜蜜蜜地思谋着,顿觉冷风中夹杂了一股温热的力量。顺着这股欢快急迫的热流,他不由自主地蹬直了双腿,将油门踩到了极限……

在急速转过了一个弯道,飞快地绕过一座大沙梁之后,突然,前方有一道雪亮的白光端直逼刺而来……

苟更新骤然间惊出了一身冷汗。慌乱中,他猛踩油门的那只脚即刻松离,另一只脚几乎在同一时刻,狠狠地蹬在了刹车器上。就在蹬死刹车的一刹那,他猛然发现,前方竟是一条致命的断沟。他脑子里顿时一片空白,甚至连丁点的反应都没有来得及闪现,车子就在紧急制刹之中,惯冲而下,当即便在凶猛的毁灭声中,要麻花样惨烈翻转扭曲着窒死在了那条壕沟里,再无半点的声息。

迎面开来的那辆大货车,在三轮车栽翻在沟道的那一刻,马上得到提醒,终将大车在即将冲入壕沟的一刹那,刹停了下来。

"妈呀!好险呀!"大车司机和车主同时惊叹道。待略显平和后,两人又几乎同时感慨着说,"要不是前面这辆三轮车,咱们也——也就……"

两人将大车灯光打亮,心间略存惊惶、庆幸、感激、报恩、同情、可怜、可怕等的复杂情绪,来到翻转了的三轮车前。

两人当即便看到了一个黑乎乎的人被压在了前边的车头底下。

两人二话没说,紧急向上扶车、向外拉人。扶车,车略有松动;拉人,却纹丝不动。仔细一看,才见这人的左大腿至臀根部被车前板挤在了坚硬的沟沿上。于是,两人迅速将车厢余炭搬移开,一齐将车前板抬扶而起,用炭块支撑起拳头宽的缝隙后,终将这人拉扯出了车底。

此时,两人仔细观察发现,这一壕沟大约有一米多深、不足一米之宽,像是铺油料后又做了返工,留下待补的一个坑穴。平展展的路面上,突然出现这样的一个闪人坑,理应在其周围设有护拦提示的,可不知为什么,修路的人员像有意要坑害人似的,没有那样去做。

这时,荀更新已经被冷风吹醒了过来。他平静地忆起了惊人的一刹那之后,就知道有人在救他了。他双手支撑地面,双手还好;他又动了动双腿,左腿一阵生硬的疼痛。他牙齿紧咬着下唇,惶惶然准备像从前一般,能从跌倒的状态爬起来。突然,他就被彻底地惊吓住了,他立刻恐怖而绝望地感觉到,他整个的一条左腿已经不再是他身上的了。

猛然间,他一把牢牢地抓住了那司机的手,大声号啕着直呼他们为大爷、大爹,直喊救他性命。

那两人一阵惊讶,他们谁都未曾见过,一个人的求生欲望竟是这般地强烈!两人当下感觉鼻子一阵酸楚,心软得缺乏了力气。他们用一件破旧布衫紧紧地裹缠在了他那一股劲向外溢渗鲜血的大腿根部,此后,就不知该如何做进一步的处置了。

此刻,荀更新感觉一阵眩晕。晕晕乎乎中,他突然想到了远在县城的弟弟。俩司机听说他城里有亲人后,即刻将他抬上大车,紧急送往县城医院抢救。

智慧敏从睡梦中被人惊醒后,看见挂在墙面上的时钟,刚好指在了凌晨三点钟。她一边下地去开门,一边忧郁着想,半夜三更有人找上门来,肯定又是出啥凶险事了!

来人是荀家户族中人。他们说:"慧敏呀,你得买个手机了,有了紧急事,还真要给耽搁的。"不待智慧敏插话,来人接着就说,"荀更新车翻人伤,现正在县医院抢救……"

智慧敏猛然间被惊得张口结舌。她已经来不及从他们嘴里再去询问更多的信息,只身冲出门槛,将星亮沉静的夜晚搅在了一片漆黑慌乱之中……

智慧敏进到医院急诊室,但见偌大的一张床上,卧躺着一个衣破煤黑的身影,四架瓶液,顺着吊针同时从四肢分头而入。有三四名医护人员,正在一条腿上分头忙碌着,说是要将动脉血管暂且扎了止血。

智慧敏愣怔着,突然扑闪上前。更新蜡黄沉卧着的一张血腥的脸面摄入了她焦急慌张的视线,更新双眼微闭,显然是昏迷过去了。他的耳郭、脖颈等处都留有煤矿掏炭时的显明污痕。他的各处皮肤上，都沾满了污血，下身全部湿透，显然是被血浸的缘故。上身那件由她织的已经泛烂了的红毛衣，是更新的标志服，大概穿有好些日月了吧。此时，这毛衣已完全脱边散线，如一堆烂花绳子缠绕在他那瘦弱的身板之上……

智慧敏双眼泪花突现，她将头向外偏转着，再也不忍心看下去了。

这时，一名大夫急匆匆地走了过来。他可能就是护士们刚才说的，要等来的那位手术大夫。这位大夫也是从家里的酣睡之中被叫醒来的。据护士们说，他是这里的手术权威。

果然，他一来后，摸了把病人的左腿，就开始凶喊护士们了："这腿都冰凉了，还从这里下液体？……快将那脚跟部扎了的动脉管放开！"

智慧敏这才发现，更新的左腿已经明显呈现出鸡皮样的蜡蜡的黄白色，已经完全失去了血润的色彩。

大夫将压覆在更新左大腿根部的伤口上的棉布衫子取了，一阵消毒过后，又将刚才护士们简单包扎上去的绷带小心翼翼地拆开，渐渐地，左大腿根部内侧紧靠阳具一侧的一条尺把长的血口子裂开在众人的面前，紧靠血口子的那一副东西，软软地疲塌着，像似幸运地未被株伤。

大夫仔细查看了伤口外状后，又吩咐下了麻醉药品，继续接连输血，准备手术查探，B超骨骼等，以便进一步确定伤势。

此时，天色已经大亮，上班族们正忙忙碌碌地行进在大街小巷之中。智慧敏面色苍白地从医院出来，先拿出2000元钱，将两位司机在更新入院时垫付的费用交还到了两人手中，并一再感谢他们的救命之恩。俩司机要走时，智慧敏又说："你们还是将电话留了，我以后定当重谢。"智慧敏两眼泪水婆娑，嘴上再也说不出一句话来。

俩司机走出几步远后，突然，又转身回来，对智慧敏提醒着说："事故责任完全在筑路商身上，你要和他们讨个说法，提出赔偿要求。别忘了，我们两人亲眼看见，可以为你们做证。"

智慧敏感觉心中有股热流在迅速上涌。她双膝一软，不由自主地向着两位好心的司机跪了下来……

中午时分，智慧敏以家属身份在手术单上签了字。检查结果已经出来，苟更新左腿的两根大动脉血管断裂,其他则无关紧要。经医生们会诊后,决定了要实施最高位的截肢手术。

此时,荀更新在大量输血之后,已经完全清醒了过来。他明白自己的这条腿已经保不住了。在即要将他送往手术室的那一刻,他突然看见了慧敏。他以为是自己出现了幻觉,但紧接着他就感觉到一只冰凉的手按在了他的头上,一串冰冷的泪水洒在了他的脸上,他即刻万般酸楚地闭上了眼睛,泪水从缝隙之中汹涌而出,顺着两鬓顷刻间流成了悲苦的河……

智慧敏突然像是死了人一般地放声号恸:"更新呀!我的更新呀!你怎就遭了这罪过呀!"在她这剧烈的撕肝裂肺号哭声中,一群护士急忙围堵过来,将荀更新向着手术室的方向徐徐推去。

智慧敏突然冲扑上前,深深地俯下身子,将悲苦的更新紧紧地抱在胸前,一如石岽一般,实实地铆在了一起。

智慧敏和更新的母亲康水梨在手术室外面焦躁不安地等待了四五个钟头之后,一名医护人员终于走了出来,向她们莫名其妙地打了个含混的招呼。紧接着,另两名人员抬了个硬邦邦的东西向她们走来,近前后,将东西放在了她们的面前,说要她们自行处置。

智慧敏立刻上前,将那一楂布包裹谨慎打开。

突然,一条蜡黄乏白的人的大腿小脚,异常惊厥地横亘在前,她只略微瞅了一眼,当即便栽倒在地,不省人事了……

王满贯打工记

　　农民工王满贯是个泥瓦匠,在老家遭遇旱灾之后,他携新近收的弟子牛肖满前往大城市去打工。令人难以想象的是,打工的路途是一路"旱象",一路坎坷,最终,尽管有着铁人般意志的王满贯竟然未能越得过打工这道看似稀松平常的坎。其中的悲苦令人心酸,其中的景象恍若眼前,其中的社会现实发人深思。

　　农历八月初,久旱的高原大地迎来了入秋以来的第一场透雨。此时,漫山遍野的庄稼草木都已旱得八成死了,无论这迟到的雨水怎么补救着浇灌,对那绝望的收成已是再无回天之术了。这时,无论是旱死的,还是半死不活的庄稼都通通以成熟的姿态呈现出土黄的色彩。黄涛茫茫的考乌素沙漠,正以一年中最为丰盈的身姿向人们走来。此刻,天空纯净得如同刚刚漂洗过的湛蓝色绸缎。这块遮天罩宇的缎面在人们头顶之上越飘越远,高高地悬挂在那里,将一种神往而又无望的空寂,留给村人。

　　柳林村今年彻底地遭了旱灾。除过极少的水浇地有些许的收成外,其余的指望几乎落空。中秋节过后,眼看着秋风刮起,寒露将至,庄稼人都陆续地开始在曾经艰辛挥洒过汗水的土地上,收获那仍不甘心的希望。

　　旱灾之年,靠庄稼获取收获的希望已彻底落空,思来想去,王满贯这就踏上了"走西口"的路途——到外面去打工。与王满贯一同前行的还有同村的半大小伙子牛肖满。从小就对学富五车的老师极其厌烦的牛肖满,此时却死心塌地地要拜王满贯为师,执意要将他的泥瓦匠手艺学到手。王满贯引领着牛肖满,师徒二人在距柳林村往北300余里地的考乌素镇,用了近三个月的时间,为几家致富了的农户修盖了数间平房,做了三整套家具,翻修了两处牲口圈棚之后,又一直北行,现在,来到了鄂东市打工。

　　他们先在市郊以每月40元钱的价格租了一间简易房屋。

牛肖满看着这四面干垒砖,上边盖木板,里边老鼠乱窜的奇特堡垒,正寻思着怎住人的时候,他的师傅王满贯已从外边抱回一摞砖块,腋下夹回三四块木板。牛肖满立刻明白了,三下五除二地便在大半块地面上支撑起个双人床面来。

一切拾掇停当,安了家后,已是午后两点多钟了。师徒二人解开干粮袋,匆匆吃了几大碗干糙米。牛肖满很得意地仰躺在木板上面,用身子前后一丈量,说:"这窝还挺舒展的。"

牛肖满的脑袋一挨着铺盖卷,浑身立刻就酥软了下来,话一停,鼾声紧接着就上来了。

王满贯上身一丝不挂,下身穿个短裤头,正汗流浃背地在门外紧挨窗子的地方垒着灶台。等到牛肖满睡眼惺忪地出来撒尿的时候,王满贯的灶台已经开始冒烟做饭了。

牛肖满将一泡尿撒入了夕阳的余晖中,便彻底地清醒,精神了过来。他十分歉疚地接过师傅手中的做饭勺子,急急火火地忙活了好一阵后,热气直窜的黄米焖山药饭便端在了师傅的面前:"王叔,你垒的灶火真旺,往后做饭就省事多了。"

王满贯自从收了牛肖满做徒弟后,他每天的生活起居就有人为他打点了。现在,他遇到的一个最大的难题是难以找到活干。师徒二人,每天早出晚归,到城里的大大小小的工地去转,竭力打探哪个工地缺人手,需要雇人。但是,每到一处工地,当他们千辛万苦满怀期望地找到包工头后,工头们都是以不同的态度回答了一个类似的问题,现在正是农闲时节,农民工正大批拥入城里,各个工地更是人满为患,工资降得很低了,还是有人买干。你们俩实在要想干,就只好有饭没工钱了。

师徒二人一听,明白了,实在没办法了,只要肯白卖力气,还是可以换碗饭来填饱肚子的。

在刚开始满城转悠寻找营生的几天里,第一次进城的牛肖满感觉一切都特别的新奇,特别的刺激。打个比方,假如牛肖满刚出娘肚皮那会儿,就已经有了足够智力的话,那么,他那时的感觉肯定和现在的感受是相类似的。牛肖满一入闹市区就会变得呆滞迟钝,就要傻傻地发愣。那些密密匝匝、花花绿绿的人流、车流,各种色彩斑斓、稀奇古怪的景致、物品一下子就会将他的目光给死死地勾定住,不得动弹。望着那么直矗而上的奇特的大楼,他甚是惊奇地问师傅:"王叔,那么高,人怎进到里面,又怎上去?"师傅淡然一笑,说:"进到里面,就上去了。"

置身这热闹纷繁、耀眼闪亮景象之中的牛肖满，每天都觉得就像是在他们乌拉镇赶集，又像是在他们柳林村里过年。可无论是柳林村，还是乌拉镇，都已远远落后、逊色于这鄂东市了。牛肖满觉得，他原来真是白活人了，这么好的大地方竟没有来过；现在他总算比那柳林村，甚至是乌拉镇的一些人要强多了，他们自从出娘肚皮以来，根本就未曾见识过这等天地。

牛肖满这种见识过大地方的荣耀感，是在一周以后被无情地摧毁了。

由于长时间找不到营生，养家糊口的王满贯再也不愿继续闲待着吃老本了，他果断决定，到蔬菜批发市场去卸菜。王满贯细细划算过，他们在考乌素镇给人家盖房子挣来的钱，开支了他们两人的路费、吃住等花销外，已经所剩无几。如果再不另外找个营生，一旦将挣来的钱全部花光后，就根本没法向老婆刘候娥交代了；更为严重的是，若一直这样待下去，最后，很可能就连回家的路费也没有了。

有钱是咱的大城市，没钱咱就待不成。牛肖满对这美好城市的荣耀感，一下子就失落下来了："唉，这个鬼城！"

现在，本是搞土木建筑能手的王师傅，携着弟子牛肖满，无奈之下，在鄂东市东郊的一个蔬菜市场搞起了打零工挣钱的营生。

这个市场的全称是鄂东市狼家梁蔬菜批发市场。这里距王满贯租住地足有50里的路程，距市中心少说也有80里。菜市场位于进城公路南侧的一个石头坡上，四周用低矮的红砖围了一圈，圈回了大约有百亩之阔的范围。从农村或郊区运来的蔬菜，先在这里集结，然后再由小商贩们批发到城里的各个市场、门店去卖。

为了不影响干活，王满贯师徒二人，花了几十元钱，从菜市场旁边的废旧回收站上，买了两辆破自行车。简单修整后，两辆单车就能驮着他们在住地和菜市场来回往返了。

拉菜的大车一般会集中在晚上到来，白天零星开来少量的拉菜车，早在半路上就已经有人爬上去，车一入菜市场，那些人就十分得意地忙活开了。好几个大白天里，王满贯就只有眼巴巴地看着人家卸菜，直到晚上车辆多了，才能轮上他和牛肖满。

白天里，王满贯瞪着血红的双眼，满市场打转，他一个劲地在骂："妈的，苦也不让爷们儿受了？给爷爷封皇帝呀？"

牛肖满看着师傅焦虑的神情，也甚是急躁地将满是血丝的眼睛揉得通红。突然，他灵机一动，说："王叔，咱们干脆白天睡觉，晚上出来干活好了。这白天等也是白等。可整天不睡觉，迟早要将人给整出毛病的呀。"

"大白天的睡啥觉！要是跑这大老远地来睡白日觉，那还不如在咱们柳林村待着！"王满贯话未说完，却一拍脑袋，立即改了口说，"对了，我这是想挣钱，都快要想疯了。白天，这不是白白耗费精力吗？快回，快回！好好睡醒吃好，晚上才好多多地干，拼命地干！"他笑呵呵地盯着肖满，将肖满那只粗壮的手放入了自己的手心，又说："你看，我人上年纪了，脑筋也老了。只记得白天干活，晚上睡觉，就不曾醒悟，人家将马克思主义还灵活应用了呢。"

一连几天未合一眼，凌晨时分，师徒二人终于回去踏踏实实地睡觉去了。整个大白天里，师徒二人在租住的房子里，一动不动地长眠了下来。要不是那此起彼伏、前呼后应的如雷般的鼾声在做提示，人们很可能会误以为这两人是否还活着。

大约是夜幕初上之时，一泡尿首先将牛肖满给憋醒了。他醒过来，一看窗外，还和临睡时一样，仍然是半黑半明的一片。他迷迷糊糊地撒过尿后，又稀里糊涂地蜷缩进了被窝，鼾声紧跟着便又恢复到了刚才的状态。大约是过了一刻钟的光景，那鼾声不知被什么东西狠劲地向里一吸，这一吸，那鼾声恐怕是要进到肚里，穿过肠腔，逆向而下地散出去了，已经过了好长时间，就再未能翻搅上来。这一声响鼾不上来，牛肖满的脸就憋得发红、发青、发紫、发黑，直到憋得类似高压锅炉里气体迸射时发出的那声畅响一般，牛肖满一声气响喘息过后，那脸才又恢复到了平静蜡黄的状态，这时候，人也就由刚才的梦魇状态，被彻底地惊醒了过来。

牛肖满将堵塞在喉咙里的死痰狠劲地唾了一地，直到唾够了、唾累了、唾得眼泪哗哗乱转了，他才折起身来。他愣怔了一下，觉得黑乎乎的一片有些不对劲。他突然急转身，慌慌张张地在师傅的身上狠劲地一阵疯摇。

"王叔，王叔！八成是我们从昨天凌晨，天不明开始，睡了一个大白天。现在，天又黑了。我们是继续睡觉，还是去卸菜？"牛肖满叫人的紧急情态，给人的感觉是狼来了。

王满贯被人从甜美的梦境里猛然叫醒，一下子对眼前的境况无法立即反应过来，一时竟无所适从。他将被人拽开的被子向上一扯，复又将头死死地裹定不放……

好几分钟过后，正当牛肖满又要去摇动这裹覆着蜷缩屈由着的身躯时，那原本壅盖着的被子突然被掀翻在了一边,里面突地冒起一张睁着血红双眼的愤怒的脸。

"睡个屁!卸菜!卸菜!就知道卸菜!"

"……还不快走,快快去卸菜!"

从这前后矛盾的喊叫声中,牛肖满想,师傅这是没睡醒,胡乱翻搅上了。听话音,师傅虽是厌倦了卸菜,但是,却又要坚决去卸菜,这一矛盾在他内心窝屈着,火当然就上来了。

"妈的,迟了!迟了!"在王满贯一阵强似一阵的吼怨喊叫声中,牛肖满默默地急蹬着破自行车,紧跟在怨声后面,一路流涕,一路无语,没觉个啥,就来到了今晚并无狼迹的狼家梁菜市场。

——要是有狼来,就好了。快将那个人和我都给喂狼算了!

与白天相反,晚上来的菜车出奇的多。师徒二人一入菜市场,还未来得及将自行车放好,就被车主吼叫着去卸菜了。

一主车加一挂车,总共近 40 吨的白菜、柿子、青椒等,车主愿出 30 块卸菜钱。王满贯心里觉得合适,嘴上却说:"少了,再涨点!"但车主却一口咬定说:"不涨了,不涨了!再要涨,就去喊别人来卸。"王满贯看看四周,暂且还没有发现另有其他前来卸菜的人,就不再理睬这车主。

牛肖满暗中扯了把师傅的衣角,将嘴巴支在了师傅的耳边,偷声细气地说:"王叔,行了,能卸了,卸吧。"说话间,车主就过来了,既痛快又很不情愿地说:"再涨 10 块钱。40 块钱,总该行了吧!但是,必须一小时之内卸完,否则一分不给!"

"行!"师徒二人异口同声地喊了一声,立即跳上了车,疯也似的干了起来。

师徒二人时不时地将手在额头上一抹,汗珠子便从车上摔在了车下。车主就一个劲地催促着喊:"今夜有雨,快干!快干!"

一小时过去了,一车菜眼看就要卸完了。但是那一挂车菜还丝毫未动。而师徒二人却又累又饿,疲软困乏得再也欢实不起来了。只听得他们互相埋怨:"怎就死睡得连口饭也没吃?这活可怎干呀!"

车主在下面继续催撵着喊:"时间到了!再拖延时间,可就真不给钱了!还不再去找个人,一块来卸?"

牛肖满一听,觉得这主意不错。他正要去叫人时,一只手一把从后衣襟处将他给拽住。

"你给我回来！咱们眼看就要卸完了,再叫人来,不是白白地来跟咱们分钱吗?"王满贯及时制止了他的这一贸然行动。

"那,再怎么说,咱们还是不能按时卸完呀!又困又累又饥又寒,我不干了!"牛肖满这一发火,一气馁,王满贯心里也跟着发了酥、着了软。紧接着,他就觉得整个身子骨似散架般地实在难以支撑得住了。

王满贯歪斜着身子,跌坐了下来,他颤抖的双手无可奈何地向外一摆,牛肖满立刻便跑到那边,雇人去了。

一个与牛肖满年龄不差上下,身材奇瘦的年轻人,分得10元钱后,三个人一起上手,才终于在两小时之内,将那近40吨的蔬菜卸完,并整整齐齐地垒垛在了菜市场的西南角上。

车主一边说拖延了时间,要扣钱,一边却将钱如数递给了他们。接钱的一刹那,王满贯手和腿抖动得已经不能自制;牛肖满一步跨上前去,将钱接了。但是,牛肖满也觉得双腿颤悠悠地抖动得厉害,他的脚腕子也不由得一软,竟和师傅王满贯一同跌坐在了地上。

师徒二人喘着软沓沓的粗气。每人紧握着刚刚挣到手的15元的硬钞,灰溜溜地在满是星斗的天空下面急切地探望着,看哪里能有个填饱肚子的饭馆。但是,这种甚是简单的愿望,在荒野郊外的夜晚却是根本不可能实现的。师徒二人这才第一次领会到掏钱难买不卖的货,是个啥概念了。

由于极度饥饿和极度的劳累,整个后半夜里,师徒二人就一直蜷缩在蔬菜棚子下面,冻得瑟瑟发抖,再也没有足够的力气去卸菜了。他们再无睡意,饥饿感也随着黑沉沉的夜晚逐渐暗淡下去了。

东方有启明星亮起来的时候,一家卖饸饹的小饭馆开了门。

一大碗饸饹两块半钱,王满贯觉得贵了。他说:"肖满,现在吃了饭,卸菜的精力是有了,但菜车却都已被人家卸完了。咱们还不如先回家,自己做着吃。这样既省钱,还又能睡一个大白天了。今天晚上,一定要早早起来,不光吃饱饭,还要带上些干粮,再也不能像昨天晚上那样,搞得有枪没子弹了。"

牛肖满咬了咬牙,勉强地点了点头。两辆破自行车便咯吱呱啦,十分疲倦地将他们驮回了那个窝。

掐指算来,王满贯师徒二人昼伏夜出的日子,已经有一个半月的时间了。在这一个半月里,夜夜不成眠,夜夜超负荷的强体力劳动,犹如潜伏着的凶猛的怪兽,在不知不晓中,已将他们噬咬得只剩两副骨架了。两个原本壮实的男人,现在瘦削得已经捏不成一个了。按他们估计,只要在白天睡好吃好,是能够连续熬夜,连续作战的。但是,这种状况维持了有一个半月的时候,王满贯就彻底地躺倒了下来。牛肖满要送他上医院,他却坚决予以拒绝。他说:"咱没钱。就将这几颗去痛片吃了,挨一挨,会过去的。"

牛肖满突然想到,快两个月了,如此熬夜熬活,竟未沾过一丁点的肉星——每天老黄米熬煮瘦白菜,怎能不把人肚皮撂黄?

牛肖满一嘴的馋口水泛上来,喉咙骨一滑,终于咽下了要吃顿肉的主意。

牛肖满下狠心买回了5斤肥瘦各半的鲜猪肉。他已经将肉与土豆一块炖上,并且,满屋子的肉味也已马上就要将人馋倒在地了,师傅王满贯却突然晕厥了过去。

待王满贯在医院里醒过来的时候,牛肖满早已哭成了泪人。

"王叔,你醒了就好……咱们的肉,也已煨焦化烟了。"好一阵哽咽之后,牛肖满才能够接着说话,"医生的诊断和我的推断一致,你是疲劳过度,营养不良,还有什么,好像是血液——对,是贫血了。"

王满贯眨了眨眼,觉得自己睡了一大觉。梦中,柳林村的张世厚家娶新媳妇,那人呀,海海漫漫,吵吵闹闹。席间,他不喝酒,张家的那个二小子就拉他、拽他、拖他、撕他、揪他、攥他、捶他,硬给他往嘴里灌酒水。他滑转身子一跑,胳膊上、手上就重重地挨了那小子几棒……

他醒过来时,手上还有些发痛,胳膊也感觉发酸发麻。他止不住将手扬起——输液胶管在他的视线里一阵晃荡后,消失了。

等他再次醒过来时,头脑就不那么迷糊了,然后就听肖满说什么肉化成烟飞走了,什么贫血了。

现在,王满贯倒不担心自己贫血不贫血的。他只觉得,自己的血汗钱就白白地化作这么些白水水进入到自己的血液里了,那他还贫什么血呢?现在贫的是我呀。我好不容易拼命了近五十个夜晚,才挣来这700多块钱,现在恐怕就要全完了。

在王满贯的一再要求下,他在医院里待了两天半后,就摇摇晃晃地出院了。医生将一大包药递给他时,十分郑重地说:"你的血液中,红细胞数量好像还在减少。

以后如有出血或晕倒的时候,要立即到医院接受治疗。"王满贯一个劲地点着头,心里却想,你这地方,我是再也不会来了。这才两天多的工夫,就花了我600多块钱,这不是要我的命吗? 我的老婆娃娃一家5口人,正嗷嗷待哺,还指望着我来养活呢,将钱都上缴了你们医院,我们还怎活?

王满贯大病一场后,身子骨就酥软发懒得厉害,常常由不得自己来指挥。自从上次出院后,他由肖满伺候着,息养了快有一个月了。

刚来鄂东市时,身体棒好,活却特别难找;现在适逢农忙季节,民工返乡的多了,活特别好找,工资又挺高,自己的身体偏偏就不争气了。

王满贯时常对着牛肖满这样哀叹。那样子,就好像自己做了件丢脸的事,难以抬头挺胸了。

病兮兮的王满贯心想,实在病得挺不住了,就得回家呀。但是,他又想,这样不挣一分钱地回到家里,怎么向自己的老婆交代? 三个要吃要喝的孩子还不把人给心疼坏了! 最后,他就想,算了吧,反正钱是命,命是钱;还是拼了命去挣钱,挣了钱救自己的命,也救全家人的命。

渐渐地,某种强大的力量,再次顽强地支撑起了王满贯这一副病弱的骨架。他的精神状态,随着工地上民工工资一天天地上涨而日渐回缓了起来。最终,这建筑工地就如一块巨大的磁体,将王满贯这块尽管是上锈了的生铁,也硬是给吸附了过去。

王满贯和牛肖满现在干活的这个工地,正是王满贯上次看病的那家医院的一座门诊楼扩建工程。前阶段,师徒二人来这里抓过一次药,无意中在这家工地上转悠时,打探到这里正缺少民工。现在王满贯一边干活,一边在想,我从你这家医院花进去的看病钱,现在还从你这家医院里捞回来。他的这种心理,就像是在赌博。

当了十多年泥瓦工匠人的王满贯,如今还是第一次挣到这么高的工资。这个工地,匠工的工资是每天40元到60元不等,小工的工资则是统一每人每天18元钱,一天还管三顿饭。王满贯大病未愈,体力不支,但手艺高超,每天拿到了50元钱;牛肖满给王满贯当小工,挣钱虽不多,却可趁着工头不注意的时候,由师傅指点着继续学习泥瓦工手艺了。

现在,师徒二人已将行李卷搬运到了工地,吃住全在这里,倒也省去了口粮和房租等费用。一时间,王满贯像个没病的人似的,有时闲息的时候,就能听到他在给大家说道说道男盗女娼的酸溜溜的故事。牛肖满有的听不明白,有的就听得浑身潮热,憋堵得满身发胀,人也一下子便羞红了脸。

十几天过后,王满贯就无声没息地沉默了下来,渐渐地很少有话。牛肖满见师傅干活精力不足,脸色也暗淡灰黄,就不时关切地问道:"师傅,你的病又犯了?"

王满贯就来火了,他喘着粗气,低着声音吼:"别叫唤好不好?让人家听到我有病了,还会用咱们来干活?"王满贯气汹汹地将铲子摔给牛肖满,见周围的人们都在忙着干活,并未对他们有所在意,就又对着肖满解释说,"工头已经说我干活不卖力,和别人比,嫌咱出活太少。你就抢着点干吧,别那么多废话了。"

牛肖满这才明白,师傅这是强撑着、硬犟着在干活了。他心里一阵难过,有一种靠山即将倒塌的悲壮和孤独,又有一种雨打浮萍般的无靠和无奈。他将噙在眼里的既像是泪水又像是汗水的东西,用沾满泥浆的破衣袖狠劲地一抹,随手拾起师傅摔过来的挖灰铲子,玩命般地疯干了起来。

王满贯晕倒在工地的事,发生在医院扩建工程即将结束而正在进行太平间拆迁这一扫尾工程的当口。

怪只怪,王满贯不听牛肖满等人的极力劝阻,硬要强撑着身子去上工。他常对好心规劝他的工友们说:"没事,能挺得住。工程一完,我就回家呀。"他的那种口气和那种姿态,让人一下子就想到了著名的英雄劳模——王铁人。

然而,工头却不买他的账,要不是工程即将结束,他那摇晃颠荡、迟滞缓慢的身影,早就会被工头从这工地上给除抹掉了。

现在,将他从这工地上给除抹掉的,却不是工头,而正是他自己。

那天早上,牛肖满仍像往常一样,早早地从工棚地铺的缝隙中爬起身后,顺手扯了扯挤睡在他左侧的师傅的衣袖。往日里,总要这样拉扯上好几个回合后,师傅会艰难而吃力地爬起来;先吃了药,后去上工。今天,牛肖满只这样轻轻地一扯,师傅就睁开了那布满血丝眼屎的深陷的双眼,紧接着那结了干痂的泛白的嘴唇便在那张塌陷了腮帮的蜡黄的脸上一张一翕地开始动了:"……"

"什么?"牛肖满看到师傅在说话,却未听清内容。他赶忙俯下身,将一只耳朵斜侧着贴向师傅的那张嘴,极力去捕捉那微弱的声音。

"肖满,昨晚做了个瞎梦……"王满贯说着,眼里溢出的泪花,盖过了眼屎涌了出来。他努了努身子,在肖满的帮撑下,双手勉强地支撑起了上半身,爬挣着坐了起来,喃喃地述说道,"我梦见咱们正在拆迁那太平间,忽然,有几驾马车从远处欢腾腾地过来了。工地上的人,还有你,全坐着那些马拉车走了。我拦啊、挡啊,却没有一辆马车能停下来拉我。后来,太平间突然起了黑风,我就只好躲啊,藏啊……"

"嗨!这是好梦。说明你没走,还留着。"

"留是留着,可这留着的地方是太平间呀!"

牛肖满本想给师傅宽宽心,听师傅这样一说后,却顿然觉得头发倒竖,后脊发冷,浑身暴起了一层冷森森的鸡皮疙瘩。他马上又说:"瞎梦,说了就破了……"

牛肖满将水倒来,给师傅吃了药后,再次劝他不要去上工了。王满贯却说:"今天干下来,正好是满30天的工。一个月,一天工都不误,每天会另外多加两元钱的奖金。干完今天,我就回家养病呀。哎呀,实在是,熬受不起了。"

整整一个上午,王满贯硬是汗流浃背地咬着牙关,顶着毒辣辣的太阳顽强地挺过来了。临近中午时,他也没说有啥不舒坦,只是一个劲地直喊口渴,大半桶的冷水,他只咕嘟上那么几口,就可见着桶底了。事情就发生在下午刚上工后不久。王满贯帮一死者家属将最后一个停放死人的白生木棺材搬移上车,拉走后,正和众人一起上到屋顶,要将这太平间连顶拔掉的时候,他却突然平展展地伏面扑倒了下来……

霎时间,犹如墙塌了,房倒了,牛肖满一下子就被惊愕得木呆在了一边。待他回过神来,众人已七手八脚地将师傅抬了,就要离开屋顶,下到地面了。

牛肖满抢先一步下去,用抖动着的双手将从屋顶上缓缓下放着的师傅托住,顺势背在了身上,慌乱地颠荡着,径直从这太平间向那医院急诊科奔去。

临近黄昏的时候,王满贯就由人们从医院急诊室复又抬回到这破烂的太平间来了。

王满贯从软着身子抬走,到硬着身子抬回,前后大约有六个多小时。在这六个多小时的抢救时间里,牛肖满一直就那样呆呆地守候在师傅的身边。但是,他始终未能从师傅那塌陷的苍白的脸上捕捉到有一缕表示生命回归的活光。牛肖满异常悲痛地感觉到,师傅这身子,这回,怕是被彻底地掏空了。

王满贯死时,极不平静,甚至有点惨烈。起先他像是被人狠狠打过,皮肤泛出青一块紫一块的黑斑,紧接着打吊针的液体就停顿了下来,再也进入不了他的脉搏,循环到他的体内了。后来,七窍就有黑血汹涌冒出……

师傅的死,是牛肖满平生头一回经见人死亡的全过程。师傅的死亡给他留下了永久的记忆,那种记忆非但不因年长日久而暗淡磨灭,反倒却像一块平镜,因不断地擦拭而愈加明光可鉴。

几天后,工地上雇了辆农用三轮车,派了两人和牛肖满一道将王满贯的尸首运回到了柳林村里。

运尸车先在村子边上停了,由牛肖满进村报丧。几支烟的工夫,照看尸车的两人就听见哭喊号啕的刺痛声在村子里骤然响起。

不多时,几个神情异常的男人,在牛肖满的带领下,惊恐而慌乱地向这里赶来。众人眼睁睁地瞅定车厢中央红布裹覆着的那具尸体,一个个唰地白了脸面。哆哆嗦嗦中,有几个人就跪伏在了地上,那样子,就好像突然被什么利箭给射中了。

王姓户族里,一个像是晚辈模样的年轻人,双手捉到了那红布,手随着红布一抖,抖了好几下,却终未能将这布匹揭开。

一个老者走过来,扯住一角,颤动中,轻轻一抖过后,一张扭曲变形的脸面,便惊突突地暴露在了众人的面前。

老者在这张脸面的眼睑上,轻轻揉过后,死鬼王满贯上吊翻转着的白眼便慢慢地合了起来。待老者再用拳头在那牙关狠咬双唇张咧的地方慢慢捶打后,王满贯便基本有了个平和的形态,静静地长眠了。

像是哄小孩儿睡觉一般,老者将一生受罪的王满贯静静地安卧在了另一世界。

青 春 色 泽

1

晌午前后,红日炙烤着的万里晴空,突然令人惊喜地冒腾起了团团的乌云。然而,一阵电闪雷鸣过后,天气却陡然放晴,已是进入雨季的高原大地,在卷过几场阴云,扑过几次黄尘风沙之后,复又陷入了无边的旱孽。

邦浩轩缩在蒸笼似的焦县城里,整整三天了,尚未迈出房间一步。第四天里,突然来了精神。他将所有的误本及高考复习资料,一股脑地装入了一个破麻袋里。他弯下腰,将麻袋扛上肩膀,眼看就要站立起来的时候,却不由得左右一摇,向前一晃,迎面扑倒在地,麻袋重重地扣在了背上——只一眨眼的工夫,他那瘦小的身子,就被狠狠地压在了下面。

邦浩轩双眼一热,泪水还没来得及在眼里打转,就已经扑簌簌地洒在了地上。他心里一惊,多少天了,他还从来没有落过一滴泪呀!

不多时,邦浩轩扛着麻包袋出现在城郊的一处废品回收站上。

一脸麻子、脸胖得令眼睛勉强拉开些许细缝的老板,将麻袋口解开,只稍许一看,无须称斤算两,就异常痛快地将 50 元现金递在了他的眼前。

身心脆弱、情绪异常的邦浩轩,将人生最美好的几年时光,也将整个生命最可拼搏的无数个日日夜夜,白白地耗费在那堆课本和复习资料上面之后,现在终于使它变成了一堆废纸。他由痛苦到后悔,由后悔到怨恨,由怨恨到复仇,在将自己整个身心折磨到极限的时候,终将仇恨的目光锁定在了这堆废纸上面。现在,他将这些罪魁祸首送上废品回收站后,总算出了些许的怨气。几年来,身心的极端折磨、扭曲和压抑,现在终于得到了暂时的释放。这个时候,他才突然记得,几天了,他还没有吃过任何东西。脑袋眩晕的他,现在隐约感到就要栽倒下去。

怀揣 50 元现金,在小吃摊上匆匆吃过两大碗羊杂碎的邦浩轩,好像在躲闪什么似的,又像有啥紧要事情,正机械地向着他那窄小的屋子匆忙赶去。眼下,那不足 6 平方米的空间,已是他唯一的去处。他的整个世界已经完全浓缩并封闭在这租赁的小屋里了。

炽热的太阳,又一次烧烤遍整个高原大地,直到所有的庄稼都蔫巴巴地扭曲成麻花状之后,才暂且侧转了火红的身子,向着县城西山顶靠拢。这时,街上的行人一下子多了起来,花花绿绿,白皙娇嫩的色彩,使沉闷的县城渐渐地活跃起来。

突然,一辆疾速飞驰着的自行车横在邦浩轩的面前。这正是刚考取西北政法大学、平日里和他最要好的同桌高轩。老同学突然而至,使邦浩轩一下子感觉到了一种巨大的落差,并立刻又一次使他陷入了一种无可言状的痛苦之中,他出于保护性的本能,本想立即躲避开来,但是神采飞扬的高轩却早已紧紧地抓住了他的双手。

"浩轩,同学们在上大学之前,今晚特地举办了一个联欢活动……你在这里干啥?还不快去?"高轩由于过分激动,未顾及邦浩轩由于巨大的失落而悲痛地扭曲着的脸面,在他硬要将这位好朋友拉上一块前去的时候,邦浩轩几乎是带着哭腔,低着声对他说:"高轩,我心里难过,就——不去了。你哪天到省城上学走时,我一定去送送你。"高轩这才猛然意识到,他由于过分高兴,竟然忘记了邦浩轩今年落榜的事了。现在,他所带来的这一消息,已经在无形中深深地刺痛了好朋友。

不知怎么搞的,往日的同学,在高考之后,就会无形中划分成两大阵营;当然,以后也就会走上完全不同的奋斗历程,进入完全不同的社会层面。仔细想想,现在,我们这些考取的同学有多么的高兴,那么,那些落榜的同学就会有多么的痛苦。高轩本想对邦浩轩说句安慰的话语。但是,他马上想到,只要自己站在这里,就会在无形之中,对他形成一种强烈的刺激;现在,自己唯一能做的,就是立刻离开这位昔日的好同桌、好朋友,方才是对他最大的安慰和关怀。想到这,高轩摇了摇邦浩轩的手,然后,狠劲地将车子一蹬,飞燕似的滑翔向了远方……在满是夕阳的余晖中,邦浩轩害怕再次碰到熟人,再次勾起他无限的痛苦,遂折转身,向着县城西山脚下的五马河走去。

　　五马河畔,曾记录下他无数次读书、学习的身影,但在夕阳西下的时刻来到这里,却极为少。在他的印象中,黄昏里,仍在五马河边溜达着的人,要么是愁苦郁闷的无奈者,要么就是谈情说爱的乐和者。现在,眼前的这一对情侣相拥而过,更进一步地验证了他的这一推断。但是,他马上觉得事情又有些蹊跷:那个甩着马尾辫,身材匀称,正含情脉脉地依偎在那个壮小伙子怀里的,不正是曾给他发过求爱信号的甄梅同学吗?

　　是的,正是!

　　他急忙侧转身,任由他们从自己背后不远处撞过⋯⋯

　　他微闭双眼,汗津津地紧攥着拳头,一时间,过度应激状态下所带来的紧张情绪,竟使额头也沁出了一层细密的汗珠;他清楚地感觉到,他的心跳,现在已经远远地胜过这对恋人的初吻了。

　　"华,今天晚上的联欢活动,可不许你和别的女同学跳舞⋯⋯"

　　是的,没错,正是甄梅的声音。那么,那位不正是孙光华吗? 他们俩今年高考双双考取了江汉大学,无人不羡慕的。

　　"不会的,小乖猫,我只和你⋯⋯"孙光华的声音逐渐远去,后面所讲的情话,邦浩轩没有意志去听清。

　　甄梅缠挽着孙光华,异常幸福地从邦浩轩身旁经过已经好久了,邦浩轩还愣是没有回过神来,一直木偶似的呆在了那里。

　　夕阳的余晖在西山边上渐渐散去,无边的黑暗即将吞噬整个县城。五马河水,也一声强似一声地呜咽了起来。

　　甄梅递给邦浩轩求爱信一事,发生在上学期开学初不久。那天,和邦浩轩一同租房住宿的同乡张乾,晚自习下了后打过招呼,说他到城里的姑姑家吃饭,今晚在姑姑家学习,不回来了。自从高考冲刺以来,张乾经常在姑姑家吃饭,晚上不回来是常有的事。他姑姑说了,要想学习好,先需生活好。他姑姑誓言,要通过高三这一年的强化复习,定要将他送进大学的门槛。

　　晚上,邦浩轩内心一边羡慕着张乾在城里有个好姑姑,一边相形见绌,暗自神伤地回到自己租赁的小屋。他将火炉点燃,准备将中午吃剩的面条热着吃了。他之所以租房子住,为的就是自己能有地方做口饭吃。这样一来,既省伙食费,又可

"开夜车"学习。至于房租费，两个人合伙住了，均摊后，自然就少了很多。其实，像他这种来自农村的学生，大多如此。与城里孩子不同，他们无人照顾起居、作息。他们很少有吃早餐的习惯，每天只吃两顿饭，大多马马虎虎，简简单单，无从考究营养，只为填饱肚子。像张乾那样，能在城里有个好亲戚，那就是享了天大的福分。

现在，邦浩轩一边热饭，一边将书本摊在了由一块小薄板支成的"桌子"上，做好了向高考冲刺、向深夜进军的准备。紧靠着"桌子"的破墙壁上，贴了一张大白纸，上面十分醒目地标注着作息时间，起床 5：30，晚睡 12：00……最下面写有一行大字，人生只此一搏！！！后面的三个感叹号显得特别粗壮而有毅力。

一阵轻柔的敲门声，令邦浩轩舀饭的双手停在了半空。

奇怪，要是有人进这屋来，是从不敲门的呀。正当邦浩轩满脸疑云，颇为愣怔的一刹那，房门被轻轻地推开了一条细缝。一个颇具青春活力的脑袋从缝隙之中钻了进来；秀气的鼻梁上方，一双毛茸茸花朵般灿烂的眼睛，敏锐地向里侦视一圈后，便毫不犹豫地将目光甜蜜地锁定在邦浩轩惊疑的脸上。随即，一个圆脸秀发，红底蓝花半袖衫，浅绿紧身短裤裙的青春倩影，便梦幻般地在这破败的小屋闪耀开来。

邦浩轩一惊，双手失措，竟将饭碗丢在了锅中："哎哟，老同学，你看我这——这真不成样子！你往哪坐？坐吧……"

甄梅见邦浩轩慌张的窘迫相，咯咯地笑了起来。

邦浩轩受了这银铃般笑声的感染，也放松地一笑。

紧张的空气，在一阵慌乱之后，渐渐弥散出温馨的味道。

甄梅是那种活泼开朗，聪慧大胆的都市女孩，她的这一特点，令来自农村的邦浩轩特别地欣赏和羡慕。一阵独处之后，他对这个平日里常和他探讨习题的女同学，有了一种特别的好感，甚至在心灵的某个地方隐约间生出了一种甜丝丝的味道……

不！

不不！

不不不！

我现在的这个时候，这种高考的关键时刻，却这样分心，岂不是自我毁灭？

邦浩轩猛地醒悟了过来。

这时，一股焦糊味扑入了他的鼻腔。他一个箭步冲扑上去，将火炉上的饭锅扔在地上。锅盖掉在了一边，锅里饭成了焦状，一股更大的焦烟直蹿而上，没有来得及钻入屋顶破洞的烟雾，复又折转回来，并与炉中汹涌而出的炭烟汇合一处，迅疾地淹没了整个小屋……

被浓烟严严实实地包围着的甄梅，伴着一阵狂烈的咳嗽，猛然打开房门，倏然弹出了小屋，浓烟迅速追她而去……"帮，我对你的……都在这封信——信上……"门外，在一阵更大的咳嗽声中，一个橙色的信封，似风中一叶，逆着烟雾轻轻地飘入了小屋。

夜幕渐渐袭拢而来。五马河水之中，一块仰躺着的巨石，将河水断然分向两旁。河心被撕开了一道道的伤口，不断地发出沉痛的哀鸣。这极具刺痛力量的呜咽声，终将邦浩轩怅茫的思绪从那团浓密的烟雾中牵扯了回来。

后来，邦浩轩一心向着高考的方向挺进，而将甄梅的那封求爱信深深地埋藏、积压在了心底。他以强大的毅力克制住了这青春的骚动，终未使它发作。是的，美好的"丘比特之箭"，一切等到高考之后再见吧。因此，尚未涉足爱河的邦浩轩，一旦嗅着了前面有爱河气息的时候，就已经毅然折转了他那精明的头颅。而甄梅由于没有得到邦浩轩的爱情回应，感觉特别委屈和伤心；好长一段时间里，她都难以抬起头来。在感觉太丢面子的时候，她一赌气，竟和县林业局副局长的儿子孙光华好在了一起。两人毫无顾忌大胆地开始涉足青春的密地。现在倒好，邦浩轩虽明智地拒绝了青春的诱惑和年轻的浪漫，全身心地扑向高考，但最终却被碰得头破血流；而甄梅和孙光华，看似挥霍青春，不务学业，却双双被同一大学录取，真正实现了爱情和学业的双丰收。

——命运啊，在这里竟和他开了这样一个致命的玩笑。

夜，越陷越深。邦浩轩感觉到有一双黑爪，正从满是星际的天空中向他伸来。他一激灵，方才发现自己在痛苦的沉思中，竟毫无知觉地陷入了河水之中。

现在的他，是不会拒绝任何形式的死神的到来。他遂顺势倒入了水中，任由五马河水冲刷着、淘洗着、淹没着……

在五马河边望之可及的红都歌舞厅里，此时，青春得志的同学们正在悠扬的乐曲声中翩翩起舞。大家完全沉浸在高考后彻底放松的惬意中，玩性正酣。

通过数年拼搏竟然丝毫未能拓宽自己人生道路的邦浩轩，现在已经转而投入到县城道路拓宽改造的浩大工程之中来了。

那天,他的一个远房亲戚将他推荐给这一工程的包工头。包公头要不是碍于他的那位亲戚的面子,是绝对不会将他这个瘦弱的书生接收在工地上的。

工地上,对新入道的人员会有三天重活、苦活、累活、脏活的考验期。邦浩轩进入工地的第一天里,却仅仅被指派着用扫帚扫扫路面,再用水龙头将平整的水泥路面冲洗干净,轻轻松松地一天下来,除了管饱吃了三顿饭外,听说每天的工资至少也在好几十元以上。

当天晚上,邦浩轩便兴致高昂地退了租住的房屋,将铺盖卷扛到了筑路工人的大工棚里。

第四天里,邦浩轩手中的扫把就被工头的小舅子接了过去。工头的小舅子说:这扫路洒水的事,一直由他一个人承包,前几天干腻了,他出去玩了一圈,现在既然回来了,就不用邦浩轩再顶替了。

邦浩轩顿然醒悟,他的考验期将真正到来。

邦浩轩被安排去卸水泥。

拉水泥的车开到修筑着的路面的边上,人们上去先将水泥全部卸下,待车开走的空当,再将水泥扛到路中央的工作面,等到水泥车再次开来的时候,上次卸下的水泥必须要全部搬运完毕,否则水泥车无法靠近作业面,就会影响进度,延误工时。

整个上午,邦浩轩干得还挺不错,唯一令他难以适应,感觉很不舒服的是那无处不沾而又无法阻挡的水泥粉尘。他初来工地时一身崭新干净的衣服,即刻就被那灰森森的东西给作践成了一身合适的"工皮"(工作服)。他本打算脱去这身出门时才肯穿着的衣裳,而将那身褪了色的旧衣服换上,当"工皮"穿了。结果,总以为只是比原来扫地洒水略有严重,不会太糟蹋了衣裳;况且路面上干活,来来往往的熟人也多,不太好的衣裳还真穿不出去,他就没有换。这样一来,他的衣裳仅在一眨眼的工夫就被弄成了"工皮"。确切地说,他的这身衣服是在来到工地三天之后,才成了"工皮"的,而要做一名合格的打工者,需从外到里、从肉体到心灵、从物质到精神都要变成"工皮"才行。

吃中午饭的时候,邦浩轩累极了,更饿极了。他连抓挖水泥的灰塌塌的双手也未曾擦洗一把,就将那半斤面做成的大馒头抓在了手心。一如饿狼捕到了一只白兔,一口便将"兔肉"吞去了大半。

突然，他停止了咀嚼。他感觉喉咙里已经有硬邦邦的东西堵塞着了，他试着向里咽了咽，喉咙立刻一阵刺痛……

邦浩轩突然感觉一阵恶心，他猛一弯腰，泪洒涕流地吐了半天，口里、鼻中、眼间的水泥结块、粉尘颗粒夹杂着饭末，浊流了一摊……

工友们端着饭碗纷纷躲到了一边。

待众人再次回过头来看时，邦浩轩早已将那个被双手染成乌灰色的馒头差不多啃咬完了。

邦浩轩在工棚前的破镜片前照了照，准备着再次出工。镜子里的他，除过嘴边、鼻子及眼睛周围有些许肉脸的肤色外，其余则全被水泥灰末遮罩着。特别是头发上和耳朵里，简直就被那该死的水泥粉尘当作了家。

邦浩轩用梳子、布子挠抓、抹擦了好一阵，终将自己修整出个人模样来。但是，那些被汗水浸湿后搅和在头发间的水泥粉尘，这时已经和毛发黏结成了一个整体，任凭你怎么梳理，终难以将它们彻底分开。

一个小工友走过来，一把夺了他手中的梳子，狠狠地摔在了一边，说："别臭美了，谁还不知道你是个灰受苦的？卸水泥这灰营生，最容不得梳洗照镜。"

邦浩轩一听，觉得姓徐的这小子也敢骂他、欺负他，正火杠杠地要揍这鬼家伙一顿时，却又听出了，这其实也是在好心提醒他。是的，马上又要乌烟瘴气地卸水泥了，还梳洗个屁！

太阳从未有像今天中午这般毒辣的了。这颗炽热的火球一旦占据了苍穹的制高点，好像就没打算侧转身子，移了开来。

邦浩轩只穿着背心和短裤，实在难以抵挡烈日的炙烤。他只好将脱去的短袖衫复又遮盖在了头上。他扛着百余斤的水泥袋子，弓腿屈背，异常吃力地在工地往来穿梭，汗流浃背，像只落汤鸡。

邦浩轩毕竟没有经受过强体力劳动的锻炼，他的身子骨玥显嫩弱，如果没有十万分的意志毅力，他一定是难以承受的。

然而，邦浩轩却正是要通过这种强体力劳动的折磨来消蓄掉自己心中的憋屈。现在，只要高考落榜的阴影一旦再在他心中有所弥漫时，他只须拼命地扛上一阵水泥袋子，内心的那种种痛楚与不快，即刻便会被筋疲力尽搞得烟消云散了。

邦浩轩在筑路工地上干活已经有两周了。在这14天的时间里，他整整扛了11

天水泥袋子,而且看迹象,还要无限期地扛下去。而别的工人最多在这粉尘里泡上三几天之后,就被轮换顶替下去了。邦浩轩感觉工头还在考验他,就没有去理论。他无奈地感慨道,想不到头三天的那"扫帚把",竟交来了如此倒霉的厄运。他又想,大不了再多吃些水泥粉尘,多褪几层皮吧。谁让你没有考上大学呢?考上了,还用遭这份罪过?

但是,现在一个致命的问题是,他一旦看见这水泥袋子,就不由得手抖腿颤,脊背发软。仅此还算小事一桩,关键是,连日来,他的胸腔犹如塞了块铅似的,感觉沉重而憋闷,还时常痒痒得厉害。水泥粉尘时不时被吸入鼻子嘴里后,它们就要对这灰东西表示出强烈的抗议,咳嗽就会一阵阵地暴起。这咳嗽不止,他干活就常常被迫停顿下来,时间长了,一同干活的人就有了怨气。明摆着的嘛,这么重的苦累活,你休息了一阵又一阵,将别人当傻子?

昨天夜里,邦浩轩前半夜咳嗽没有睡着,后半夜里扛水泥的右肩膀也开始剧烈作痛。直到天快亮的时候,他才终于拉响了甜美的鼾声。

"快!快快!满屋子的人都上工去了。就剩咱俩,要迟到了!"睡在一旁的工友小徐狠劲地将他推醒了过来。小徐只穿个短裤,就跑了出去。他跑出去很远了,还在大声叫喊,"邦浩轩迟到了!邦浩轩迟到了!"

邦浩轩一激灵,彻底地从睡梦中清醒了过来,妈的,这龟孙子自己也迟到了,竟然喊着说我迟到了。真是恶人先告状,老子今天揍死你个狗杂种……

突然,他停止了谩骂。他的手在裤裆里摸了摸,一股暖流复又激荡周身……

突然,他猛地翻转身,死死地将被卷抱在了怀里,像似失去亲娘的孩子一般,委屈地失声痛哭:"梅——我的好梅梅——你上了大学,扔下我,可该咋办呀!"

邦浩轩今天上工迟到了半小时。按照工地上的规矩,这一天就只给他记半天的工,也就是说,他基本上就要给工头白白地受上半天苦。因此,工头对他的这种无精打采,慢腾腾的怠工行为是看得穿的。

平心而论,邦浩轩的确是异常地疲乏了。现在算来,从未经受过劳动考验的他,已经扛了十几天的水泥袋子了。这对于经常受苦的人而言,其实也是难以吃得消的,加之他昨晚基本上又一夜未眠,临明时好不容易睡着了,还轻轻地飘来了亲爱的梅。梅虽然让他品尝到了青春的甜美,但紧接着却勾起了他无限的痛楚。这种痛楚的情绪一直被带到这工地之后,就再也没有被强体力劳动给消磨打平掉。

他扛水泥的过程中,不知怎么搞的,水泥袋子猛不防就会重重地滑落在地上。一袋子水泥,往往掉下去,扶上肩;再滑掉下去,再挟托上肩。如此肩上、地下,往返几次,才能将这"死宝"给拖挪拽拉过去。这样,别人扛三袋子的工夫,他最多只能扛两袋子。尽管他虚汗直冒,马不停蹄,拼命追赶,但仍然时时招来工友们的白眼:"干不了这活,就回家吃奶去! 别他妈总是让别人替你多出那份子力气!"

力虚心更虚。今天,邦浩轩明显感觉体力不支,干不过人家,让别人吃了明亏,那就让人家指责吧、叫骂吧,反正只要坚持下来,一天就可挣到几十元钱,就能养活自己。

临近中午,最后一袋子水泥好不容易被邦浩轩扛了起来。这袋子水泥一旦被扛了过去,就该是收工吃午饭的时候了,繁重的劳动也会暂且告一段落。

他背着水泥袋子,身子晃荡不已。他牙关紧咬,双拳死攥,急促的气喘声中,不时会有凶猛的咳嗽从中强烈地冒出。他的肩膀被水泥袋子压迫得实在难以承受,他就只好躲避似的深弯着腰,前倾着身子,重心便明显地倾向了前方,这样一来,他的双腿就无可逃避地被迫小跑着去追撵,支撑这前方的重心……

很显然,他双腿中肯定有一条腿要了奸,跑得慢了点,仅仅的一条腿根本就无法支撑得住他身上那百余斤重物的强大惯性的冲击,只听咚的一声,人和水泥刹那便跌翻在了一片尘埃之中……

尘埃落定好一阵之后,一个灰包脑袋才勉强地从那堆四散撒落着的水泥灰末中挣脱了出来,但身子仍然麻花样在灰堆中扭曲着,未能站立起来。

工友们都饿疯了一般,早已一窝蜂似的回到工棚吃饭去了。灰堆中痛苦呻吟着的这个人,看来,即便是摔成了重伤,暂且还是没有人能够发现并救助他的。

大约是过了一刻钟,一个和邦浩轩差不多大小,但看面相却明显比他年轻的小伙子走了过来,终于将他从灰堆中扶坐了起来。

小伙子发现,这人除了额头被蹭破了皮,流了一些血以外,其他好像并未有啥太大的问题。正当他急着要走开时,双手却被那个"灰人"给死死地拽住了。

"高轩,你认不出我来了? 我是浩轩,我是邦浩轩呀!"说话间,两行热泪在灰脸上冲开了两道十分醒目的印痕。

这个好心的小青年原来正是邦浩轩的同桌高轩。高轩天天外出回家路过这条沸沸扬扬改造着的道路,竟然没有发现邦浩轩在此干活,而邦浩轩却能常常看见高轩从这里经过。只不过,他一看见考上了大学的高轩同学,往往就会暗自神伤地深弯了腰身,用背着的水泥袋子遮了脸面,躲闪着匆匆经他而过。

现在,高轩一眼盯住这满是水泥灰末脸上的那两道被泪水冲开的伤心的印痕,竟然颤抖着嘴唇,不能组织出一句用以表达点什么的话来。看着这般羸弱灰败的破烂样,看着如此痛苦伤楚的潦倒相,看着这等疲乏倦怠的瘦小身影,高轩一时竟想不起了邦浩轩的大概模样。末了,高轩随手掏出块手帕,在那副灰败的脸上擦了擦,邦浩轩的轮廓这才清晰可见。

高轩不由得一惊,这才几十天的工夫,一个好端端的人,就给"报废"成了这般模样?

看到邦浩轩这般惨相,高轩先是安慰他,和他一起,哀其不幸,后来又十分遗憾地,怨其不争了。邦浩轩觉得,高轩说到最后,甚至有点鄙视他的味道了。

高轩本还想对邦浩轩说说心里话,但是,他现在必须要尽快赶到前边的那个饭店去。那里,家里人邀请了百余名亲戚朋友,正在为他考上了大学举行喜宴。高轩说:"浩轩,我们家正在请人赴宴,你这个样子,今天我就不强求你去了。明天,我、孙光华……还有甄梅就要去上学了,我们早晨八点钟在状元桥集合,包车出发,到时候你一定要来送我们……"高轩说这话时,语速极快。现在,他心中装着众多为他欢庆的亲朋好友,他要尽快离开这里,前去应付。

太阳已经端直照上了头顶,毒日笼罩之下,一天之中最为难熬的时候又来到了。热风不时地吹扬起了那异常干燥的水泥粉尘,有好几次,这灰东西竟直照着高轩的脸面扑过去。高轩躲闪着,渐渐远离了那灰堆及灰堆之中歪坐着的邦浩轩。

邦浩轩这时敏锐地感觉到,那隔着距离和他说话的高轩同学,叙事正经,又很客气,不耐烦中显示出某种无可攀越的高贵轩昂气息……

邦浩轩眼眶发热,嘴唇颤抖,胸脯一起一伏地动荡得厉害。他鼻子吸了几吸,好不容易控制住了那该死的泪水。他本想好好对自己的同桌诉说一番这一阶段的种种冤苦的,却突然敏感地觉察到,他昔日的这个老同桌的影子已是再也不可以找回来了。

邦浩轩眼眶冰凉,一种无以名状的悲凉气息袭上心头。后来,连高轩在什么时候离开这灰败的地方,他也无从记得了。

第二天上午,高轩等沿着同一路线去上大学的同学们包车出发了。

　　面包车已经开动了,高轩仍然没有在送行的人群中发现有邦浩轩的身影。直到车子颠簸着缓慢经过县城南边那段整修改造着的路面的时候,高轩才隔着车窗,隐约间在纷乱的工地中搜寻到了邦浩轩那灰败单薄的身影。高轩想,如果不是因为昨天在这工地偶然间碰到了邦浩轩,现在,无论如何,他都不会将邦浩轩从这些受苦的人群中分辨出来的。唉,昨天忙得竟没有将邦浩轩拉着,去好好吃顿饭,看现在他背水泥的那个可怜样子……

　　高轩在车上远远地看着邦浩轩在工地上拼命忙碌的身影,一股从未有过的怜悯之情油然而生。他不由得倒吸了一口凉气,要是自己也没有考上,现在真不知该是个啥样子了,也许要死要活的,还不如邦浩轩这般坚强呢。命运啊,难道就这样无情地要将生活中的人们给分出个天差地别来?

　　高轩想着想着,一下子便由刚出发时欢呼雀跃的兴奋状态转变到了沉静凝思的悲凉情绪之中。

　　紧挨高轩坐着的孙光华,看见高轩一直盯着车窗外边发愣,就笑着在他的脸上轻轻地拍了拍,说:"怎么,想起谁来了? 舍不得撂下,就一块带上吧。"

　　甄梅温柔地将一只手顺着座椅靠背悄悄地伸过来,轻轻地将孙光华的腰背温馨地揽在了她的胳膊弯里,开玩笑说:"人家高轩撂不下的亲蛋蛋多着呢,现在正想着是该带哪个才对,是吧?"甄梅大声笑着将头轻轻地靠在了孙光华宽厚的肩膀上,开心地说着笑话。

　　突然,她的脸一沉,玩笑话戛然而止。她听到高轩在说,邦浩轩就在车外这尘土飞扬的筑路工地上干活,并且顺着高轩手指的方向,她已模模糊糊地看到了邦浩轩正扛着水泥袋子吃力地在车前不远处行进着,当他们坐着的面包车慢慢地摇晃着开到卸水泥工地的正对面的时候,甄梅甚至清晰地看到了邦浩轩原本俊俏的那张脸。现在,这张脸已被粉尘和汗水涂抹得一塌糊涂,唯有那高耸挺直的鼻梁,仍然表达着他那独有的刚毅和锐力……

　　霎时间,一股酸楚楚的东西堵塞在甄梅的心头,她的眼睛也已蒙上了一层灰蒙蒙的水雾,邦浩轩的影子渐渐难以看清楚了。

　　现在,甄梅对邦浩轩曾经拒绝她的种种怨气已经荡然无存。她始终想不明白,这个曾令她魂驰梦想的男人,怎么说灰败竟灰败到如此的地步? 她心情复杂地想,她该为他做点啥呢?

孙光华突然发现邦浩轩近在咫尺,正欲喊他一声时,一张嘴却被高轩用手死死地堵上了。

三个人似在沉重地观察着什么,默不作声,静静地看着邦浩轩背着水泥袋子,异常吃力地从不远处经过。

向来活泼好动的甄梅,一路上静悄悄的,任凭孙光华怎么讨好着逗她,也难见她开心一笑。无论孙光华,还是高轩,他们根本就不知道甄梅与邦浩轩曾经有过的那段情感瓜葛。

现在,邦浩轩养成了写日记的习惯。每天晚饭过后,别的民工或是去遛街,或是在谝闲话,他却缩在工棚里,往自己那卷又脏又破的被子上一靠,端着个硬皮小本子认真地写了起来。

与高轩在工地上面遇之后,对邦浩轩的震动是长久而深远的。他最直接的感觉是,自己今生今世要是活不出个人样来,哪怕是最要好的同学、朋友都会瞧不起你,都会舍你而去;因此,现在不单单是眼前能否生活得下去,更重要的是,自己今后该如何进一步去发展。一想到这些重大人生问题,他就显得十分烦躁和着急,因为,想来想去,除了顺顺当当考个学校外,眼下的确还没有个好的出路。他甚至想到了重新回到学校去补习,但紧接着就将这一主意否定了;他想要到某个城市去闯荡,自己开个公司,甚至想着到落后的非洲国家去一显身手……但是,所有这些想法都是模糊的,憧憬的影子多,现实的成分少。一切都是梦幻的、虚妄的、空空地激动着的。

邦浩轩想着天上的,做着地下的,每天灰溜溜地扛着水泥袋子,浑身常感觉似散架了一般,几乎到了难以再支撑下去的地步了。但是,他必须紧咬牙关,坚持干下去。因为,一旦离开工地,他很可能会连吃住这些最起码的生活都不能够维持。这种理想和现实的强烈反差,猛烈地撞击着他的那颗火热的心,使他备受折磨。后来,他终于寻找到了暂且能够解脱折磨、寄托理想的好办法——写日记。

令邦浩轩难以想到的是,正是这小小的写日记的嗜好,却给他带来了一场不大不小的灾难。

邦浩轩写起日记来,有时候就会有些刹不住尾。待民工们都已休息了,他往往还会旁若无人地写呀写的。一次,在工友们的一片鼾声中,他又一次陷入了痴迷的状态,写得正酣,直到工头轻轻地走进来,悄悄地将灯绳子往下一拉,他才不得不停止了运笔。

"等等,我写点东西,马上就完,马上就写完了。"

在一片黑暗中,突然传出了这么个声音,工头着实被吓了一跳。怪事,鼾声呼呼的,不都睡着了吗?哦,肯定是谁在说梦话了。哈哈,灰受苦汉,睡觉中做起了秀才梦,还要写些什么东西?

工头已经走出了工棚,就要回到房屋睡觉去了,回过头来,却看见工棚里的灯复又亮了。咦?有鬼了?

工头急忙转身又来到了工棚。在低矮的大敞房里,他勉强伸直了腰板,两只手不住地在鼻子左右驱赶着各种异臭,喊了起来:"谁还没睡?明天不干活了?"

"好了,好了,写完了。"一个声音打断了工头的喊叫声。

工头顺着这声音,在一摊摊、一堆堆挤塞着的脏物中,终于发现了邦浩轩那蠕动着的灰黑的影子。

"这么晚了还不睡觉!你干什么?"说话间,工头已经站在了邦浩轩睡觉的木板跟前,气势汹汹地问。

邦浩轩将日记本在工头的眼前一晃,又迅速将它压在了枕头底下,笑着对工头解释说:"就这玩意儿,写点日记。没注意到,竟这么晚了。实在对不起,影响大家睡觉了……"

"知道影响了别人睡觉,还明知故犯?"工头打断了邦浩轩的话,继续大声呵斥道,"这是受苦汉生活的地方,容不得你这样天天写写画画的穷斯文。有这等文采,还用来这里打工受苦?难怪每天上工无精打采,干不出活,原来——我看你还是另谋高就为好,我们这庙小,容不下你这大秀才……"

工头说着,便很不耐烦地走开了。在离开工棚的时候,他狠劲地将灯绳向下猛地一拽,那绳子在电灯熄灭的瞬间,竟从闸盒上齐刷刷地断了下来。

不几天,工头就将邦浩轩开除了。

其实,工头早就看出这个小黄脸不像个正经受苦的。看看吧,背了那么点水泥袋子,就被压成了那等熊样。然而,他越是被压成这等熊样,工头就越是不肯将他从水泥工地上轮换下来。仅此倒也罢了,只要他肯吃明亏,不提出异议,坚持着装卸水泥,他也许就能在这工地上糊弄下去,而不会被开除掉。关键是,那天,工头趁他上工之机,偷偷地看了他那该死的日记。工头的本意是看看这不肯好好卖力气干活的家伙,半夜三更里,究竟在搞啥秘密。结果,他从邦浩轩枕头底下翻出的那个本子里面发现,这里竟有整篇整篇抱怨、指责,甚至是谩骂他们这些工头的话句。自然,二话没说,工头就十分气恼地将这个坏蛋给开除出了工地。

仅此,工头仍然觉得不能解除心头之恨。最终,他将邦浩轩本来就是最低的工资标准,又予以下放。这样,邦浩轩每天的工钱就由几十元变成了十几元钱。扣除伙食费、住宿费、保险费、计划生育费等等,邦浩轩每日实际得到的工钱仅是几元钱了,从而创下了这个工地日工资的最低纪录。

2

一场晚到的秋雨,一连下了整整三天。天刚一放晴,邦浩轩立刻便扛着铺盖卷离开了筑路工地,踏上了回归石峁村的路途。

这场晚到的秋雨虽然没能给绝望的庄稼人带来多少希望,但却给失望的邦浩轩带来了意外的惊喜。

那天,被赶出工地的邦浩轩,独自一人走上街头,毫无目的地在冰凉的雨水中蹒跚着,心中一片空白。虽然渐近中午时分,天地却依然灰雾蒙蒙地粘连在一起,四周显得十分昏暗。冷风裹挟着冰瘆瘆的雨水,一阵阵劈头盖脸地吹打过来。

风雨拍打的势头猛烈,最终将邦浩轩逼到了街头的一角。他瑟瑟颤抖着蜷缩在了那里。

刚从筑路工地下来,身心极度困乏的邦浩轩,一旦在街头那避风遮雨的角落里闲息下来,不知在什么时候,竟稀里糊涂地睡了过去。隔着雨帘望去,此时的邦浩轩不是讨饭的乞丐,就是走失的疯子。

邦浩轩要么是被冷风吹醒了过来,要么就是被眼前的这人给叫醒的。总之,这个人到来之后,他刚才睡觉的那个地方,就被安了张桌子,放了把椅子,这人稳稳当当地在那把椅子上坐了下来,既像是在执勤,又像是在推销什么。

已经靠边站了的邦浩轩,仍然迷糊了好一阵后,才稍稍地清醒了过来。他发现,那猛烈的风雨暂且停息了下来,但天地仍然还很昏暗,看样子像是在酝酿着又一次的风雨高潮。他不由得浑身发紧,全身猛烈地一阵抖动,一个冷战过后,人就彻底地被激醒了过来。

邦浩轩面色苍白,一脸倦怠,嘴唇干裂且毫无血色,但惺忪的双眼却逐渐亮堂了起来。这时候,他才完全看清了那个人的模样:高鼻梁,细眼缝,圆圆的脸庞看上去特别年轻,大概不会超过三十岁;一身笔挺的深灰色西装被那件干净的白衬衫和深红色的领带衬托得特别精神而有朝气。这人前面的桌子上放了一堆各色纸张,他后面沿着商场的墙壁拉了一条红色横幅,横幅上的七个白字特别醒目:西苑大学招生处。

西苑大学招生处?

大学招生处?

——这几个温热的大字,刹那就将邦浩轩冰冷的心给焐热了过来。他眼前一亮,在前方不远处,突然发现了晴有万里的晴空。

按理说,邦浩轩应该将那些有关招生详情、入学费用、将来就业等关键情况询问明白,然后再同一些知情者探讨后再做定论。但是,走投无路的邦浩轩,现在犹如久渴的乌鸦,忽然找到了一瓶水;又如饿急的野狼,突然扑到了一块肉。因此,他无从问及水自哪儿来,肉质如何,他只是先要将它们迅即吞下,然后才去感知水是否喝对了? 肉是否吃错了? 日夜渴望要上大学的邦浩轩,一听说某某大学招生来了,而且眼前招生的这个人——哦不,是这位老师、教授又这么热情而有风度,他就二话没说,十分信任地报了名、签了字,说好天一放晴后,就回家取钱,按着这位教授名片上提供的地址去报到、上学。

邦浩轩怀揣西苑大学的录取通知单,坐在了由县城开往哇啦镇方向的客车上,缓慢前行。他终于有理由踏上回归故乡石峁村的路途了。

汽车驶离县城,翻越了50余公里青石山地和黄土丘陵之后,便进入了石峁村地界。望着车窗外植被稀疏、太阳暴晒着的赤黄沟壑,邦浩轩眼睛潮润润地一阵难受。

不知为什么,自从到县城上高中以来,每次踏上故乡的这方热土,他总会无端地生出些复杂的情愫来。这种情感常常令他无以言状,令他难受,又让他惊喜,而且所有这些都会十分厚重地积淀到灵魂的深处,永远无法褪掉。包括做梦,总是黄山厚土、父老乡亲,而很少有繁华的街巷、富丽的都市。他想,这大概就是令人牵肠挂肚的故乡情结了。

邦浩轩的矛盾就在于,他的追求与他的依恋正好相反。这黄土窝窝既令他牵念,又让他难耐。自从上高中以来,他求学的目的就已十分明确,他要通过考学,坚决走出这黄土窝窝。

邦浩轩越是想走出这黄土窝窝,却越是深陷其中。现在,他不再补学,但是真正让他踩着父辈们的足迹,在这黄土窝里扑腾一辈子,他又岂肯善罢甘休?

黄沙不埋冒蹿的柳,黄土不掩站着的人。现在,邦浩轩在走投无路,即将要被迫回到这黄土窝窝的时候,却意外地拿到了西苑大学的入学通知单。尽管这不是国家统招统分,但对于强烈向往大学生活而又无路可走的邦浩轩,无异于落崖拽绳,他就只好别无选择地紧紧抓住这根命运的绳索,艰难地在人生的峭壁上攀缘一回了。

汽车在炽热的黄土地上颠簸了百余里之后,终于在晌午时分停靠在了终点站——哇啦镇上。哇啦镇距邦浩轩家所在的石峁村还有 20 多里的路程。邦浩轩向过去的同学借了辆自行车,将铺盖卷捆绑在车架上面,吃力地蹬着车子,向石峁村赶去。

中午过后,邦浩轩回到了村庄,路过奶奶家时,他先到这里歇脚。

在外风风雨雨,一直奔波闯荡着的邦浩轩,一回到爷爷、奶奶的家里,那一向绷紧着的神经即刻便松弛了下来。爷爷和奶奶都是已近 70 岁的人了,但一看到自己的孙子远道归来,惊喜之余,精神倍增。爷爷腿脚不便,坐在炕头关切地和他问长问短;奶奶颠着一双小脚,将灶火烧得通旺,为他做饭。

邦浩轩爷爷生有七子三女。但是,能长过 12 岁,最终存活下来的却只有三子一女。老大邦大、老二邦二、老三邦三,弟兄三人正好以 10 岁递减,因此,老三邦三现在与他大哥邦大的大儿子又恰好同岁。当年,他爷爷和大儿子邦大还没有分家另过,自从婆婆、媳妇在同一月之内先后在同一个炕上生养下了这一叔一侄之后,大家方才觉得有些不太得体,这才分了家,各居另过了。后来,老二邦二娶过媳妇两三个月后,也匆匆被分了出去。只有老三邦三一直和他爷爷合住。直到邦三 25 岁那年媳妇娶过了门,也没有和老人分家。这主要是因为他爷爷夫妇已经老了,婆媳同炕生养的可能性已经不复存在。事实上,他们的老生儿子邦三结婚三四年了,到如今也未见在那水嫩的瓜蔓上结出个瓜蛋子来。

现在,他爷爷除一个比大儿子邦大年长一岁的女儿出嫁到村北几百里之遥的地方外,其余的三个儿子都在身边,加上他的七个孙子和三个外甥,真可谓儿孙绕膝,天年有养。老人现在除过腿脚有些疼痛外,精神很好。他老伴更是无病无痛,满脸康泰。夫妇俩坚持种地,帮着小儿子营务着庄稼,整天沙里来、土里去,日子过得倒也舒展满意。如今,两位老人一是盼望着小儿媳妇能够生子养女,青瓜蔓上既开花了,就该结出个瓜蛋子来;二是盼望着他们邦家户族里唯一上了高中的小孙子邦浩轩,能够金榜及第,光宗耀祖。

邦浩轩由奶奶伺候着,汤一阵、水一阵,稠一阵、稀一阵,吃饱喝足后,又被爷爷、奶奶像照顾他小时候那样营务着睡了一大觉。待他起身回家的时候,夜幕早已降临了。

奶奶将锅里热着的饭菜再次端到他面前,招呼他再吃点喝点。他却只向从地里劳动回家的小叔子和小婶娘打过招呼后,就头也不回地向自己家里赶去了。

今晚,他有重要事情要和父亲商讨。

门外一阵轻轻地脚步声,冷迷糊着的邦大惊醒了过来。

砰砰,砰。

"妈妈,开门,我是浩轩!"轻轻的敲门声过后,一个声音突然而又温馨地传来。

劳累了一整天的他母亲鼾声刚起,没有醒来。他父亲邦大一骨碌从被窝中爬起来,先开了门,后将电灯拉亮。

没有及时睡醒过来的他母亲,不知在什么时候却早已穿戴好了。待他进了家门,她已经由被窝里摸爬到了地上。母亲喜出望外,拉着儿子不再软嫩的双手,眼睛直直地在儿子的脸上端详了好半天后,才开口软软地说道:"瘦了,瘦了!快不要再听你爸瞎嚷嚷着补习了,回来痛痛快快地受苦,不也照样轻松活人……"

"别胡扯了,还不快去做饭!"母亲正亲热地和儿子说话,却被父亲一声喊断。

他父亲看到二儿子远道而归,心里一片温热,本来已将这孩子不听劝说而不去补习的恼火事给忘在了一边,晾做了干柴状;不料,却被自己的婆姨一下子提起,溅起了点点火星。这火星一下子便点燃了他心中积压的那堆"干柴",怒火顿旺:"不补习,就不要再进这家门!昨天就——就滚!"

"爸,我搞到了一份大学录取通知书。只是——只是不是正儿八经的统招统分,不知道能不能去上。"邦浩轩见父亲火盛,赶忙降火。

邦大惊愕得不知说什么的时候，邦浩轩已将那份录取通知单展扬在父亲的面前。邦大一把将它接在手里，哆嗦着靠近电灯，惊喜急迫地辨认着上面每一个动心的字眼。

他母亲已将灶火烧得轰隆隆地响起，兴奋得不知给意外录取到大学里的儿子吃什么好。

刚才，害怕父亲吼叫，邦浩轩道出了最好听的。现在，等两位老人兴奋、激动的情绪逐渐平静下来的时候，他就将问题的要害得失和盘托出。两位老人这才逐渐似懂非懂地明白过来，儿子现在想要上的这种大学和张树树的儿子张乾上的那种大学是完全不同的。

张乾是全国统一录取，毕业后统一分配工作，学费也由国家补贴部分，读便宜书，走辉煌路；而邦浩轩现在想上的这个学校，正是眼下各大学里纷纷开辟出的"黄金产业"，进入这些学校的学生通过自考、成人高考等途径，经过一定学时的函授、脱产等方式的学习后，最终取得国家成人高等教育毕业文凭，然后回原单位工作或另谋、自谋职业。这类学校，最适合去上的，是单位的在职人员，最不适合去的就是邦浩轩之类的落榜考生。

那么，邦浩轩不去上这学校，现在就回来种地？可是，村里没读几天书的年轻人，也都纷纷外出谋生，活得像模像样，而读了十几年长书的他，现在却窝屈回家里来，岂不是……要不，就干脆跟上我邦大出门打工挣钱吧，反正，不管干啥，还不都是为了那些个谋生的钱财？

哟，不行！从小细皮嫩肉，读书长了这么大，哪能吃得下打工的苦头？要不，做生意？学手艺？

邦大思谋着这些烦心事，感觉胸闷气塞，头脑有些不够用。

他的老烟锅子，在那皱巴巴的烟袋里，不住地探进探出，不大工夫，灰蒙蒙的烟雾就将这一家三口团团围住，困在了一片迷蒙之中。

第二天天未亮，邦大就悄声静气地摸出了家门。

整整一个上午，邦大就在自己家人的面前失踪了。

邦浩轩的母亲顿时胡思乱想开了；邦浩轩更是在内心自责道：都怨自己不争气，将父亲给逼得……

他母亲稍稍定了定神，顺手摸了把邦大的被窝，余热尚在。她急忙对儿子邦浩轩吩咐道:"你爹怕是刚刚走的,咱们快去找找看!"

寻找未果,将母子二人同时惊怕住了。他们惊动了一村子的人,大家分头寻找老邦。

晌午过后,邦大在众人焦急、惊疑的目光中,甚是稳当地回到了家中。

前一阶段,邦大为了大儿子娶媳妇的两万元彩礼钱奔波了好一阵子,有几家亲戚勉强答应暂且借些钱给他。他昨晚翻来覆去思谋了大半夜,决定先不管大儿子娶媳妇的事了,他要用这些钱,先供二儿子邦浩轩上学。虽然,这是个不成体统的大学,但是,现在看来,这也许就是这孩子的一条出路,兴许也是他们邦家门上出个人才的通道呢。至于大儿子娶媳妇的事,那就暂缓一步,反正两万元彩礼钱,一时半会儿也是凑不齐的。

邦大清早急着出门,正是去了那些亲戚的门上,将人家好不容易应承下来的钱先借到了手。他要用这些钱,打发邦浩轩去上那个——就算是大学吧。

这个上午,邦大借钱出奇的顺利,只差九十几元,他手头借到的钱就可达整2000元了。但是,待下午再到其余各路较为生疏些的亲戚及熟人邻居们的门上去借钱的时候,他就感到了异常的不顺利。接下来的三四天里,奔波的结果就完全让邦大泄气、绝望了。眼看就到了西苑大学报名的最后期限,邦大就只好先将拼凑起来的2456元钱全部拿出,暂且打发邦浩轩上路。邦大说,先拿这些钱去报到,等信用社贷的款下来后,就马上寄去。

邦大想要送儿子邦浩轩去读书,孩子独自一人带了这么多钱,而且又是第一次出远门,他多少有些放心不下。但是,来回几百元的费用,又使他陷入了两难的境地。

邦浩轩却坚决不让父亲去送他,甚至不让父母陪他到公路边去等车。

两位老人就只好倚立家门,目送儿子向那梦幻般遥远的外面世界走去……

看着儿子朝着黄山边上正在冉冉升起的太阳跨迈而出的一刹那,某种从未有过的豪情便从两位老人心中太阳般地升腾着、壮阔着,直到有种蒙热的水雾遮挡在了那里……

现在,儿子走向的这片阳光地带,既让两位老人激动无比,又让他们感觉陌生而茫然,更让他们感觉到,今后的生活重担将会日渐难以承受。

其实,包括邦浩轩本人在内,他们都无法判断出,前面的道路终究会通向何方。

3

邦浩轩在离开家门的第三天,终来到了上学的城市。

他按照那位招生人员所提供的地址,费了好大的工夫,终于找到了那所西苑大学。他拿着那份入学通知单,在写有"西苑大学成教学院"报名处的地方前去报到。所有资格审查、安置专业、分配班级等的一整套手续都是在极短暂的时间内异常顺利地办理完毕的,只是在最后要缴纳全年8500元学费的时候,他被挡在了门外。

后来,邦浩轩说清楚了自己的实际困难,恳求校方推后几天再交齐学费。显然,这并不是要求减免学费,更不是不缴学费,学校欣然应允。

学校派了辆大轿车,将他们当天前来报名的20余名学生送往目的地。

这辆汽车从偌大的西苑大学里院出发后,邦浩轩终于长长地舒出了一口气。这时候,他才稍有情绪,隔着车窗对美丽的西苑大学投去赞叹而又羡慕的一瞥。

这所大学从外观来看,少说也有上百年的历史。从有关情况来判断,学校占地面积足有半个焦县县城那么大。一路上,只见校园内地域开阔,植被茂密,古树参天,花香鸟语。汽车沿着校园内的林荫大道缓缓穿行,不时会有别具一格的花坛雕塑、亭台楼阁闪亮在眼前。一座座气势雄伟的各类建筑,犹如美丽无比的风光照片从人们眼前掠过……

哟,看!多么大的一个足球场,它四周的篮球、排球、羽毛球、网球等各类活动场所应有尽有。看着这里活跃着的一个个令人羡慕不已的莘莘学子那生龙活虎的身影,想着自己也将马上要融入其中时,邦浩轩心里不由得一阵阵地激动。这个时候,他已将自己的困难处境和烦恼忧愁完全忘在了一边。

邦浩轩他们乘坐的这辆大客车,在校园内的柏油大道上行驶了十几分钟之后,便驶离了大学的校门。离开学校后,汽车一转弯,驶上了一条环城高速公路。汽车风驰电掣般地狂奔向前,竟不知要驶向何方。

"离开学校,我们要到哪里?"

"不是说到班里报到吗？怎么却离开了学校？"

同车的十几个人，都感觉有点不对劲，纷纷焦急地喊叫了起来。

"别叫！别乱喊叫！一会儿到了地方，你们就明白了，现在解释了你们也不会清楚。"一个戴金丝边眼镜，看上去文质彬彬的年轻男教师从最前排的座位上站起来，示意大家少安毋躁。

车上暂且平静了下来，但每个人的心头都布满了沉重的乌云，大家黑沉着脸，无奈地等待着即将到来的不测风雨……

汽车在高速公路上疾速行进了近一个小时之后，左右兜了好几个圈子，又驶上了一条便捷的通道。此时，车窗外面间或可见绿油油的田野、低矮的房屋以及不太雅致的楼群。一切黯然失色下来的稀疏的景致提示大家，现在已是到了近郊区、郊区。

车上再度狂乱不堪，焦躁的情绪一浪高过一浪。

正当群情激愤的态势愈显激烈，几近难以控制之时，这汽车也像是被惹得生气了一般，忽然掉头，驶入一处很小的院落，气呼呼地停息了下来。

大家下车后，第一眼看到的便是院子里仅有的那一小排三层楼房以及楼房顶上的那几个赫然醒目的大字，西苑大学成人教育学院。

众人立时明白，这坐落在郊区的民房式院落，正是他们现在真正要上的大学。

大家顿时有了一种受骗被蒙的感觉。

几个和邦浩轩类似的刚走出高中校门的学生，纷纷要求退还学费回家。

然而，来这里的大多数学员，因为都是单位在职员工，如今出来脱产学习，也只是为混个文凭而已。他们一边骂，一边却动手搬运着行李，做出默认状。

幸好没有缴出学费的邦浩轩，此时说不出是庆幸还是悲哀。他扛着铺盖卷，满脑子却一片空白。

是前面那座气势恢宏的建筑将他的目光吸引了过去，紧接着，"西北政法大学"这几个金光闪闪的大字便映入了他的眼帘。他心头一亮，这不是高轩同学今年考取的那所大学吗？

对！就去找找高轩吧，看看老同学能否对自己眼下的处境开出个好药方子来？

好不容易找着了高轩的班级，又寻到了他的宿舍，但就是不见高轩的影子。室友们告诉他，高轩趁着今天是周末出去了，好像是参加一个老乡聚会活动去了。

连日来的颠簸奔波,邦浩轩感觉实在是太累了。征得室友们的同意后,他就一头卧倒在了高轩的床铺上,昏天黑地地睡了过去。临睡时,他看见墙壁上挂钟的时针指在了下午的四点一刻。

朦朦胧胧中,像是有人推搡着他,并在耳边敲着饭盆,直嚷嚷着,让去吃饭。但他终未能够彻底地清醒过来,之后不久,便又被梦魇了过去……

终于,有人将他推扶了起来。

待他完全睁开了那红肿着的双眼,他看见,时针还是指在了原来的那里,四点一刻——不过,这已是第二天下午了。

透过昏黄的影子,眼前的轮廓渐渐清晰起来……

犹如黑暗中有人将电灯突然拉亮的一刹那,就在这一刹那的亮光之中,突然一下子冒出个你心底一直希望出现,但又总觉得不可能出现的人物时,你会是哪种感觉?此时,睡眼惺忪的邦浩轩正是被奇迹般地站在他面前的甄梅惊得目瞪口呆……

他感觉似醒似睡,迷迷糊糊中,一颗心一阵紧似一阵地在胸腔凶猛地冲撞了开来……

焦县籍的同学们,一下子将邦浩轩团团围住。老乡聚会活动,今天下午转战到了高轩所在的学校。

在发现邦浩轩的一刹那,甄梅同样一阵惊愕。她稍作镇定后,轻轻地甩脱了被男朋友孙光华紧挽着的手臂,情不自禁地走上前去,拉起邦浩轩的双手,就要往外拖。

“走,浩轩,跟我来。”甄梅难抑心中喜悦、兴奋之情,紧紧地拉住邦浩轩的一只手,她对大家、更是对男朋友孙光华说,“招呼远道而来的老同学的任务,就由我来完成好了。”

通过老乡聚会这一天多的交往,大家对甄梅开朗大方的秉性早有领教。她对初来乍到的邦浩轩表现出如此的热情与主动,包括孙光华在内所有的人,并没有太多的诧异。

高轩走上前来,拍了拍邦浩轩的肩膀,对着甄梅说:“那你就先替我陪着邦浩轩转转。我这就去食堂为大家准备晚宴。不过,你可千万别将我的好朋友给俘虏了。”高轩一阵爽笑,忙去了。

甄梅对着大家挥了挥手，牵着邦浩轩的手左转右拐，东跑西跃，躲过众人后，来到了校园内的一处花园地带。

邦浩轩一直以为自己仍然在睡梦之中。

一向沉默寡言的邦浩轩，此时对着甄梅，一下子找到了想说说话的那种感觉。如果邦浩轩是刚刚冬眠之后的一只动物，那么此刻的甄梅正是烘暖他周身的太阳；如果他是那久旱的蔫巴巴的庄稼，那么此刻的她便是那救命的透雨了。

邦浩轩绝对是以极其动情而又沉重的叙事方式来讲述自己所遭受的经历和所需面对的人生问题的。要不，心中向来难藏只言片语的甄梅，是绝不会一言不发，并继续长久地沉默下去的。

沉默并不是无话可说，而是要说的话太多。而此时沉默过后的甄梅却并没有太多轻描淡写的安慰的话语要说。正像那太阳，又像那透雨，她现在是想要实实际际地来解决邦浩轩出路问题的。

"浩轩，依我看你还是不要硬着头皮去上那些旁门左道的大学了。你是否有种虚荣心理，觉得不上大学就丢脸了？"甄梅一改明快、娇柔的表情，极严肃地盯着邦浩轩，继续说，"其实，我离家上大学的那天，就看到你在工地上打工了。来这里后，我一直惦记着你的事。最近，我们系搞社会调查，我就专门选了高考落榜生的出路这一话题。后来，我突然想到了我二爸的瑞新公司，那里正好缺个业务员。前些日子，我还一直想办法要和你取得联系，打算将你介绍过去。这下倒好，你自己找上门来了。看来，你邦浩轩就是要由我来安排，你逃不脱我的手掌心。"甄梅边说边笑，又回归了她那朗朗晴空。

正如高轩所戏言，接下来的几天里，甄梅果真将邦浩轩俘虏到了她所在的江汉大学。她还将他安排到了男朋友孙光华的宿舍过夜。孙光华和邦浩轩本是高中校友，这样安排倒也无妨。

甄梅当着邦浩轩的面给她二爸打了电话。她二爸基本答应了她的请求，同意邦浩轩前来他们公司上班。然而，甄梅还是不大放心，又另外写了一封信，让邦浩轩去报到时当面呈给她二爸。但是，时至今日，这封信仍然攥在甄梅的手里没有给他。

甄梅要挽留邦浩轩多转悠几天。不知怎么的，她总是害怕他接了这信后，就会立刻走出她的视野。

邦浩轩这几天的生活,完全处于被动状态。甄梅为他找到了工作,并安排他吃住游玩,他说不出是感激,还是激动,整日里只感觉有股难以说得清的暖融融的东西在缠绵着他。

每当夜晚,邦浩轩躺在甄梅男朋友孙光华的床铺上时,他就会不由自主地想起甄梅曾经写给他的那封求爱信,常常就彻夜难眠。

凭直觉,甄梅姑娘绝对是对自己有好感的。而这种好感一时又难以说得明,道得清。这是灵魂相撞着的沟通,是一种打烙在骨髓深处的牵挂和惦念,是一种无法从世俗功利的表象来进行客观推理和主观判断的。然而,残酷的现实也毕竟不是任何渺小的力量所能抗衡的。眼下,自己和甄梅的差距实在是太大了,无论怎样,光华和甄梅才是相称相配的,况且他们已是相恋着的人了,自己岂能有非分之想?邦浩轩呀,邦浩轩,你真是不知天高地厚,就算是人家甄梅愿意和你好,你敢和人家好吗?

暖融迷糊了几天之后,邦浩轩终于识出时务,从那团溺爱般的温柔薄雾中彻底地清醒了过来。他当下决定,回返故里。

在做出这一决定的一刹那,邦浩轩感觉特别自卑,他为自己这几天的行为感到无比的愧悔——一个落榜了的灰汉,和人家大学骄子们成天瞎搅和个啥呀?

为了避免和甄梅再有太多的粘连,同时也为了在孙光华面前表白他和甄梅之间的清白,邦浩轩清早一起床后,只和光华匆匆告别后,就扛起了行李卷动身了。

孙光华要叫甄梅一块去车站送他。邦浩轩坚持说,就不必再惊动大家了。他说,甄梅写给她二爸的那封推荐信,过几天,可直接寄到那单位,反正她二爸已电话答应接收他了,写信也是多余。

孙光华当日给甄梅传这话时,正是第一节早课刚下,甄梅将书包甩手扔给孙光华,独自冲出校门,挡了辆出租车直奔车站而去。结果是甄梅情绪激昂地空跑了一趟,耽误了功课不说,还惹得孙光华心里疑惑怪不是滋味。不明不白的,两人的关系就紧紧张张了那么一段时日。

对于二儿子的选择,邦大说不出是喜,还是忧。现实地讲,如今邦浩轩在这家瑞新公司打工,总算能独自为生了。而若真去上学了,那么昂贵的学费,还真是难以承受的大问题。唉!不过,就是没啥大的前程了。

邦大的三个儿子,是他这一生一世的希望和依靠,三个孩子的前途和出路问题,正是他眼下必须攻克的坚固堡垒。对二儿子这座壁垒冲锋陷阵了一个阶段后,他觉得如今该是停火观望的时候了。现在,他就赶忙将主攻方向转向了大儿子这一面来。他给自己确定的目标是,年底前,定要将大儿子的媳妇娶过门来。他不信自己就啃不动那块硬骨头。

不过一想到人家索要的那两万元彩礼,他的兴头就又软皮奢拉下来了。好在邦浩轩不上学了,原本为他借贷的 4000 多元学费钱,正好就送到人家手里了。至此这块硬骨头总算被邦大啃下个角尖尖了。但是,又一想到还欠人家 16000 元的彩礼,要赶在年底前打清这个数,邦大心里自然又复归寒怯了。

有人被时代的风潮推向了历史的浪尖,而邦大则是被儿子们的生存苦水卷进了个体命运的旋涡。他现在是人在"旋涡",身不由己,无论前面是激流险滩,还是万丈深渊,他都要按部就班地去涉足。

到了他这个年龄,谁都难以逃脱被某种旋涡来搅动旋转的命运。

眼下,邦大正是被这种旋涡,由二儿子的那一方向旋转到了大儿子的这一面来了。与二儿子不同的是,他现在面对的难题更现实、更直接。那就是单纯的金钱,清一色的钱财。要求邦大做的,不是出谋划策,不是犟的狠的,而是想方设法老老实实去弄到钱财,有一分钱,就能算上一分;没一分钱,就啥也不是。

思来想去,邦大这就踏上了"走西口"的路途——到城市里去打工了。

4

连日来,远在省城上学的甄梅给在焦县瑞新公司当一把手的她的二叔——甄有为,又打电话,又写信。在电话那边,一会儿哭,一会儿闹。被这个"疯丫头"左缠右磨了好长一段时间后,总经理兼党委书记的甄有为被迫放弃了原则立场,终于同意接收了甄梅这死丫头的什么好同学、好朋友,还说是什么救命恩人——邦浩轩。

总经理是那种有实力、有魄力,在当地算得上是有胆有识、气吞山河般大气派式的人物,不然,他何以弄整下如此大的世事?就如他那完全超脱裤带的束缚而垂腆下来的大肚子里面,是可以撑得起一艘艘"船"的。但是,在面对邦浩轩这只突然冲撞而来的陌生的"小船",他却难以继续做到"老板肚里能撑船"的境界。

凭直觉,甄有为隐约判断出,甄梅这"小蹄子"和邦浩轩那小子总有点怪怪的"那个"。他一猜测到"那个",心里就怪怪的来气、上火,癞蛤蟆还想吃天鹅肉?不看看自己是个啥德行,还想勾引我家"甄八姐"?来吧,你就来干这个临时工吧,有你小子好受的。

在安排邦浩轩工种时,甄有为摆出的面孔和他的心境却正好相反。他内心燃烧着疑惑的愠怒的窝火,脸孔上显现的却是不冷不热的神色,令人望之顿生敬畏之感。面对甄梅的叔叔,就如同面对甄梅一样,邦浩轩感觉到一种不是亲人却胜似亲人般的温暖。甚至在某一时刻,他内心里竟一厢情愿地要将这位甄总当成自己的亲叔叔一样来看待,就像将甄梅当作自己的亲妹妹来看待一样。

甄叔叔在谈笑间,轻而易举地就将邦浩轩给安排好了。

邦浩轩试用期为三个月,试用期管吃管住不管工资。试用期结束,一旦正式录用为临时工,不管吃不管住只管月工资2000元。另外,一旦录用,每月将扣除工资总额的5%作为押金。

甄总将这一切交代完毕后,很诚恳地问邦浩轩有什么意见。邦浩轩不假思索地说,他希望这三个月的试用期光阴尽快过去,那被扣除5%的日子早点到来。

甄总觉得这话有味,满脸松弛地堆砌着的肌肉被那张大嘴横竖那么一拉又一扯,竟咯咯地笑了起来。这笑声一起,他那肥硕的身子当即便向着老板椅齐头高的靠背上仰躺了过去,舒舒服服地晃荡了起来……

某位心理学家对人生青春期现象做了如下几个阶段的划分,青春期望期、青春冲动期、青春狂妄期、青春困惑期和青春失望期。如果按照这位心理学家的这一观点来衡量,邦浩轩在经历了青春期望、冲动和狂妄期之后,现在大概正是处于青春困惑期。他的困惑其实很狭隘,也很自私,完全有别于"五四""一二·九"运动时期青年的那种忧国忧民般的困惑。那一时期人们的困惑是政治大变革背景下的国家式、民族化的困惑,而现在人们的困惑则是市场、商品经济大潮中的逐利式的个体、个性化的困惑。相比较而言,现在的困惑更直接、更具体,它按照优胜劣汰的市场法则,对每个个体生命提出了最为强大的挑战。总之,这是一个一碗水再也难以端平的时代。

那么,在这碗端不平的水里,现在的邦浩轩究竟是属于哪种成分呢?

如果这碗水注定要被倒入浩浩荡荡的时代潮流的话,那么邦浩轩就是碗底里那滴难以摆脱碗壁的倒不掉的水分子。

现在,邦浩轩这个未能融入高校浪潮的水分子,幸好得到了甄梅的帮助,暂且游移到了这家瑞新公司打工来了。

邦浩轩打工完全有别于他哥哥那种情形。

他哥哥干起活来轻松自如,乐乐呵呵,不嫌脏,不怕累,不管吃得坏,不怨住得孬,不考虑什么前途,也从不愁怅喽狗屁命运。总之,说干就干,由人使唤,吃饭不误事,睡觉不欠账。每天在工地上摸爬滚打下来,黑不溜秋,瘦狸猫一般,却从无一句多余的怨言,那种满足的程度完全不亚于邦浩轩梦见自己考上了一所梦寐以求的大学。

邦浩轩却正好相反。按理说,他所在的公司毕竟不同于建筑工地,曾在筑路工地卖过苦力的他,也明显地感觉到了这里的优越。但是,他的心绪却一点都不能稳定下来,或者说他还不能从极力想考取大学的那种充满着的强大野心的怪圈中解脱出来。如同一匹掉队的马儿,尽管眼前已经找到了生存的草场,但却仍然一直眼巴巴地眺望着同伴们前去的道路。

邦浩轩一边在公司里干活,一边在暗暗地找寻着自己的出路。尽管眼下这家公司搞得红红火火,他也干得游刃有余,如鱼得水,并逐渐受到了甄总的赏识。但是,他觉得自己毕竟是个临时工,在这家国有公司里一直能待下去的可能性很小,前途甚是渺茫。

如果邦浩轩像他哥哥,脑子里空白地方多一点,只管干活挣钱,老老实实地谋求个简单生存,那么他也就不会去胡思乱想,不会深陷"前途命运"这深海之中,更不会整天因此而睡不着觉、吃不下饭,撩拨得人心浮躁、不能知足。但是,邦浩轩偏偏就不似他哥哥。他哥哥回家放羊时,连小学都死活不肯念满;而邦浩轩却念完小学上初中,上完初中进高中,他脑子里识的字比他哥哥所放过的羊不知要多了多少。他脑子里现在有那么多的"羊",当然就要好好地忙活着、劳累着了。自然,他就要比他哥哥多愁事、多浮心了。

邦浩轩常常感慨,要是和哥哥一样,当初不去念那么多的书,自己也就不会有今天这么多的忧虑事了,那该有多好!可是,他就没有估量,要是那样,他的"羊"不就少了?

甄梅给邦浩轩写来第十封信的时候,正是邦浩轩在瑞新公司里期满一个月。这样两个数字概念在邦浩轩脑海里轻轻划过,给他留下了这样的印痕,在接下来的两个月的试用期里,他还将会收到甄梅的 20 封信件。从现实的角度考虑,他并不希望收到这些信件。他设想过,他能坦然接受这些信件的唯一可能,就是他当初也能考到大学里边去,能和甄梅姑娘平起平坐,不差上下。但是,他还是热切地盼望着甄梅的来信。某种程度上讲,甄梅隔三岔五的来信,几乎成了他眼下绝望生活之中难以或缺的成分。

令人奇怪的是,正当邦浩轩犹如吸食了大烟的瘾君子渴盼得到救命的白粉一般,焦渴地期盼着甄梅的来信的时候,他却再也未能如愿。他以为是自己过分自卑、自谦、自责的回信,没有投合甄梅开朗爽快、大胆洒脱的脾性,而将她给惹恼了,一气之下,她干脆就不再理睬他这个熊包了。若这样,他就权当是在"戒烟",熬过这段痛苦的日月后,新的生活也许就会慢慢地变得舒展起来。

但是,邦浩轩在"毒瘾"发作的某天晚上,还是忍不住再次吸食了"白粉",心绪激动地给甄梅再次写了封信。信中,他一改往常理智、谦卑、柔弱的格调,大胆地兜出了自己内心深处对她的那种彻骨般的爱慕之情,并且将自己在梦中如何和她大胆相爱的种种难以启齿的羞涩内容也如实地坦白了。这次去信,他完全将自己凌驾于甄梅的大学生身份之上,而再只字未提自己是个落榜打工的,是个落魄失势的,是根本不可能和你们大学生相提并论的等等卑谦微弱的话题。他说,等自己挣了大钱,做了老板后,就和她……末了,他还用挑战般的口气问道:为何不给我回信? 这句话在信里重复了三遍,最后又连续用了三个问号,外加三个感叹号,牵念中带出了深深的责难。

这封信刚一发出去之后,邦浩轩就后悔莫及了。他像是做了一场荒唐的梦一样,跺着双脚直叹气,这算哪档子事了!

正当邦浩轩懊悔羞愧、心绪复杂、难以自拔之时,他同时收到了两封来信。

先是,正当他在单位打扫卫生时,照看门房的李大爷交给他一封信。他内心狂跳着接过这信后,终于长长地舒出了一口气。

这封信不是甄梅写给他的,而是在哇啦镇上初中的弟弟写来的。信中告诉他,父亲去打工之后,至今杳无音信;倒不是说父亲会出啥事,主要是同村有人出去打工突然死在了工地后,给一家人心头留下了难以平复的恐惧和担忧。看过弟弟的来信后,邦浩轩当下决定请假回家。

后来,正当邦浩轩在租住的房子里简单地收拾了些行李,而后就要回到哇啦镇石峁村时,房主人神秘兮兮地走过来,将一封信递在了他的手心。心绪烦乱的他还没来得及看看这信的封面,就将它给从中撕扯了开来。厚厚的一沓信笺,在空中展扬开来的瞬间,一张影星照片飘飞舞动,斜插着扑入了墙角的一片尘埃之中。邦浩轩当即拾起了这塑封的影星相片,两行熟悉的笔迹闪入眼帘:"愿我们携起手来,共同进步!"他双手猛地一阵颤动,急急地将它翻转了过来,甄梅那灿若星辰胜似影星的姣好姿容,猛然间在他的眼前闪电般地烁亮成了一片……

犹如久旱的高原大地,突然间电闪雷鸣,大雨倾盆,将焦渴的高原人激动得热泪盈眶,邦浩轩欣喜酸涩的泪水,顷刻间竟将甄梅亮闪闪的照片弄得一塌糊涂。一如高原人痛痛快快的泪水和雨水一样,将高原大地冲刷得沟壑纵横……

在回石峁村的路上,邦浩轩陷入了无限的悲凉之中。他脑子里一直萦绕着甄有为的身影,满心里被这高大的身躯挤塞着、压迫着。甄梅在信中所分析叙说的情形,他简直难以置信,难以接受。他压根儿就不会想到,作为董事长、总经理的甄有为竟然将自己侄女写给他的"非常信件"偷偷地隐藏截留了下来,甚至可能已经将它们全都"活体解剖"了。幸亏他终因难抑一腔情怀而给甄梅写了回信,使得甄梅在觉察到这一情况后,将信件直接寄到了他的住地,才将这一阴谋揭穿,破解了。否则,长此下去,后果就难以预料了。

回到老家石峁村,邦浩轩立刻就不再想着那事,恨着甄有为了。

一种因自己卑微身世处境和渺茫命运前途所引发的无限悲壮情怀使他陷入了深深的绝望和痛楚之中——看着这惨淡的家境,他还能有何资本和人家甄梅姑娘卿卿我我书来信往呢?他无由高攀呀!

5

霜降前后,田地里的庄稼被抢收一空。整个石峁村显得辽远而空阔。干涩的西北风日渐硬朗了起来,扬沙卷尘中,呈现出一派肃杀般的态势。

农历十月十五，出去打工的邦大突然回到了石峁村里，不过，他已经没有了右手。

此前的三四天里，北方大地落了一场多年未遇的大雪。这雪来得有点奇怪，刚开始时还在打雷下雨，猛然间，雷声一转，竟然扯起了厚棉絮般的大雪。那雪水分极重，伴着渐次远去的隐约的闷雷声，铺天盖地地直压下来。有些还长着嫩绿树叶的脆枝，竟被覆盖在上面的厚雪齐刷刷地压折断裂了下来。

据石峁村上了年纪的老人们讲，活这么大的岁数，他们还是头一次经见下雪打雷；也很少遇到过树叶还全未枯落，大雪就提前来到了。

这场大雪，来得极早厚实，消融得却干净利索。邦大回到村里的那天，除了背阴处还可零星见到落满沙尘的陈雪外，整个空旷的大地已经再显枯黄，再现空旷了。在阳光的照射下，地上会不断有水雾蒸腾而起，整个原野隐伏在一片潮湿阴冷之中。晚秋里，那些还未来得及泛黄、飘落的树叶，此刻已经纷纷沉落泥土，光秃秃的树干在灰暗的天空下无声地宣告，今年的寒冬提前降临了。

这样的一种天气突变，使人一时感到难以适应，往往在原来单薄的秋衣上，赶忙加上了过冬的棉衣，但是仍然感觉身子一时半会儿难以回暖过来。然而，对于石峁村的庄稼人来说，现在最感到生活中突变的，还是来自邦大本人。

邦大左肩上背挂着一个黝黑的小包裹，右手臂十分古怪地秃刷刷地缠裹着已经发黄了的纱布，并被一根已经分不清是什么颜色的绷带十分刺眼地悬吊在他的胸前……

当他突然出现在家人面前的时候，死了人一般的号啕声，在石峁村的上空，突然炸响。一如几天前那怪异无常的惊雷一般，立刻在每个村民的心坎里又一次惊心动魄般地爆裂着震荡开来——邦大残废了！

邦大的右手，自手腕处被齐刷刷地截去之事，发生在一个月之前。

他在市中心的一处广场修建工程上干活时，正当他将右手伸入水泥搅拌机的腹腔里，把机器没有吐尽的混凝土使劲往外扒时，搅拌机却突然被人开动，疯狂旋转着的搅拌轮眼看拽着他的手臂就要将他整个身子吸卷进去的一刹那，他拼了老命，全力向外甩出了臂膀……

血肉模糊中，他连一声喊叫都没有来得及发出，就晕了过去。

一阵刺骨钻心的疼痛使他清醒了过来。他正被几个人抱扶着，坐在一辆疾驰着的出租车上。疼痛显然来自右臂，整个手臂被一件汗衫裹扎得严严实实，但血还是大面积向外溢渗。他下意识地稍稍挪了挪那臂膀，立刻感觉手腕上剧烈刺痛，手腕以下已毫无知觉，像是不再属于自己的了……

当他用不太习惯的左手，在手术单上按下手印后，他再次茫然地向大夫哀求道："医生，我的这手，能不被锯掉吗？"

"要锯的！手已全被轧坏了，到哪里都不可能保全了。"大夫看了看他，即刻吩咐随同的民工将他扶往手术室去。

邦大双眼一闭，豆大的泪珠顿时顺着脸颊翻滚了下来。

邦浩轩执意要为父亲去讨个公道，却被父亲坚决制止了。

邦大说，一万元的工伤补偿款已经不少了，况且人家工头给他及时救治，及时补偿了现款，及时清算了工钱，及时打发路费让他回家。别的工人挣了几千块钱，好几年都催要不来。再说，责任还在自己，怨自己不小心，运气不好……反正再怎样，手也不会重新长出来了。

邦浩轩却一口咬定，人家是怕你不依不饶，才急着解决，趁早打发你回家的。这种致残伤害，少说也得赔偿好几万块钱呀！邦大听着听着，眼睛就暴突了起来："你老子我能捡了这条老命回来，就算万幸了！要那么多钱干啥？供你念书吧，你也休回来了；给你哥哥这个灰宝订媳妇吧，刚订成，人家却又另外寻了人家，现在这小子又死活不肯学手艺，那就都回来种地吧，反正你老子我也残废了，什么也做不成了……"

邦大说话的声音，由高到低，逐渐微弱了下来，就像是这个家庭在日渐衰败了一样。

邦大像换了一个人似的。他整天垂吊着一只干秃的腕子，焦黄塌陷的脸颊上不挂任何的表情。现在，他对家里的任何事情都不再过问，也对任何对他表示同情和怜悯的人们反应冷淡。到后来，他就很少到众人面前——他越来越害怕乡人们那种过分友善的围观。

那种缺胳膊少腿的残疾人所具有的种种苦恼，在他生活的各个领域，已经日渐明晰而残酷地凸现了出来。他原来对这一问题看得单纯而模糊，现在，当他真正开始面对时，感觉竟是如此艰难而惶恐。庄稼人最常用的铁锨，他现在用不了了；好多看似简单的拖、拉、推、抱、扶、挪、推、搡的活儿,对于他来说,却有点像大炮打麻雀——有劲使不上了;最难场的是吃饭,他现在必须要像小孩子一样,将饭碗放在一个小桌子上,用勺子一点一点地舀着吃,筷子是用不了的,他习惯了使用右手,现在突然要用左手来捉拿东西,总是抖抖闪闪的,难以稳当得住;穿衣套袜,蹬裤系带,洗头擦脸也成了问题,他总不能让老婆孩子们时时事事都伺候着他吧?有时候,他实在用一只手难以做得到了,就只好用牙齿扯,用嘴拽,做到紧急处时,全身还会滚作一团,有点像蜷缩的刺猬。

有时候,他会突然在睡梦中喊道:"我的手长出来了!我有手了,我能干活了……"

待他从睡梦中惊醒后,他的媳妇瞅着他那泪水涟涟、苍老病态的一张脸,心痛地劝道:"他爸,你就痛痛快快地哭一场吧。你要将自己给憋疯的呀!"

他却又呼呼地睡去了,间或还可听到一两声响亮的鼾声从中扬起。

最令他的媳妇难以忍受的是,连日来,他常常会将藏于房顶椽子之间的那个小红布包取出来,将它平展展地摊在当炕之中,对着那只被锯截了的枯干的手,呆呆地发愣。

起先,他的媳妇往往十分害怕地躲到了一边,甚至长时间心慌意乱地不敢回到家里。后来,见他突然又要从房梁上取下那个红布包时,她不知是从哪里猛然暴起了一股子蛮劲,弹身一跳,跃上了土炕,抢先取了那红布包。她拿着这东西,一时间,手抖身颤的,却不知该做如何处置……

突然,她救急般地将那个红布包扔进了房后一处荒废了的地窖。此时,太阳已经完全沉落,隐约听见远处的什么地方,传来了呲怪子(猫头鹰)的声声嘶叫。

此后的好些时日里,她便再也不敢夜晚出门去了。

石峁村人普遍传诵道:今年的这个冬天呀,来得早且迅猛,但深入持久得却不够,不像个正经冬天啊。说来也是,好长时间里,气温往往徘徊在零下几摄氏度左右,很少有低于零下10摄氏度的。这样的暖冬是近年来少有的。表面上,老天爷以慈善的面容,留给人以和暖舒适的感觉;而实际上,却有一种笑里藏刀的阴险与隐患。比如,来年里,庄稼的病虫害会很厉害,人畜的瘟病也会多了起来,各种流行杂症会大面积泛滥等。更主要的是,季节冷暖的不到位,会打破整个大气空间的规律性循环状态,是各种自然灾害的隐忧啊。

俗话说,人无远虑,必有近忧。而对于老天爷的各种变化却是普通人力所不可为的。人们只能是默默地去承载起上天赐予人的或远或近的忧虑。这个暖洋洋的冬天,给石峁村人带来最直接的麻烦是宰杀了的猪肉羊肉鸡肉兔肉冻不实,难以存放。石峁村的家家户户,多少年来形成了一个老传统,即小雪时杀羊,大雪时杀猪。杀了的猪羊肉一般不会外卖,只在冬天里全部冻结存放着,陆续地被吃掉,而其他时节基本就不怎么吃肉食。即使在如今的市场经济时代里,这种状况仍然没有太大的改观。

对于存放过冬的肉食,邦大多少年来积累了上好的经验,即使是面对今年这样的异常天气,他也是不焦不躁,成竹在胸。这就不像其他的庄稼人,眼看着肉要腐烂掉了,就赶紧忙乱地将肉全部入锅,煨炼成油。这样虽然省时省事,但至此就再没有爽口的大肉可以享用的了。那么,邦大存放肉食,究竟是有何妙招呢?其实,说来也很简单,他只是比别人多花了些工夫,多费了些麻烦而已。白天里,他家所有的猪肉、羊肉依然摆开着吊置在自家存放粮食的那个土圆仓里,只是在夜间,他就会将这些肉块搬挪到自家的房顶上;待到太阳露脸,照耀着房顶时,再将这些肉块由屋顶搬回到土圆仓里。如此反复腾挪搬动,为的是让这些肉食最大限度地处于阴冷凉爽通风之处,即使最暖和的冬日里,肉食也很少会腐坏变质。

今年当然比较特殊。邦大的右手残废后,又受了重伤,现在整个溃烂成了一个大脓包。因此,如今这天天不住地搬捣挪动这么多肉食的重担,就完全落在了他的大儿子的肩上。

对于邦大来说,这些肉食就像金银财宝一样,是家里最为金贵的东西。往年,他会不知疲倦地独自完成这所有的工序,其他人要想插手此事,他总感觉不大踏实,难以放得下心来。现在,他显然已经做不到这一切了,但他仍然顺着那架木梯子艰难地趴伏着上到了屋顶,像是县政府重点工程建设的总指挥一样,全神贯注地指导着他的大儿子这样或那样地将所有的肉食安放妥帖。

他的大儿子刚开始时,对此项工程还颇具积极性,后来,他突然悟出,如此麻缠的营生,其实是没有必要继续进行下去的,也不符合讲求科学、谋求效率的现代处事理念,所有这些颇费辛苦的事情,其实只需买一样东西便可解决,这样东西当然就是电冰箱或电冰柜了。

他将这样的想法向父亲述说了之后,邦大冷冷地看了他半天后,才说:"这样一来,我们不就成为石峁村的首富了吗?"

他的大儿子仔细一想,的确也是。因为到目前为止,全村还没有一户人家能用得上这洋玩意儿。

前几天,村支书召集全体村民开会,向大家传达说,党中央要彻底解决农业、农村和农民问题,要在 21 世纪初,实现咱们农村的小康社会。他当时一阵激动,斗胆问道,小康社会是啥?村支书挠了挠头皮,念了半天书报上的官话,群众愣是没弄明白。最后他就干脆地说:"在咱们石峁村,若我们每个人每天能吃上二两肉,喝上二两酒,每周能洗个澡,这样我们就是进入小康社会了!"群众立刻听明白了,遂哇声地吼:"那还不容易,那我们现在不就可以实现小康了吗?"后来,回去踏踏实实过日子了,大家才从实际中悟到,一天、一周、一个月实现小康容易,可是满年里,天天有二两酒喝、二两肉吃却就难了;至于说洗澡,有些庄稼人,那是一辈子都未曾有过的事情,大多数受苦人,都是喝汤吃素洗脸抹脖子过来的⋯⋯

———小康目标,似近实远啊!

这样想着,他就明白了父亲的话语,是的,就眼下而言,这些肉食还得按照老父亲的安排,因天时变化而来回笨拙地上下搬挪了。

"哪一天,这肉入了冰箱,就标志着咱家步入小康了!"他在房梁上,一边攀上爬下,汗水淋漓地搬动着肉块,一边突发诗意,对父亲讲出了这句充满美好理想的哲话。但是,令他万万没有想到的是,他的这名言海话出口后还没几日,他的父亲就因预料之中,却是意想不到的灾祸而永远离他们而去了。至此,他就基本上彻底丧失了那做梦的想望。

这件突如其来的灾祸,说它是预料之中,是因为已伤残至极的邦大,本来就极有可能从那极不平整且纷乱摆放着肉块的房屋顶上跌栽下来的;说它是意想不到,是因为他却是为了追赶那偷肉的贼人,而从屋顶倒栽下来,被活活地摔死了。

邦大的二儿子邦浩轩十万火急地从县城被召回之时,正是父亲性命攸关的危厄时刻。邦大从凌晨摔伤被抬往乡医院,到现在半夜时分,又被抬回了家里。这样抬出抬回的举动明白无误地告诉人们,邦大的生命已走到了尽头。

邦浩轩呆呆地抓着父亲的左手,已基本摸不出有脉象在跳动了。父亲的双眼死死地瞅向一个地方,就那样一直痴呆凝滞着,眼睛里已没有半点泪光。邦浩轩用整个身体拥着父亲的伤碎了的上半身,双眼紧紧地盯住父亲暗黄塌陷的脸孔,似乎在呼唤着渴盼着什么。邦大的大儿子僵滞而纷乱地跟在叔父邦二和邦三的身后，为父亲的一切后事，仓促奔走。赶在邦大咽气时分，他们已将本来是给邦大的父亲准备的棺木老衣搬过来，准备给他先用了。邦大的那只被截锉了的右手，也被他们从地窖里取出拿来，以使他浑全身子，把它也带走。

凌晨时分，一阵异样的鸡鸣声在整个村庄呼应着啼叫过后，几个邻居走了进来，开始给邦大穿寿衣。这当口，邦大的老婆和三个孩子便悲痛欲绝地扯开嗓子号哭开了，致使给邦大穿老衣的邻居们也纷纷噙着眼泪，手哆哆嗦嗦地拉不开弓。

邦大的婆姨被族人扶架着避离了这里后，穿红戴绿着的邦大便被抬放在了红漆棺盖上面。众人齐跪两边，静默地守候着。突然，看到邦大的脸色大变，吸进去的气息再不上泛，大家便七手八脚，紧急慌乱地就着棺盖将尚存一丝气息的邦大抬出了屋门。当邦大被人从棺盖上抬下，安放在了停靠在院子边上的那具红油漆棺材里的时候，他果然两眼上翻着，彻底地蹬腿闭气了。此时，天色刚好微亮。清冷的早晨，就已经开始刮起了大风，刺骨的寒潮，一夜之间便将和暖的冬日天气，带入了无限的酷寒之中。

在即将盖上棺盖的当口，邦大的三个儿子涕泪横流，连滚带爬地抓扑上前，双手紧紧地把住了棺材沿口，哭喊道："爹呀——爹——你不能走呀——你走了，我们可怎么活呀——"

三个儿子像三头受伤了的小雄狮，哭着喊着，蓦地扶棺而立，眼泪唰唰地掉进棺内，溅在了亡人的寿衣之上。邻人们见此情景，赶忙将他们一把拉扯了开来，惊慌而煞有介事地提醒他们说："泪溅亡人身，你这不是给你爹身上钉钉子吗？"

三个儿子像是忘记了一切，复又挣脱众人，悲痛至极地反扑上前。一些人急忙将他们架空了，却难以抬走；另一些人赶忙上好了棺盖，用筷子粗细的锃亮的铁钉将棺木牢牢地封死。

在咣当的封棺撞击声和一大片悲恸的哭喊号啕声中，二儿子邦浩轩急蹬着的双腿渐渐丧失了踢出去的动力，随着口中的一股白沫上泛，整个身子也跟着僵直变硬了……

邦大的灵柩在院子里停放着，由他的三个儿子领头，轮流守灵祭拜过三天之后，便到了出殡的日子。因为三个儿子均未成家立业，所有的丧事，在众人的一片谅解声中，一应从简。当邦大的棺木被一驾驴车拉了，缓缓启动着离开家门的时候,送殡的人们一下子多了起来,前后排了有几十米的路程。在所有这些送葬的队伍之中,紧跟灵车之后的另外一驾驴拉车显示着特别的悲壮。这驾车的中央,跪伏着亡人邦大的妻子。此刻,她正发疯般地捶胸顿足,发出一阵阵阴森恐怖而又震撼魂魄的哭喊号叫声,使得整个送葬人群沉浸在一片深深的哀伤之中。快到坟头墓地时,她渐渐嘶哑了哭声,一如失去润滑的车轴,干裂地撕扯着嗓门,继而发出惊厥怪异的刺耳声。

所有的一切都按照阴阳先生摆布的程序严格地进行着。葬礼中,最关键的环节,即死尸入穴开始了。八个青年壮汉,平均分工,分头执掌了垫在棺材头部和尾部的两根粗硬麻绳,随着纷扬的纸钱和缭绕的纸火香烟,将棺木由地面徐徐地吊入了一人多深的墓坑;而后,前来相帮的众乡邻又一齐上手,将坑中的棺木左挪右移着,最终使其坐到了"庚"字位后,方才将棺木落定了下来。最后,众人又用铁锨铲动起掘墓穴时挖出的浮壤湿土,开始盖棺填穴。

大家一鼓作气,眼看着就要填埋完毕,并最终要垒出个鲜活的墓堆时,亡人的父亲,70多岁的老汉不知何时至此,步履急迫地拄着那根红柳木拐杖,用抖索的手臂拨开众人,坚定地走到这墓穴的跟前来。大家见老人前来,纷纷惊诧着,停止了铲土;众人尚在惊愕之中,老汉却突然栽入了墓坑,下半身坠陷着,没入了浮土之中。

老汉的这一过激举动,显然触怒了阴阳先生。在先生的大声叱呵声中,老汉的两个儿子邦二和邦三紧急跳入墓坑,慌慌张张地将老人托抱上来。

老汉悲愤地甩脱掉两个儿子,跌爬在墓穴边口上,终于号出声来:"……我的儿呀!我的苦命的儿呀!爹70多岁的老骨头了,就不能替你去死?怎就落了个白发人送走黑发人的苦戕事呀!我这是造了什么孽呀——"说话间,老汉突然挥动拐杖,猛然向自己苍白的头颅迅疾而狠劲地接连抽去……

待众人仓促间夺去了拐杖,老汉脖颈便瘫软着向侧旁慢慢地弯曲而下,栽倒在了小儿子邦三的怀里。邦三紧紧地拥抱着老人,号声顿起,紧接着便有一连串呜呜哇哇的哭嚎声跟随而上,从而将丧事的氛围再度推向悲壮。

亡人邦大下葬后的当晚,石峁村落下了一场几十年未遇的大雪。

第二天前去上坟的人们,走在没膝深的雪地里,不住地感叹道,人要穷,雨洒灵(灵柩);人要富,雪盖墓。这场大雪落在老邦的坟头上,是个好兆头啊!

头七上坟时，每个人哭得都拉扯不起来。大家跪伏在邦大坟前的雪地中，哭得泪人一般，令在场的每个人都感觉心如刀割般地难受，更感觉世事无常。

邦浩轩双膝跪在雪地里，一只手颤抖着勉强搀扶住他母亲的一只僵硬的胳膊。他瘦削的脸颊悲苦地扭曲着，双眼幽怨，愤急地盯向白茫茫的远方……

当前去上坟的人们陆续开始回返进村的时候，清朗白茫的旷野中，突然刮起了大风。冷爽刺骨的西北风吹裹着地面的浮雪，狠劲地摔打着或白或黑的僵直脆硬的柳梢、树枝。寒风吹动着悬挂在半空之中的电线，发出骇人的呼啸声。

紧接着的几天里，气温骤然降到了零下 30 摄氏度左右。据石峁村上些年纪的人们在一块时共同回忆，这样极端低温严寒的天气，是他们此生当中从未遇到过的。

石峁村人普遍传诵道，今年的这个冬天呀，封冻得急速迅猛，寒风似刀，冷潮如剑，是个少有的严冬寒天啊。同时，一首经年流传着的歌谣，也在人们中间开始哼唱：

一九二九不出手

三九四九冰上走

五九和六九，河边看杨柳

七九河开

八九雁来

九九加一九，耕牛遍地走。

一九二九冻烂碓臼

三九四九晃门叫狗

五九和六九，开门去远走

七九冰沉

八九水浮

九九加一九，妞妞遍地走。

6

办完父亲的丧事,邦浩轩拖着疲乏的身子要去上班。瑞新公司三个月的试用期,马上就要结束了,他准备争取成为一名正式的临时工。

当他要和弟弟邦浩冉结伴同行时,弟弟却低垂了他那颗一向高昂着的头颅,愁眉苦脸地说:"二哥,我——我不想上学了。"

邦浩轩猛一愣怔,惊诧地急问:"怎——怎啦?"

弟弟抬起头来,看了看他,眼里一下子闪出串串清泪,他紧咬着双唇,嘴角抖动着,终没说成个话。

邦浩轩走上前去,轻轻地拍了拍弟弟邦浩冉的肩膀,坚定地说:"邦浩冉,甭灰心气馁。哥来供你上学。"邦浩轩长长地吁了口气,既像是说给弟弟邦浩冉,又像是在给自己说道,"父亲去世了,再不会有人能为咱弟兄们奔前跑后,提理长智了。咱们失去了一座坚实的靠山,往后的路子就全凭自个儿闯了。不坚强、不狠硬,怎行?"

"二哥,现在我还去学校,反正再过几天就放寒假了。能否继续念书,等到来年开春再说吧。"邦浩冉打断了他哥哥的话,这样解释着说。

邦浩轩上下打量着弟弟,觉得这家伙主意还挺正。但不管怎样,他觉得邦浩冉最起码应该读完这九年义务教育,至于每年千元左右的学杂生活费用,他思谋着,突然有了主意。

当天,兄弟俩搭了辆顺车,来到了哇啦镇。一下车,邦浩冉便说:"二哥,你趁早坐班车回城去吧,我要到学校去了。"

"等等,咱俩一块去。"邦浩轩说着,已大踏步走在了弟弟的前面。

邦浩轩领着弟弟,径直来到了副校长的办公室。副校长是邦浩轩初中时的同学,他上高中时,人家上了中专师范学校;他高中毕业了,人家已开始在哇啦镇中学任教。今年学校在选拔任用中层领导时,他的这位同学又被破格提拔为副校长。好多人传谣说,他的这位同学之所以能被提拔,是因为某某领导是他的亲舅舅。但是,邦浩轩却不这样认为,因为他知道,他的这位同学的确是才华出众。在上师范时,他的这位同学是一个典型的"吃不饱"的学生,他除了学好中专课程外,三年里竟攻读了师范大学的全部课程,并顺利拿到了本科自考文凭,成为当时轰动那所中专师范学校的第一人。不过,他现在唯一的缺憾是,上中专时,由于没有像大多数年轻人那样表现出对异性的迫切追求,以至于现在工作这么久了,也未能娶妻成家。对于这一点,邦浩轩感觉,他的这位同学和他是基本持平着的,而其他方面,他便觉得相形见绌,自愧弗如了。

和同学简单寒暄之后,邦浩轩便先开始诉说自己家庭的种种不幸遭遇,最后才水到渠成般地直奔主题,提出了要让同学帮忙,为弟弟邦浩冉减免学杂费和部分生活费用,以便使他的弟弟在完成了九年义务教育后,再开始进入社会,涉世谋生。邦浩轩说到自己家庭目前的困难处境时,眼里旋转着泪花,他的同学也不住地在为他叹气,表现出十分同情和理解的样子。邦浩轩在心里暗自感叹道,自己今天总算没白跑一趟,这位老同学肯定会帮助他的弟弟解决学杂费问题的。

可是,事实再次证明,邦浩轩又一次出现了判断错误。他的这一看似合情合理的简单的要求,却被他的这位同学一口否决。同学说,类似他弟弟这种情况要求减免学杂费的人数比较多,为此学校在会上还专门严厉指出,不准校内任何教师以任何理由为他人说情,要求免费。同学最后两手一摊,很为难地说:"你看,这已经形成制度了,作为校领导,我不能带头违反呀。"

邦浩轩只好很失脸面地赔笑着,携着弟弟赶忙退了出来。在退出这门槛的一刹那,邦浩轩在内心迅即总结出一条处世定律,就如当年牛顿看见苹果从树梢落地后,灵机触动,迅即总结出了万有引力定律一样,他今天也总结出,小学、初中同学记忆犹新,情谊尤薄;高中、大学同学记忆犹浅,友谊尤重。当然,他没有那种天赋去上大学,这里仅是一种事理推展,概念延伸而已,不必细去考究,事实上是没有这样的逻辑的。

邦浩轩从同学那里走出来后,十分后悔自己来此一趟。但是,他的这种犟性子脾气,往往就会在类似的这个时候明显地显现出来。现在,他从副校长的办公室门口出来后,已经拉着弟弟的手,倔强地跨进了正校长的门槛。

令兄弟俩万万没有想到的是,这位校长不但免去了邦浩冉的学杂费和部分生活费用,还一再夸奖说,邦浩冉是全年级前几名学生,可以考虑每学期给他发放一定数额的奖学金,鼓励他完成学业。这位校长还一再告诫邦浩冉说:"不要因为眼前的穷困,造成终生的贫乏;不要因为暂且的困难,给整个一生设置难以跨越的障碍。自古寒门出贵子,贫困寒门才更要出贵子,对吧?"

校长的一番话,说得兄弟二人热泪盈眶。这不仅在于校长给了他们经济上的帮助;更主要的是,他的那种鼓励和期望,使他们终生受益不尽。邦浩轩由衷地佩服这位多年搞教育的好校长。他庆幸自己没有白跑了这一趟。

因为一件意外的事情,邦浩轩和甄总的关系一下子拉近了许多。

失去父亲的邦浩轩再次在瑞新公司上班时,显得十分勤快而卖力。就像一只羔羊,突然失去了赖以吃奶的大羊后,不得不自个儿去探寻吃食一样,邦浩轩也不得不坚强刚毅而又小心翼翼地去独自谋生了。最初,他对自己能否在这家瑞新公司上班看得很是淡然,只是考虑到甄梅的一番好心推荐,才暂且在此落脚,并未有要在这里长期干下去的打算。但是,现在看来,父亲去世后,他要想供弟弟上学,要想为哥哥娶妻蓄资,要想为那个穷家有所添补,要想维持自己的简单生存,他还是不得不竭力争取能在这里有这么个临时工来干。眼下,正是自己由试用期向临时工过渡的关键时刻,他岂能不好好地卖力?

当然,话又说回来。若是单去考虑挣钱糊口这一件事情,他完全可以下井掏炭,上建筑工地打工,到马路上去蹬三轮车,走家串户去收破烂,穿街过巷去卖针头线脑香烛吃喝。尽管他念了十几年书,没有练就从事这些艰苦行业所必须具备的结实耐累的身板和忍屈受辱的心理;但是,他完全具备了被生活逼迫到绝路之上的那种委从屈就的果敢和勇毅。那么,他最终选择了要在这家瑞新公司长期驻留,是为了逃避苦难寻求安逸,还是为了顾全脸面滥充有为? 客观地说,他刚走出校门,初涉社会,的确有着大多数读书人所遗存着的那种虚伪浮华、懦弱轻傲的脾性,但是,也像大多数读书人一样,他也具有那种超脱凡俗、把握命运、积极进取、拼搏攻坚的胆识和胸怀。也就是说,只要能给他一根足够长的杠杆的话,他也是可以撬动地球的那个伟大的人物。他正是隐约间感知到,眼下,在这瑞新公司里干活,也许对他今后的发展会更为有利。他也说不出这种"有利"究竟指的是哪些,他更难以看清自己今后的人生道路,但是,他还是渴求要在这里慢慢地去发展。

不过,他对自己目前的处境的确深感忧虑;同时,他又看不来自己在这里究竟会有什么好的前途。他觉得自己就像那涉水的浮萍,整日毫无目的地在随波漂浮,永远也没有自己的根基。整天里,他时而闷闷不乐,时而浮躁焦急,时而奢想窃乐,时而又悲天悯人。不过,在涉及干活时,他还是认真踏实,无可挑剔的。比如今天,他比往日起得还要早些。当大多数人还沉浸在黎明觉的香甜美艳之中时,他已经顶着数九天清冻爽冷的寒气,将瑞新公司的里里外外、上上下下全都清扫得干干净净,收拾得妥妥当当的了。

他打扫完毕,正拖着疲乏困顿的身子将扫帚、铁铲、簸箕等工具搬挪拖运到院子里的那个边角旮旯时,突然,他惊讶地发现,在一小块蜡黄的冰物边上,横躺着一个鼓胀的黑色小包。

他的心跳顿时加速,周身一阵紧张,一阵兴奋;一阵兴奋,又一阵紧张。

他好奇地将小包拾起,慌里慌张地将那边上的锁环拉了开来……

在小包被打开的一瞬间,他就彻底地蒙了。

当他从惊愕中逐渐灵醒过来时,顿然觉得自己像是偷人做贼一般,浑身直冒虚汗。他在心里紧张怯畏地告诫自己,既是偷人,还愣在这里干啥?还不赶快躲藏起来?

他一阵小跑,来到了自己的办公室。趁着其他四位同事还未到来,他赶忙将房门关死,坐回到椅子上,不由自主地喘起了粗重的气息。良久,他终于渐渐平息了下来。

向着四周张望过后,他迅即掏出了那串钥匙,反复了四五次后,将办公桌右下方的那个小箱门打开。他又一次向着房门瞅去,确信它的确是关死着的,而后才将那只黑色小包取出,并以最快的速度对其中的内物开始了清理,当他数到 5 万这个数字时,他的双手就开始了异样的抖索;当他数到 10 万这个数目时,他双手震颤,已再无能力数点这些钱钞了。

砰砰!咚咚!突然,一阵猛烈的声音惊雷般地敲击了他的心房。慌乱中,他几乎是本能般地迅即将那些钱物重新塞回到包中,使小包变得更加鼓胀不堪,一如他那鼓胀惊跳着的青筋血脉。

"邦浩轩,关紧房门,做啥见不得人的鬼事!"

"来这么早,昨晚去哪发财了?"

"邦浩轩,看你情绪不大对劲呀!真的发财找女人了?"

"哈哈,哈哈哈……"在大家的一阵爽笑声中,邦浩轩显得局促不安,犹如被逮着了的贼人一般,他陷入了深深的惊恐与不安之中。

"哎?咱们甄总一大早慌慌张张地不知在楼道口里找啥?"一个同事的问话声,径直传入了邦浩轩的耳际,顷刻间刺激到了他所有的感官神经……

他再也难以呆坐下去了。他不停地在地面来回走动,并向同事讨了根纸烟,叼在嘴角狠劲地抽吸不止。就在大家惊讶地议论他何时也开始了吸烟时,他的脑海里已经形成了一个颇为豪壮的决定。一如开国领袖毛泽东当年领兵打仗中,突然被敌人重兵围困之后,老人家在吸烟踱步中,便生出击败群凶恶敌的雄策奇略一般。邦浩轩也同样在冥思苦想中,果断决定将这一包十几万元巨款原封不动地尽数上交给一个人。当他最终形成这一决定后,立刻感觉有股豪迈气概在冉冉上升。如果他会作诗,他也一定会像当年率领奇兵雄将在万里疆场冲杀驰骋、轻取强敌、节节获胜之中的毛泽东,突然豪情勃发,随口吟出了那一首首气吞万里河山的壮丽诗篇一样,他也一定会借此吟诗作文的。但是,邦浩轩最终还是克制着自己,未能吟诗作画留文,而是将吟诗作画留文的豪情转化成了一种切实的举动。

瑞新公司总经理甄有为,昨晚提了15万元现金找到了城建局局长马敏的门上。当甄总向马局长再次提出要承揽那好几百万元的房产修建工程时,马局长仍然以惯常的温和口吻说:"那就看你们公司能否顺利中标了。"

甄总动容地微笑着,轻轻点着头,不住地应答道:"那倒是,那当然。"说话间,他将放在茶几上的黑色小包向着马局长一边轻轻地推去,边推边继续着说:"招标中,还望马局长能从中斡旋,能替我们公司说些话。若能在这次工程承包中中标,我们公司还会给您……"

"走,走!走走!走!"马局长像是被甄总的长舌棍捅着了的马蜂窝,猛然间蜂乱而起,将那沉甸甸的小包扔在了他的怀里,将他稀里糊涂地逐出了门外。

马局长是在一个月前刚刚上任的新局长。甄总和现在这新上任的马局长显然并不熟悉。但是,在这次工程招标即将到来之前,按照惯常做法,他必须要提前将方方面面的重量级人物逐一打点牢靠。按照他的看法,招标只是个形式,大量的工作要在此前做细做实,做得滴水不漏。以前如此,现在如此,今后更需这样加强。那么,今天马局长的这步棋子为何突然间就走不通了呢?甄总想来想去,还是将根由归结为他们不太相识。是呀,你想想,一个人怎么会轻易收取自己不太熟悉不太可靠之人的如此大额礼金呢?

突然,甄总狠劲地拍了拍自己的光脑门,连声自语道:"有了,有了! 怎就没想到他呢?"

甄总当即将老乡刘益苗约到了当地最高档次的三星级宾馆——红河宾馆。马局长调任之前在哇啦镇当书记时,刘益苗在哇啦镇给他干了六七年秘书,就在马局长调离的前几个月里,刘益苗也先行调离了哇啦镇,出任了县城关镇的副镇长。可以断定,刘益苗是最能和马局长说上话的人。

老乡见老乡,两眼泪汪汪;老乡请老乡,情深谊更长。甄总和刘镇长两人,酒过三巡,便无所不谈地进入了正题。刘镇长说到动情处,一股劲地拍打着酒精燃烧着的胸膛,兴奋地表态说:"大哥、你不知道,马局长与我是何等关系! 你的这点小事,就包在我刘某身上,我只一个电话过去,他马局长就得认可你。你甭担心了,来来,来,喝——喝酒!"甄总喜红了双眼,遂拿起了大杯与刘镇长的小杯子碰着喝开了。

从晚上9点多钟开始,一直喝到子夜1点左右,两人还未显现出善罢甘休的意思,直到吧台小姐轻盈绵软地走上前来提醒二位,该是休息的时候了,甄总才摇晃颠荡着站起身来,随手给吧台的小姐甩过去一沓子钞票,吩咐说:"结……结账! 给我这……这位小兄弟,开间套房,叫几个小娘们儿,好……好……好好……陪陪!"

甄总将同样迷醉趔趄的刘镇长安顿在宾馆的豪华套间下榻了之后,自己才独自跨过马路,回到了宾馆对面的单位去住。进入单位的院子,突觉有一泡尿水在紧急下坠,遂顺势在院角的一个旮旯里,就地解决……

之后,他便犯起了迷糊,不知自己是如何进的办公室,如何躺在沙发里睡着的。第二天,门房老李前来送报、灌水壶将他吵醒后,他才突然发现自己装有十几万元巨款的包不见了。

甄总及身边人员以最快的速度找遍了所有有希望的地点,却通通以绝望告终。正欲报警时,邦浩轩却双手拎着那个异常惹眼的黑色小包,将它交在了甄总的手中……

刹那,邦浩轩成为公司百余人之中的新闻人物。当晚,甄总写的感谢信被编成一则短消息在全县电视台新闻节目中播出,邦浩轩这个名字便一下子在好多人心目中闪亮了起来。

城建局马局长看到这则消息后,心中一阵震荡,明光闪亮的额间,顿时有细微致密的汗滴在渗出。

因这件意外的事情,邦浩轩和甄总的关系一下子拉近了许多。现在,邦浩轩不但结束了已经延长了一个月(总共将近四个月)的试用期,而且在成为公司一名临时工时,月工资也由当初敲定的 2000 元,提高到了如今的 3000 元,并且也不再每月扣除工资总额的 5% 来做押金了。与此同时,公司又另外雇用了一名清洁工来顶替他打扫房间院落,邦浩轩则由过去的清洁工一跃而成了公司办公室的一名临时干事,经常跟随在甄总左右,成为总经理最可信赖的一员。

经过办公室一个月的工作,邦浩轩基本摸清了公司的各种业务底细,干起活来往往能承前顾后,伺机挺进,既做到精密周全,又能够事出新招。每到公司开会,不提邦浩轩名字便罢,若一提起他,准是在拿他的成功事例来比低或训斥其他同志。时间长了,只要听见甄总一敲桌子,大家就会在底下学着甄总的样子,窃窃着说:"怎么搞的! 就不能学学人家邦浩轩?"果然,桌子一敲,甄总第一句说的正是上面这话。于是,甄总一说完这句话后,底下就传出一阵窃笑声。一些爱开玩笑的人,也会当着邦浩轩的面说:"怎么搞的! 就不能学学人家邦浩轩?"对此,邦浩轩总会笑着和众人争辩上几句;后来,他只是淡淡地一笑了之,不再有任何辩解之词。他心怀善意,宽容着大家,勤奋地工作,反倒迎来了众人的一致颂扬。

临近年终,大家纷纷掐指数日,愉悦而忙乱地准备回老家过个好年。邦浩轩却在春节放假的前三四天里,向甄总主动请缨,要求在春节放假期间值全班。甄总一听,很是高兴,笑着对他说:"好啊,我还正愁假日没人值班呢。唉,听说甄梅明天就赶回来了,你也不会孤单的……"

"不! 甄总,我不是那个意思。"邦浩轩慌忙打断甄总的话语,顿时显得局促不安,赧然难耐。他赶忙找了个借口,急急地退了出去。

甄总看着邦浩轩离去后,将吸进去的烟团长长地呼出口外,久久地凝视着紧闭着的门板。

甄梅早在十几天前就给邦浩轩来信,说他们学校在春节前夕要组织一次大学生"三下乡"送温暖活动,她已经入选参加这项活动,大概在春节前几天才能赶回,希望邦浩轩一定待在单位,等他回来。

其实,邦浩轩最终决定在春节期间留在单位值班,却并不是专等甄梅回来,他仅是为了能挣得那节日期间的双倍工资而已。他要用这些额外收入来供弟弟上学,来为哥哥娶妻蓄资,来为寡母添补家用。现在,他仔细思量后,觉得自己的这一行为倒的确像是在专等着甄梅的到来。一想到这,他突然后悔了自己当初的选择,真想立刻起程,回家去过年。

春节的前几天里,甄梅和同交同学孙光华双双赶回家来。孙光华并未参加"三下乡"活动,他一直在学校里待着,直等到前去下乡送温暖的甄梅回到学校后,才一块相跟着回家来了。

甄梅一回到家里,就很快摆脱了孙光华的"跟踪",径直来到了瑞新公司。她满怀激动与喜悦之情前来探望阔别了近半年之久的邦浩轩。

甄梅上身穿着雪白羽绒服,下身着一条淡紫牛仔裤,一条浅红毛绒围巾不经意地环绕在她那苹果般红扑扑可亲的脸蛋儿的周围;黑漆飘柔的逸发轻盈闲适地扎成俩小小刷儿,一波一动中,显现着无穷的魅力,张扬着无比的活力;丹鼻桃唇,皓齿显盈,一双毛绒亮澈的眼睛,就那样一直在灿烂的明媚中和你说着话儿……

甄梅犹如一只轻快的小百灵鸟儿,嗖地飞入瑞新公司的大院后,不免陌生地东瞅瞅、西望望,但她并不显得慌张,看样子倒像是专心寻觅着什么。

这只名叫甄梅的百灵鸟儿在瑞新公司的院中、楼内,楼中、院内环绕探觅了一圈又一圈后,并未发现有任何的人影。正当她在院子里翘头耸脑,陷入一片无奈状时,有一颗焦枯黝黑、顶中泛白的脑袋从门房里向外探出来喊她:"找谁?"

"小百灵"惊惶中猛一回头,四目相对中,那张焦黑的皱脸立刻泛起了深邃的波纹。老头含笑着说:"小姑娘,你——你要找谁?"

"找——我找邦——邦浩轩。"

"噢——"老头像明白了什么似的,上下打量着她。

她立刻感到浑身的不自在,但却朗然一笑,说:"大爷,邦——邦浩轩,不在吗?"

"噢?噢!不在,不在!"老人连忙又说,"姓邦那后生过年要值班,上午走时说他到租房那里去搬运行李。现在天快黑了,估计应该回来了。"

"嗯。"甄梅明白似的点点头,随即边走出大门,边向着老人笑笑说:"谢谢大爷!"

甄梅将垂在胸前的红毛绒围巾向着背后轻轻甩去,一身轻松、一脸愉悦地向着邦浩轩租房住地走去。本来,她打算打车直奔邦浩轩那里,但想到邦浩轩很可能正在路上往单位赶来,说不准会在半路碰上他,于是,她就步行前往。

甄梅一边走,一边密切地注视着过往的行人。忽见有一帮年轻后生紧盯着她,从她前面走过,复又折转身来,对她指指画画,议论不止。看看天色逐渐暗淡下来,她不由得一阵惊惧,遂放大步子,目不斜视地紧走了起来。随着双脚有节律地快速弹动,她那双马尾松小辫也十分好看地跳起了舞来。她微微地喘着娇嫩的气息,雪白的羽绒服也开始在她的胸前微微鼓胀,不多时,她就感觉双乳被热烫地裹覆在了柔软的绵绒里,一种异样的快感不经意地袭上心头,顿时臊得她的双颊更显烫热……

甄梅这颗鼓胀着的幸福的彩球,在滚进到邦浩轩那间租住着的小屋门之后,就彻底地泄了气息。泄气的针芒来自房东太太的那句粗话:"你是他的什么人?你肯定不会瞎了眼做了他的老婆吧?那姓邦的小子欠了我近半年的房租,今天却来给我要滑,说什么过年在单位值班要将铺盖灶具暂且搬走。我一看他就是在骗人,想偷逃房租。哼,没门,给不了房钱,啥也甭想搬走。他小子年前不给老娘房租,年后老娘我就到他的单位去催要。"

7

春节的鞭炮声,从年三十天色黑定以后,开始陆续加剧着爆响,各处蓦然间腾升而起种种璀璨夺目的壮丽焰火,使得本来就掩映在一片灿烂灯火之海的县城,完全沉浸在了汪洋般辉煌壮阔的丰腴之中。

从来都是在石峁村过年的邦浩轩,显然被眼前的壮美景色深深地震撼了。他站在瑞新公司的楼顶之上,穿过满耳脆响,掠过满眼辉煌,不由得向着故乡的方向遥遥地张望过去。目及黑漆漆的天际之尽,他的脑海里便清晰地浮现出石峁村此时此刻的年夜景象,黑沉幽邃的夜幕之下,零星摇曳着点点碎银似的灯光;噼啪散落的鞭炮声应和着偶尔炸响的"二踢脚",显现出农家大年三十夜晚的安谧祥和、深远古朴。

此刻,邦浩轩孤单地站立于楼房之上,既不属于眼前的这壮丽辉煌,又不属于故乡的那深邃古朴。他突然觉得,自己属于那黑漆漆的天际之尽。那里虽然看不出有丁点的光亮,但这却合乎他此时的心境。

除夕的前一天,门房的老李也回家与儿孙们团聚去了,偌大的一个瑞新公司,如今就只剩下邦浩轩一人独守空门了。

他切了几片肉,撒几根挂面进去,草草吃了年夜饭后,就将早已挂在楼角的那一长串鞭炮悄悄地点燃,独自一人在炮光中欢呼着辞旧迎新……

突然,炮声一停,他那激奋着的情绪也跟着熄灭了。他立刻觉得整座楼房向他压迫过来,那种黑乎乎的感觉使他更加孤苦难耐。终于,他摸爬着上到了楼顶。

在楼顶上环望遐想了好些时候,他渐渐感到周身的凉意一阵猛似一阵地袭上心头。这时,他突然条件反射般地想到了俩人。这两个女人在心头猛一闪现,他孤单凄寒的心境顿然觉得坚强、温暖了许多。

他首先想到了给他以生命的母亲。母亲在失去父亲后,依然在和命运做着最顽强的抗争,以她那年过半百的弱妇之躯,拼死挣活地帮衬扛托起他们兄弟三人的涉世重担。接下来,他自然想到了给他生活以倾力帮助,给他灵魂以无限慰藉的甄梅。甄梅在他高考落榜走投无路之时,帮他找到了这份工作,并一直以独特的情意,鼓励他奋斗成才。前几天,她放寒假刚回到家里,不知从哪里听说他过年值班没有铺盖、灶具后,竟从自己家里偷偷地搬来了一大堆,供他使用。他当时黑着脸拒绝着她的这番好意,背后却偷偷地流下了感激的泪水。

邦浩轩思前想后,思绪麻乱地从楼顶下来,毫无目的地在楼道口踱来踱去。他现在还不肯回到自己的办公室里,他很害怕大年夜里的这份独处。

他完全相信,异常的孤苦与沉寂真是可以将人给吞噬掉的。

咣当! 随着一声清脆的锁响,邦浩轩的筋骨瞬时被挤缩成团。

咣! ——咣当当! 锐利的响声稍作迟疑后,再次开始震响。邦浩轩毛发直竖,恍惚判断出这异样的响动来自空旷的院落。有关大年夜里的种种恐怖传说骤然袭上心头。他隐约感觉到,暗夜里的种种鬼怪正向这里冲涌奔突而来……他十分后悔自己非但没有在门口窗前安刀立锯放火防范,反倒登高观景如寻常一般地大意了。他压抑着急促的喘息声,一闪身躲入了房间,然后关死了房门,再不敢贸然外出。

咣咣! 当当! 咚咚! ……锐利的撞击声异常急迫地刺破门窗玻璃,直击邦浩轩的心窝而来。他本能地拾起了门背后一根粗实的铁棍,将它紧紧地握在手里,屏息谛听着外面的动静,做好了最坏的打算。

突然,他听到了一个似曾熟悉的声音。

他逐渐辨清了是在呼唤他的名字。

听逝去的父亲曾经讲过,年三十若有人在门外喊你的名字,是万万不可应答的。邦浩轩禁不住抖索着身子,既不答应,也不肯出去。

"邦浩轩,邦浩轩,快开门!"——咚!咚咚咚!"邦浩轩!我是甄梅!我是甄梅!"

邦浩轩一把抓起桌子上的大门钥匙,将铁棍撂在了一边,满心愉悦地奔出了门外。

甄梅和自家的保姆给邦浩轩带来了鸡鸭鱼肉、山珍海味等丰盛的年夜饭的同时,还给他孤苦凄怆的灵魂带来了新异清媚的阵阵春风。甄梅眉笼新月,保姆脸拂春桃,邦浩轩的心间顿然装满了蜜。

"今晚果真不回家了?"邦浩轩甩出了红桃 K,等着甄梅出牌时,盯住她清水般毛酥酥的双眸说,"父母大人怪罪下来,我可承受不起呀。"

"放你七十二个心吧。"甄梅思索了半天,出手打出了"大王"后,冰清玉洁的双手轻巧地将牌合拢回去,秀丽含馨的一张脸向着邦浩轩迎来,满不在乎地说,"我呀,早给爸爸、妈妈说了,是去给爷爷、奶奶拜年的,晚上就陪爷爷、奶奶过年,不回去了。哈哈,到爷爷、奶奶那里,俩老人早早地就被我俩安顿着睡下了……这不,我们就过来陪你了。"

咯咯咯……俩姑娘银铃般的笑声肆无忌惮地洋溢着盈满了小屋。甜丝丝的笑声漾及邦浩轩的心扉,一股说不清道不明的感觉霎时泛滥在了他的心际。

此后的时日里,甄梅不时前来,陪同邦浩轩一起值班,但却再未将保姆一同带来。邦浩轩看出了这一点,就问甄梅说:"你家保姆回老家了?"

"没有呀!"甄梅略显惊讶地又说,"你问这干啥?"

"没啥,没啥,只是随便问问。"邦浩轩一脸诚恳。

"噢,对了。我家保姆说她也是石峁村人。你不认识她?"

"她认识我?"

"这倒没听她说过。"

"她姓啥?"

"姓杨,叫——对!叫杨彩飞。"

"杨彩飞?杨——"邦浩轩思索着,突然茅塞顿开般地豁然说道,"她父亲叫杨狗吃,她姐姐叫——"邦浩轩本想说,"她姐姐叫杨秀柳。"但话到嘴边又突然停定在了那里,就好像顺利地吸溜到嘴边的一条鱼,在即将吞入到喉咙的一刹那,突觉有鱼刺从中冒出,紧急迫使他中断了吞咽。

这根鱼刺,正是杨秀柳。杨秀柳曾是他哥哥订婚后又散掉的媳妇。邦浩轩当然不会怪怨杨秀柳,更不会罪责杨家的任何一个人,他只是在提起杨秀柳这个名字时,突然暗自悲伤起来,竟不能继续说下去了。

甄梅也察觉到,只要一提起家乡的某些事情,邦浩轩往往就会变作一脸愁苦状,显得特别脆弱而不堪一击,与平常完全判若两人。现在,从他那吞吞吐吐的话语中,她已敏锐地捕捉到了他似有被刺痛的隐情。她本想问清其中的因由,但又怕引起他的伤痛,遂朗然一笑,转移了话题。邦浩轩当即从甄梅那聪明的圆场中,感知到,甄梅正是那杯善解人意、神爽的米醋,顷刻间,已将他入喉的鱼刺软软地化掉了。

春节值班,其实并没有任何实质性的工作要做。邦浩轩挣着双倍的工资,除了照看好公司的门户外,倒显得有几分清闲悠然。加之有甄梅不是来送吃送喝、送书送报,就是于闲暇时约好去逛街跳舞,生活过得充实而甜蜜。邦浩轩本不会跳舞,但是在甄梅的指教下,他已经逐渐喜欢上了这项有节奏地推拉摇移、搂紧抱贴的甜软运动。

起初,他左手轻握着甄梅绵软的右手,右手却怎么也不好意思搂按着她那柔软颤滑的纤嫩细腰。他就只好用右手食指和中指,使劲地配合着大拇指,似天女绣花一般,轻柔地捏捻起她腰际的一些绵软,心际渴求,眼睛却躲闪着甄梅那一双毛酥含情的明眸,浑身战栗、扭摆着谨小慎微地步入舞池……

摇出几步后,他的那只轻扶于她腰际的胆小的手儿就被她的一只温柔的小手儿轻轻地按伏了下去。他立刻受到鼓舞,那手便大胆地紧紧贴在了她的那片柔软的福地。他顿觉有股柔和的春风在心湖泛开后漾及了全身。迷醉的霓虹灯下,他的身子一阵战栗后,就被甄梅这只娇柔甜绵的毛虫儿紧紧地缠附了过去……

他们双双滑步舞池,相互间都有了一种拥着云团的感觉。

这天,当邦浩轩和甄梅在歌舞厅再次翩然起舞,正愉悦着相互坠入了对方的那团云雾之中时,甄梅的男朋友孙光华突然间就出现在了他们的面前。

当时,甄梅的那张俏脸伏在邦浩轩的肩头,甜美的小嘴儿正对着邦浩轩的一只耳朵,专注地吹着蜜儿。这时,邦浩轩突见有人神色怪异地走上前来,他稍一愣怔后,辨出了来人正是孙光华。这当口,他猛然间就将正拥裹在怀中的甄梅推到了一定的距离;紧接着,他就打算甩脱开被甄梅缠绕着的手臂,立刻躲闪到一旁的座位上去。但是,邦浩轩躲离的动作毕竟已迟钝了半个节拍,他还是无可避免地和孙光华打了个尴尬的照面。

"光……光华,你……你来了? 快陪甄梅跳几圈吧。你们跳吧!"邦浩轩涨红着的脸上堆着笑,边说边急忙隐入了人群,即刻便消没了。

完全处在兴头之上的甄梅,冷不丁被邦浩轩搡在了一边,又惊愕地面对逼近而来的孙光华,她水嫩平静的一张脸,霎时翻搅扭曲得失去了光泽。

"梅! 我终于找到你了!"孙光华如获至宝地抓住了甄梅的一双手,惊喜地露出了单纯而灿烂的笑容,异常欢欣地说,"唉,邦浩轩哪去了? 我请大家吃夜市(去夜市吃饭),顺便向你拜个晚年,道个歉! 都怪我回农村老家去过年太忙,让你受冷落了。"

"你回老家过年了?"甄梅长长地吁了口气,见风使舵地轻巧着问他。

"对呀! 我那天在电话中不是给你说过了吗?"孙光华笑着,声音有点大。

甄梅用心回忆了半天,确信有过这事,便不好意思地向他点头微笑。

孙光华轻轻拉起甄梅的一只手。甄梅顺从地跟随着他,离开舞池,步入了夜市。在夜市一雅间入座后,孙光华说,再去找找邦浩轩,让他一同来吃饭吧。甄梅轻轻地摆了摆手,孙光华就收回了迈出门槛的一条腿,复又安坐了下来。待四目相对后,孙光华顿觉有种"人面桃花相映红"的诗意飘摇着浮上了心头。

此后,甄梅再去邦浩轩房中时,便带来了保姆杨彩飞,有时还会有孙光华一同前来。

四个年轻人走在一起,总是充满了无以穷尽的欢乐,当然也有几分缠绵纠结着的隐情包含其间。这四个人里,除保姆而外的三人之中,轴心无疑是甄梅。但是,就眼下而言,甄梅却并未确定自己轴心的滚动范围。甄梅明着与孙光华相恋,暗中却又依恋着邦浩轩;她明着协助着邦浩轩,暗地却有背离孙光华的倾向。当然,甄梅心里也明白,若单从感情角度来考虑,她爱慕的人无疑是邦浩轩。邦浩轩长得高大俊朗，飒爽英姿，和她谈得来、说得上，是她少女初恋的人儿；孙光华则个矮脸削，琐碎缠绕，一派小市民气息，若不是他老盯着她不放，处处对她殷勤周到，逆顺和合，她早就和他分手了。但是，若是从现实的角度考虑，甄梅还是觉得不能和孙光华轻易说出"byebye"的话来。怪只怪，邦浩轩不争气，未能考取大学，尽管她想方设法为邦浩轩谋出路，但她毕竟还是一个身在校园里的弱女子呀，她除了倚仗自己良好的家庭背景为他找到这份临时工外，她还能为他做什么呢？有时候，她头脑发热，真想不再去考虑那么多，就和自己心爱的邦浩轩私订终身算了。但冷静一想，前有父母、家庭的阻力，后又有孙光华的压力，思前想后，她还是考虑，等到大学毕业了，真正到了该嫁人的年龄再做决定吧。因此，她现在的这根轴心就异常矛盾地一会儿滚在了孙光华的这边，一会儿又偏向了邦浩轩的那边。这正如她日记中写道，谁说少女无忧愁，情郁家恨泪纷柔。

春节值班过后，邦浩轩付清了先前的房租，复又回到了原来租住着的那间小屋。住回到阴暗冷潮的房子之后，他突然显得孤苦难耐，浮躁不安。这种痛苦的感觉令他莫名地忧伤、悲凉，无法自拔。他一会儿感觉自己是个找不着家的孩子，正忧心焦躁地在独自跋涉；一会儿又感觉自己是掉队的孤雁，正声声哀鸣着在长空飞掠；有时，他又感觉自己是行将就木的老人，满心里在一遍遍地回忆着往昔的旧事，在所有这些往事中，却总是难以脱离开一个鲜活的人影。

这人儿当然就是甄梅。

他现在实在难以说得清楚，自己对甄梅是感激、羡慕还是充满着爱意。若说是感激，他觉得分量太轻；若说是爱慕，他又觉得高不可攀。他悲叹自己资质浅乏，更提醒自己不能与甄梅有太多太密的接触，若那样，非但报答不了甄梅对自己的一片好意，反而会连累毁掉她光明前程的呀！

那么，他为何又要在心里一遍遍地呼唤着甄梅的名字？为何又要对甄梅充满难以遏制的渴求？邦浩轩内心深处这一矛盾的夹缝，百思不得其解，百般努力却难以求得片刻的轻松与宁静。

后来，因为一个人的出现，他终于从这一矛盾的焦虑中逐渐安定了下来。

使邦浩轩最终从那因依恋而悲伤、因无望而痛苦、因躁动而耗神的情感纠葛中得以解脱的不是别人，而正是甄梅家的保姆——杨彩飞。

甄梅的父亲甄珠宝是焦县副县长，她母亲尤荣是县人大副主任，两位县级领导,总有忙不完的会议、汇报,应付不完的监督、检查,家里尽管只有甄梅这一个孩子,却也难以经常照料。大多时候,甄梅总是和奶奶、爷爷及保姆在一起生活。如今,甄梅去省城上学后,家里依然要由保姆来收拾、照料。杨彩飞究竟是甄梅家里雇用的第十几个或第几十个保姆,谁也难以计算得清了,反正,这甄家门上的保姆就如同走马灯似的,总是走了一个又来一个。大多时候,总是青春年少的保姆们难以熬耐得住那奢华的寂寞与软禁般的孤独,兴冲冲地来后,又兴冲冲地走了。

杨彩飞是经由在哇啦镇当老板的她的姐夫的介绍,于春节前一个月来到甄梅家做保姆的。由荒芜贫乏的石岇村,一下子来到辉煌富丽、景鲜色艳的城市;由农村土木结构、塌墙烂院的百姓之家,一下子来到城里这拥有宽敞豪华、精装丽饰的三层小洋楼之居的上好人家,说实话,杨彩飞除了惊诧,就是惊慕;除了大开眼界,就是大长见识。

起初,杨彩飞对这豪华的住宅几乎无所适从,就如同当年《红楼梦》里的刘姥姥进了贾府的大观园。特别是她那在石岇村里爬坡下洼、涉水蹚沙的一双健壮的脚板,如今,却难以在这明光可鉴的地板上自由走动了。有几次,她竟滑倒在地。滑倒后,她还愣呆呆的,不知是怎么回事。她用手在地板上搓过,才发现,这地面竟和他们石岇村的那条冰河一样的光滑。自此,只要感觉脚下稍有溜滑,她便顺势做出溜冰的样式,轻巧极了。尤荣见她如此,忙将一双棉拖鞋拿给她穿。当即,她便感觉行走自如,似从难以站稳脚跟的石岇村的冰河,一下子走上了可以随意穿行的河岸。

和大多数保姆相类似,这种新奇劲一过,杨彩飞就觉得一切也就那么回事儿,只不过就宛如平常一首歌而已。

物质第一的退后,直接导致的便是精神第一的上升。杨彩飞身居豪宅,整日吃美味,侍贵人,心里却无时无刻不在想念着石岇村,思念着父母亲人。她已经跟主人请假回过几次家了,但她还想回无数次、无次数的家。她像一只被圈养入笼的鸟,回家成了她放飞的美梦。

但是,因为一个人的出现,她的这一梦想就有了改变。这个人不是别人,而正是同村的老乡邦浩轩。

引起杨彩飞少女心湖波动荡漾的根源来自甄梅。

甄梅后来怎么也想不明白,她当初究竟是做了些啥,做了些啥呀!

其实,这事说来也很简单。大年三十那天,甄梅哄着家人带了保姆杨彩飞出来,伙同邦浩轩共度除夕之夜。三个年轻人玩牌打诨,甚是开心,都感觉是有生以来过得最愉悦爽快的一个大年夜。按说,这事就此便罢,但是回去之后,躺在绵软床铺之中的杨彩飞却心痒脸热,不知从何处躁动而起的情愫久久难以平复。她一遍遍地回忆着打牌时的情景,一点一滴地从脑海里清晰地折射出邦浩轩的音容笑貌、言谈举止……

情窦初开的少女柔情,如春日里飞扬的柳絮,夏日里盛开的芳菲,秋日里高浮的白云,冬日里飘舞的雪花,有的是诗情画意,有的是美好想象。

杨彩飞是那种适应性与悟性极高的新时代女孩儿,尽管她今年只有 21 岁,也仅是初中毕业,但她的视野已远远超出了她的学识与年龄。这主要得益于两点,一是她酷爱外出闯荡;二是她爱看电视、喜读书报。而她的这两项喜好邦浩轩刚好也同样具备。她甚至从那短暂相处了一夜之中发现,邦浩轩身上还具有她所无法企及的好多优点,她特别渴望能从他那里得到更多更好的视听,特别渴盼与这位老乡再次相见。但是,不知为什么,当甄梅再次外出时,却并未带她一块出去;甚至在她当面向甄梅提出希望和她一块去,去和老乡邦浩轩打探老家、父母等情况时,甄梅还是轻轻地摇摇头。

后来,正当她鼓足勇气,打算独自前往时,甄梅却带着她,终于第二次、第三次、第四次、第五次地见到了邦浩轩。

对于这位老乡,她见得越多,却越想多见。她实在难以说清,自己为何对他会有如此强烈的奢想与思念?后来,当她看到一部叫《风轻月渺》的电视剧时,她才十分明晰地感觉到自己就是那剧中的女主人公沙丽雅。于是,她就偷偷地将邦浩轩想作了这剧中的男主人公欧罗季,默默地去独品那剧中的情言,心中的蜜意,梦中的思念……

至于她姐姐杨秀柳,曾是邦浩轩的哥哥订婚又散掉的媳妇,双方家庭曾因此而有过很不愉快的过节一事,仔细想来,也正像这部剧中曲折误会的动人情节一般,实属生活中的正常本质,丝毫不会阻挡她对邦浩轩的那份深深的爱意。

《风轻月渺》对杨彩飞的影响与感化、启迪与刺激,无疑是深刻而久远的。犹如纯白净洁的一张纸,你一直搁置着不去碰它,它就一直固守保持着那份圣洁;而你一旦要用它来作画书字,那种醒目、定型的程度肯定是会成就、主宰了一切的。

杨彩飞纯情清明的一张心灵白纸,显然在这成熟的青春岁月里,被一种无形的萌动、偶然的契合力量轻轻催动着,伺机开始了舒展、飞扬、飘荡,最后终将落在某一方画桌前,开始了着彩。

杨彩飞这颗正处于青春萌动的种子,看似娇小柔嫩、幼弱稚黄,其实在人们尚未觉察中,却已经具备了顶岩破石,慨然出土的胆识与魄力。这不,甄梅上学走后还没几天,她就独自急迫地寻找到了邦浩轩的门上。

邦浩轩正在办公室里为甄总起草一份中标合同书,忽听有人在敲门。他只轻轻地嗯了一声后,仍旧继续伏案忙碌着。这份材料甄总要求在下班前交付、打印,他现在必须要在一小时之内收尾。

咚咚咚!敲门声再次急促地响起,像是在有意和他作对。

啪!邦浩轩气呼呼地走上前去,很不情愿地将门打开。打开门后,他并未向门外看上一眼,而是急忙复又坐回到桌前,将匆忙中的那份紧急毫无间断地继续下去。

过了大约有一刻钟的时辰,他终于完成了这一关键的核心段落。他稍微直腰抬头,一边回头在那密密麻麻的字里行间里仔细推敲斟酌,一边习惯性地伸手去拿放在另一边的茶杯。

突然,他的手心在捏到了一种柔热的同时,还捏到了一种怪异的绵软……

他的目光依然盯着那白纸黑字,思维仍然专注,感知显然迟钝。他不住地搓捻着那种绵软,揉捏着那种温热,终于抬手要将这绵热送入口中。起先他似曾感觉到了一种异样的轻巧。他将它送到嘴边,双唇微启,轻轻地吸了一小口,紧接着他便很不满意地大口吮吸了起来……

一刹那,一种突异的柔热温香,将他彻底震醒!

令他做梦都难以相信的是,这吸入他口中的普通茶水,怎么竟魔幻般地变成了一只纤嫩的玉手呀!

他当即便万分羞愧地惊愕在了那里,真不知自己身在何处,不知自己是谁了。

他听到杨彩飞在低低地啜泣。

他抬眼看她。她的毛毛眼里荡漾着的不是痛苦而是幸福。他即刻感觉到,她的眼灼热而急迫地吸附着他的光芒,似要将他完全融入某种境地。他一阵眩晕,等待着,等待着从未应验过的已知,等待着从未体验过的未知……

突然,杨彩飞扑入了他的怀抱。

他触着了她战栗的身子,同样惊惶地一阵抖索,阵阵震颤;当杨彩飞扬起红晕美好的一张脸,坚定而焦渴地吻向他的嘴唇、鼻梁、双眼、双颊最后又贪婪地吮吸舌舔着他的口唇、他的细牙、他的舌尖舌体的时候,他迟疑无措的手臂,突然丧失了羞怯顾忌;终于,他无以遏制地紧紧地箍抱住了那所有的温软柔热,紧紧地拥箍住了那所有的美好梦幻……

就在他所有的绵软开始硬朗,所有的骨头开始消融的一刹那,温甜的彩飞却轻轻地挣脱了他,拖移摇挪开了她那紧紧地贴着他的柔热的身躯,向着他幸福地梦幻般地笑起来。

她轻轻一笑过后,盈满眼眶的泪水继而溢流脸颊,迅即便冲刷淹漫到了那片薄嫩红润的柔唇之中。邦浩轩心中一震,顿觉自己也已融入了那片红润的湿地,并正在被那温热的泪水轻柔细滑地冲刷着,躯体与灵魂一起在那酥软温静的细浪里舒坦愉悦地沐浴着,震颤不止。

他内心突然感觉到,彩飞是温热而贴近的;甄梅却是迷茫而遥渺的了。与此同时,一种深深的矛盾和不安,即刻盘聚心头。

8

在这次几千万元的县城城建工程招标中,瑞新公司竟无一个工程项目能够中标,这是该公司在成立20多年以来,首次遭遇如此狼狈的局面。也是甄总上任近10年来从未有过的尴尬事。

消息传出,公司上下50多号人员,顿时人心浮动,惶惶不可终日。几位副总经理更是如同热锅上的蚂蚁,在甄总办公室外面,急得团团转。甄总却紧闭房门,不想见到他们之中的任何一个人。只有邦浩轩,一会儿提个公文包,一会儿拿个文件夹,十分忙碌地从甄总的办公室进进出出,一如从抗战前线的那个指挥所出出进进的秘密情报员,表情庄重严肃,举止含蓄隐秘。

几位副总终于忍耐不住,转而逼向邦浩轩的办公室,意欲问个究竟。然而,此时的邦浩轩却比往日的甄总还牛,而往日里他的那种比今日甄总还可怜的落魄相却荡然无存。

这时,其中的一个领导突地冒出股火来,喊叫着谩骂道:"你龟孙子,装啥?不就一个烂临时工吗?"

"你的铁饭碗也保不定会有多久了!"邦浩轩表情平和,语气生硬。在场的几个副总面面相觑,逐渐猜估到目前公司所面临问题的严重性。

按照甄总老乡刘益苗的建议,作为国营单位的瑞新公司要想从这次的工程招标中胜出,若不及早转变观念,不肯下狠心大花血本,广送人情,恐怕就会事与愿违。刘益苗给甄总私下透露说,他已从城建局马局长那里得到可靠消息,今年参与投标的城建企业,有一半以上属于私营或股份性质。这些个体单位,论实力没有几家能比得上老牌的瑞新公司;但若论活动周旋能力,却个个都在瑞新公司之上。因此,刘益苗建议甄总,还是趁早放下大企业、大老总的价码来,正确面对眼前的现实,不要让个体老板们的"小手腕""小动作"将堂堂的国营大公司给挤垮出局。

甄总在公司领导密谋会议上,将刘益苗所讲的现实明明白白地告诉了大家,然后,苦口婆心地说:"现在时代不同了,形势一片逼人,希望各位领导能转变观念,主动出击,紧扣市场脉搏,共同拿出应对之策。"

几位副总听了都明白,甄总这是拿着集体的钱财,又要行贿去了。一些年老资深的副总当下就一脸的不高兴,心想,还不是拿着河水去洗船了!明着是给单位办事,暗地里还不是去巴结上面的领导,给自己疏通关系,捞取职位升迁,贪占金钱美色;而几个年轻一些的副总,倒显得思想开放,心胸开阔,能够从大局着眼,不太计较小节,他们完全同意甄总的分析判断,全力支持他撒饵钓鱼的战略、战术。

既然有两种完全不同的意见和分歧,那么就只好举手表决了。表决的结果是:在原定15万元资金的基础上,再注入30万元资金,然后,将这45万元重金按有关关口重量等级的不同分作几块,分别由几位领导牵头,分数路去做相关打点。

结果是,45万元钱一分都未能开销得出去,而曾经赫赫有名的瑞新公司所有的投标项目也竟然无一项可获中标。没有可开工项目,公司50多名员工吃啥?喝啥?市场经济的大潮无疑已将公司的这艘大船逼迫着搁浅靠岸了。而曾经的一些无名无实甚至是靠租赁起家的小实业、小个体,却一夜之间成了独领风骚的小小快艇,正令人惊诧地飞燕般地在那里敏捷迂回、乘风破浪。

瑞新公司各种各样的困难报告,立刻在相关部门的领导案头出现、消失;消失、出现。曾经一向吸引新闻媒体关注的房产公司,顿时门庭冷落,仿佛一夜之间便从人们的记忆中彻底消失。

与此同时,甄有为总经理被提拔重用的消息却不胫而走。甄总是20世纪70年代的大学生,按照过去计划经济的惯例,作为国营大公司的总经理,他现在该是副县团身份。因此,将他提升为主管工业或农业的副县长,或不经意地给个政协副主席、人大常委会副主任等官职是完全有可能的。更主要的是,县上"两会"之后,原来主管文教卫生的甄总的哥哥甄珠宝副县长,现在已被任命为县委常委、常务副县长,专管人事、建设,这样一来,甄总被提拔任用的消息似乎已由谣传变成了铁硬的事实。

一年后的事实,却与大多数人的臆想大相径庭。

按照县经委和体改委等部门拿出的方案,瑞新公司进行了私有化性质的股份制改造。甄有为由过去的总经理成了今日的董事长。他通过种种途径和手段购买控制了公司51%的股份,成了名副其实、说一不二的大老板。公司原有职工,因为有近一年未领到工资,大多焦急地盼望着能有现钱使用,因此,多数员工都只能顾及眼前而无法考虑长远,最终选择了买断工龄的出路。他们之中,多的有拿到10多万元的,少的分到了三四万元,然后就算彻底脱离了原来国营单位正式职工的身份,从此走上自谋出路的艰辛道路。但是,过去一些和甄总关系靠近且有技术、有能耐的人员,却经甄总劝说并资助他们购买了一些股份后,又留了下来。

在这些被留下来的人员中,还包括邦浩轩这样一个特例。邦浩轩既不属于原公司改制时的安抚对象,也不属于新公司组建中的股东成员,他仍然受雇于人,前后并无太大的变化。但是,从情感的角度讲,他更热衷于改制后新组建的这一公司。在这里,他再无须为身份问题所纠缠和困扰。大家都是凭水平和能力混饭吃的员工,人与人之间再无"正式"与"临时"这种相互区别的显明标志,就好像一夜之间获得了解放的新中国,大家都一样变成了"工人阶级"。以至于后来的好长时间,邦浩轩都在为这种获得解放般的豪迈激情所欢欣鼓舞,他不由得惊叹道:"看来,这世道将要变得宽泛、明朗、活泼了!"

甄有为从来也没有像今天这样,对公司充满了无以穷尽的激情与期望。这就像曾经为人掌船的舵手,在一场突如其来的凶猛异常的风浪中,突然船体受到了几乎无法弥合的重撞;就在整个船体眼看着就要沉没的重要关头,为避免各顾逃生所带来的毁灭性打击,船主果断决定,将船完全交由舵手和船员执掌,由他们自己想办法,充分调动他们的能力和信心,倾力去跨越风浪,掌握自己的航向和命运。

现在,甄有为受"船主"的允诺,正紧紧操持着舵把,将这艘遭遇风浪剥蚀即将沉没的航船,惊心动魄地开来靠岸了。这艘船在开出去时,他也不过是个高级雇员;待到再次劈风斩浪开回来时,他已经成了几乎完全拥有它的主人了。现在,他要将这艘总算平稳搁浅了的旧船彻底地整修、包装,期待着重整旗鼓,雄赳赳远涉重洋的那一天。

在有关部门的高效、通力合作之下,瑞新公司几千万元国有资产的评定、分配、转承、重组和认购等项工作,都在极短的时间内完成了。待新闻部门醒悟般地再次对公司予以关注之时,昔日的瑞新公司早已门庭变换,前不见古人,后却有来者,今非昔比了。

由昔日的瑞新公司改组而成的福乐天集团,后来发展到总资产近百亿。号称亿万富翁的甄有为,后来在谈论起自己的成功经验时,也是不无掩饰、动情而神秘地透露,没有当初的国营瑞新公司,能有我今天的甄有为吗? 再后来,听人们说,他也常醉着酒豪言,没有俺们家的老大,从副县长到常务副县长这样的位子一天天地晋升,能有……

当然,这都是后话,就眼下的福乐天股份有限责任公司(后改称福乐天集团)而言,至多在大多数人的眼里,它也仅仅是由昔日的国营瑞新公司这艘破船改头换面了的一艘新的破烂船而已。

事实上,刚刚改建而成的福乐天股份有限责任公司的确是困难重重,举步维艰。按说,"福乐天"成立也已经有半年多的时光了,但时至今日,大家仍然和过去的瑞新公司改制时一样,均分文未得。有好些员工,因为迟迟未能领取工资(至于奖金、红利还是免提了),都开始怀疑自己当初那狂热的幼稚,嚷嚷着说要退股,准备拿钱走人了。邦浩轩也对自己获取解放般的平等、优越处境开始有所怀疑,他心存忧虑,这毕竟不是顾及万民的国营集体了,个体老板,哪个不是心私胆黑的?

就在大家忍无可忍时,甄有为董事长却出人意料地将自家的二层小洋楼出售了,为大家尽数补发了工资。说来也巧,就在甄董事长卖房的当口,他的妻子却因心脏病突发而死。这样,无儿无女的甄董事长,除了拥有这一破烂哄闹的公司而外,一下子便失去了所有的一切。

公司的所有人员,明显地对甄董事长充满了同情和钦佩。大家心里都憋着一股劲,誓与甄董共渡难关。每个人都出主意、想办法,千方百计地要将这艘老大难船启动、开航。

这天,邦浩轩和平常一样,到了公司的第一件事就是先去将甄董事长的办公室的房门打开;然后,他会花半小时左右的时间,将甄董事长的办公室打扫、整理好。作为办公室的干事,他现在基本没什么事情可做。这样的一件小事,是他主动提出来要为甄董做的。他现在突然对甄董有点同情和怜悯,总在主动想办法为他做些力所能及的事情。有些人,总是喜欢趋炎附势;而邦浩轩,却偏偏对遭受罹难者抱以无比的悯情和善意,予以无比的关爱和体贴。

邦浩轩将甄董事长的房门打开,连办公室的四围看都没看一眼,就拉了门背后的笤帚,对着偌大的地板扫了起来。

不多时,他手中的笤帚就摸索着在一团地铺前停定了下来……

一时间,邦浩轩被惊愕得迟钝而木讷。直到甄董事长的一颗蓬乱的脑袋从地铺里探露而出,对着他发出含混的笑声时,他才大体明白眼前是怎么回事了。

邦浩轩的误差就在于,他对别人所说的与己无关的事情,通常不会在脑壳里留有半点的痕迹。这也就难怪乎他常常对背后议论别人的人感到十分难以理解了。因为这些人恰恰是将与己无关的生活琐事记得比自己的爹娘都要熟悉,对人讲来,常常会引经据典,甚是细腻、确凿而又明了。这样一来,反倒会让听者觉得自己真是孤陋寡闻,怎就不知道有这可事呢?现在,邦浩轩突然才从这傻愣中醒悟过来,对呀,甄董昨天好像说,他已将自家的房门钥匙交给买主了;还好像说过,他正愁晚上没个住处这样的话呢。对了,他当时听后,还感到好笑,堂堂一个公司老总,还能没地方安身入住?这样一来,他就觉得这事不但与己无关,而且与甄董事长也毫无关系,自然就没能在脑子里留有记忆。

现在,面对眼前地铺上的甄董事长,他才一点点地回想着、羞愧着,心里感到阵阵难受……

甄董事长异常疲乏地从地铺里爬起了身子。看着他塞塞窣窣地穿着衣服的那一刻,邦浩轩突然回想起了自己打工时睡地铺的情景……

冥想中,他的视线逐渐模糊了起来,眼前慢慢幻化出了父亲生前劳苦的身影……

他满眼里的东西热辣辣地纷涌着,再也不能回想任何事情了。

改制而成的福乐天股份有限责任公司如池塘,如果既无涟漪,又无浪花,那就又是死水一潭了。邦浩轩洗完脸后,盯着那盆污黑的脏水,这样想。

他害怕自己再度失眠,便一跃上了炕,趁着脑子里正死水一潭,才好马上入睡。

杨彩飞哭哭啼啼地找上门来的时候,邦浩轩刚好将裤子褪到大腿根部,即刻便可光溜溜地钻进被窝去睡觉了。

忽听有人急促地敲击门板时,他臀部猛然上弹,双手唰地一下就将裤腰紧紧地搂定在了胸际。那毛发勃胀的一堆满散着的羞意,顷刻间就被慌张地收敛起来了。

杨彩飞从门板外面跌扑进来后,栽倒在了邦浩轩的怀抱之中。她双乳隔着薄薄的单衫扑棱棱地直抵他的胸膛,双肩伴着呜呜地哭声耸动着,战栗不止。

邦浩轩忽地被一种燥热的力量所吸引,浑身的各个器官被唤醒着,顿时达到了一种暴满胀裂的程度。蓦然间,他的一张嘴巴难以克制地紧急探寻着,最终在彩飞柔软绵甜的嘴唇上翻搅着、疯狂着、暴发着。这一刻,杨彩飞的腰肢突然瘫软了下来,她那如蛇般的躯体,在邦浩轩的怀抱里,不自觉地绵滑着、扭颤着,呜呜哭声变作了声声呻唤……

突然,邦浩轩像一下子忆及了什么,猛地将已经反过来缠抱吸附着他的彩飞硬生生地扳开。

他盯着她梅红柳丽的一张脸,急问:"你今天哭着来,怎哩?"

杨彩飞毛茸茸、黑楚楚的一双眼,在他的眼睛里扑闪着,烁亮着,唰——几颗明亮的玉珠滚落着溅在了他的心里。

"浩轩哥,保姆这活我做不成了。甄叔,不! 甄珠宝他,他要我陪他……"杨彩飞放声哭叫着,再次扑入邦浩轩温暖的怀抱,浑身抖作一团。

"他将你——"邦浩轩急眼了,两手死死地搂定杨彩飞的双肩,两眼直射出两道凶悍的光芒,横扫在了她的脸上、她的身上、她的每一处角落上……

杨彩飞娇羞着低垂了眉目,双手大拇指急迫不安地互相搓捏着,嘴角嗫嚅了好一阵子,仍然喃喃着话不成语。羞默良久,她突然变得气息粗重起来,然后猛然扭头,抽身跨出了门外。

邦浩轩当即跌坐在了炕边,头脑里闪过刺刀般白花花的光亮,接连不断。

　　杨彩飞于片刻间再次奇迹般地回到小屋后,手里便抄了根粗实的木棍。她紧闭了房门,然后用木棍将门牢牢地从里顶死。紧接着,她便发疯般地褪去长长的裙衫,将少女润洁丰腴的体肤、屈曲荡肠的线条令人窒息地裸露在了邦浩轩的面前。她一边摔脱乳罩,一边溜滑着抹下了三角内裤,女人炽烈燃烧着的成熟气浪,即刻便令他晕厥了过去……

　　杨彩飞泪水涟涟地逼近他,红尘烈女般地悲壮地说:"看来,不见初血,你是不会相信我杨彩飞一直拼死为你保全着的这身子骨了。"

　　邦浩轩猛然间虎狼般地长辜一声,紧紧地将她裹覆在怀里,再不肯有片刻的松动、停息……

　　两人相拥着,整整睡过一夜一天之后,才于临近傍晚时分,苏醒了过来。

　　杨彩飞微睁着迷醉的眼睛,起身穿衣,麻利地开始生火煮饭。待她将热辣辣的鸡蛋面送在邦浩轩的枕边后,一边甜蜜蜜地看着他吃饭,一边止不住用手摸着他硬朗壮实的身子,温情而柔和地说:"舒服吗?"

　　"舒服!"

　　"好吃吗?"

　　"好吃!"

　　"吃好了,就快去单位,噢。"

　　"不去了,还想睡。你看,都几点了?"

　　"要去的,你从单位都消失一天了。就去给董事长打个招呼,他现在不是住办公室吗?"

　　"不去,不去,就不去! 一个破烂摊子,有什么好去的。"邦浩轩说着放下了饭碗,直起光溜的身子,将彩飞拽上了炕,喘息着说,"有你在,我哪都不去了。"

　　杨彩飞和衣拥抱着邦浩轩,将头轻轻地伏在他的胸部,顷刻间,泪水便在他那宽阔的胸脯上窝作了一团。

　　"你哭了?"邦浩轩摩挲着她黝黑的秀发,惊诧着问道。

　　"你真不上班了?"杨彩飞哭喃着问。

　　"嗯。不上了! 单位改制,工资也发不开了。"半天后,邦浩轩又说,"我准备另外找活干呀。那个单位真的不想再待下去了,既无钱,也无前(途)。再者说,那些正式职工,说走就都走了,我一个临时工,还在这里受啥气? 还……"

"甭管怎样,你都要到那个单位去上班!"杨彩飞突然仰起了头来,打断了邦浩轩的话语,一脸刚毅地说,"钱我来挣,准够你花的。你就是通年分文不取,也要在那单位里待着!"

"为啥?"邦浩轩一脸惊异,赤条条地从被窝里坐了起来。

"我爸是个爱面子的死脑筋。不那样,咱们的事情怎成?"

"成啥事?"

"结婚呀?!"杨彩飞有点惊讶地说。

邦浩轩灰漠漠惊呆的脸上,顿显一片茫然。

在慢慢地穿衣抽裤中,他的眼睛再度触及了被窝里那一簇簇生动艳印着的少女所特有的无比神圣的血红。面对自己已经完全拥有了的这至高无上的跳荡着的鲜红光彩,他的情绪却突然显得淡然,显得莫名地灰暗。在这灰暗的阴影里,他突然奇妙地感觉到,自己那远在省城的甄梅姑娘,此刻间正从那片燃烧着的血红中跃动着,露出串串红红的笑颜,向着他轻盈地舞来,渐次清晰,又渐次地模糊了……

9

邦大跌死一年半之后,邦二又突然暴亡。消息传来后,邦浩轩顿然感觉到有种玄妙的恐怖突地袭上心头。若不是有杨彩飞在身边对他宽心伺服,他真不知该如何度过这段日月。

邦浩轩的二叔邦二,人称帮老师。帮老师从 1975 年他 19 岁那年起在本村的黄石头小学教了 26 年书,却始终未能转正。他未能做成一名正式教师,未实现自己"吃公饭"梦想的直接原因,是他 1981 年得胃穿孔停教了一年。1993 年民办教师换证那年,他也去过一次县城,但人说,他 1981 年停教了一年,工龄应从 1982 年算起,教龄不够,不符合换证条件。至此,他就再也没有问起过转正的事,继续像石头一样,扎根在黄石头小学,爱他的石头孩子,爱他的教育事业。

帮老师所在的这所黄石头小学,就是我们常说的那种"一人一校"。这样的一所黄石头小学之所以多次受奖得名,是因为这里的灵魂是用石头堆铸的。

黄石头小学有个刚入学的小姑娘，名叫柳柳，今年8岁，是黄石头小学唯一的一个一年级学生。3岁那年，她因发高烧，坏了眼睛，视力几乎为零。她识字全靠帮老师手把手地教着来写认，一个生字往往需帮老师磨上数天工夫才可识得。她能念书，全靠帮老师耐心细致地给家长做了大量说服工作。由于眼睛的缘故，现在，她上学、回家，都由帮老师接送。

那天是周一，一阵冷风过后，下起了小雨。尽管用来放国歌的录音机坏了，但是黄石头小学的升旗仪式照常进行。

帮老师先冒雨降下旧旗，将头天晚上拿回家里漂洗干净的国旗挂上土垒着的旗台，然后，才将全校一至四年级的十余名学生从教室里呼唤而出，正式开始了升旗。

帮老师心中默念着国歌的节拍，双手紧握绳索，将国旗一点一点地拽向头顶。他庄重的目光，注视着旗台下向着五星红旗举手敬礼的每一个孩子肃穆纯朴的脸。

突然，他看见柳柳眺视的眼睛里有亮闪闪的泪珠在涌出。起先，他以为是雨水扑面的缘故，后来才确信，柳柳果真是因为看不清国旗红艳的面目而流泪了。

帮老师发现，柳柳由于视力太差，和小朋友们玩耍中，不是被别的孩子碰倒，就是被杂物绊倒，诸多正常人难以想象的艰难困苦，渐渐地使她幼稚的心灵之花趋于枯萎，完全陷入了孤苦的境地。

近几天，柳柳的情绪愈发低落。

帮老师问她是怎么回事时，柳柳却突然放声号啕，小小孩子竟然绝望地说："我妈妈不让我念书了。我真不想活了！"

帮老师心中剧烈震荡，他决定再次前去家访。

放学后，柳柳和帮老师回到柳柳家里。柳柳妈妈外出劳动还没有回来。柳柳就和帮老师在她家门前的一块小石板上，用一块土疙瘩在上面笔画夸张地写画着，继续练字。这其实是帮老师的老规矩，他每天送柳柳回家时，总要将当天识的字再教上一遍。

待柳柳母亲从地里劳动回来时，天色已近黄昏。她一看这么晚了，帮老师却还陪着自己的瞎眼女儿，心里怪不是滋味，眼睛里不由得一阵潮润。

柳柳一家三口人。父亲通年在外打工，家里就只有她们母女俩。由于两个大人都有不同程度的慢性疾病，女儿又从小残疾，日子过得紧紧巴巴，在村上属常年吃救济的贫困户。

柳柳母亲逮住了家里的一只下蛋母鸡，刀架鸡脖之时，却被帮老师坚决制止。帮老师动情地说："我吃你们个啥？快将母鸡放了，多下几个鸡蛋，多卖几个钱，也好供孩子上学呀！"

柳柳母亲叹了口气，这才说出了自己的心里话，现在并不是不想让孩子上学。她已听人说，现在不行的是上面的政策，像他们这种只有十来个孩子的小学校，将要被取消，合并到大一点的学校去。若那样，柳柳一个瞎眼孩子，怎么可以跨公路，过大河，走那么远的路程去上学呢？

柳柳母亲这话一出口，帮老师当即便难受得蹲在了地上，狠劲地抽起了闷棒子旱烟。是的，去年年初，上面已经给他打过招呼，说他们黄石头小学将要被合并到距此20余里的沙旺塔完全小学，让他提前做好思想准备。他当时只贪恋着教书，却并未将此当回事。现在，既然风言风语地传谣开了，那么，这个学校被撤并的日子，也许将很快就会到来。

但是，不管怎样，帮老师还是认为，柳柳多念一天书，就多一天的光明；多识一个字，就多一个字的前途。至于上面的事，还是不要去做过多地考虑，万一学校最终又保留了下来呢？

柳柳母亲基本同意帮老师这样的观点。但她主要还是被帮老师这种高尚的人格和博爱奉献的精神打动了。至此，她也对孩子的学习格外认真起来。她经常像帮老师那样，在自家门前的那块小石板上，用帮老师送来的粉笔，手把手地教柳柳写起字来。

为了让孩子们念好书，走出这黄土窝窝，帮老师说，他要在黄石头小学教一辈子，直到老了，不行了。

这话说出口后还没几天，黄石头小学就被取消撤并了，永远从这片黄土窝窝中彻底地消失掉了。

令帮老师焦虑的，倒不是他再也不能拥有那每个月800块钱的工资和一年250斤的补贴粮，而是他的这些孩子们，翻大山、涉水濠，走那么远的路程去上学，长期独立寄宿，能照顾得好自己吗？能适应得了吗？

然而，让帮老师最感痛心的是，如今不能走读寄宿，只好失学在家的患眼疾的柳柳，今后怎么办？唉，这孩子其实很机灵，挺聪慧的，好好培养，准会长出明亮的心眼儿来的。

平常倾心忙乱的帮老师，突然消闲在家，感觉异常空虚失落。四个要穿要吃的孩子，似饥饿的小鸟，整天围着他呱呱乱叫，逼着他这只伤痛的大鸟只好另寻出路，为全家人去叨食觅物。

帮老师扛着去打工的行李卷，走过柳柳家门时，不由得驻足张望。学校刚撤并之后，留在村子里的他，曾经给留在家里的柳柳每天教书半小时。唉，现在迫于生计，他不得不……

帮老师异常痛苦地跺着脚。他红赤干涩、焦躁绝望的一双眼睛里，没有丁点的柔润；一串圈脸胡须，几乎和头发一样蓬乱杂长；一身邋遢寒酸的打扮，让人怎么也难以将他和昔日的那个教书先生联系起来。

帮老师下到煤窑掏炭的第四天里，就在一声巨大的瓦斯爆响声中粉身碎骨了。

由红布包裹着的血肉模糊的一堆，异常惨烈地暴露在邦浩轩等邦家男人们面前的时候，所有激愤悲壮的眼睛，都再也难以辨认得清那就是帮老师了。

帮老师的灵魂，在邦家坟梁上被招徕安抚的那天，有一排小学生，由一位以棍探路的眼有残疾的小姑娘牵头，默默地走上前来，一直列队在灵柩旁。他们个个红肿着双眼，悲哀得不像个孩子。那个领头的小姑娘，用小手使劲地捻捏着棺木，突然嘶声号啕着不省人事……

待棺柩被填土埋没的当口，学生们猛地一拥而上，将一块用红领巾串结而成的红彤彤的布匹，严实地护覆在了帮老师的棺木上。组成红布匹的每一个小红领巾上面，都写满了密密麻麻的字迹。这些字，你看不懂，他看不懂，我也看不懂，只有他们的帮老师才看得懂。

那么，就让他安然地带它去吧。

从邦二被安葬后的第二天起，一只硕大无比的呲怪子（猫头鹰）便在邦家的村子周围，整夜整夜地拼命着锐声尖叫。呲怪子在冬末春初吼叫，似属常事；但在夏日里，如此疯狂地嚎叫，却并不多见。

邦家大小十余口人，白天聚集在邦二遗孀家里，既为这一家孤儿寡母分忧解愁，又为这一家族的接连不幸寻求开脱。夜晚，老三邦三及邦浩轩和他的哥哥这三个尚可在祸不单行的邦家户族里立得起来的硬棒后生，轮流守夜照料，免得本已孤零痛绝的母子五人再平添几分心惊胆战的恐惧。

邦浩轩睡到半夜时分,猛然被一场噩梦惊醒。他梦见自家的祖坟上刮过一阵凶悍的黑旋风后,猛然间电闪雷鸣,天崩地裂,坟地中央齐刷刷地裂开了一道地缝,他顿觉危厄不祥,遂拼命向后紧急奔逃……

正当万分危急关头,他突地被惊醒了过来。他发现自己俯身趴睡着,浑身正冒着冷汗,胸腔被挤压得似裂开了缝。

这时,黑漆漆的窗户外面,呲怪子依然幽魂般悠长地嘶啸着,一声更胜一声,声声惊肝惧胆……

邦浩轩不由得头皮一紧,迅即将脑袋深深地缩回被窝,蜷曲着身子,再不敢有丝毫动弹,任由热烫的虚汗串串流淌。

第二天,众人上坟地,才异常惊厥地发现,有数台大型推土机,正隆隆轰响着从他们祖坟的侧旁推铲而过;说现在正施工修筑的这条柏油路,就要从这坟头经过。

大家当即便急杀了眼,纷纷疯也似的卧堵车前。

邦家男女老少呜哇着号成一片,哭声震天,悲痛欲绝。

邦浩轩在父亲坟前恸哭着,双手疯也似的向着被铲削而去的坟头一角拼命地刨抓着,没命地续填着黄土……

突然,他果真疯癫了。他双目爆裂,面容死绝,怒狮般狂暴着踉跄上前。在一台尚未熄火的推土机前,他一阵癫狂后,绊倒在地……

待他颠仆再起时,双手便各攥了两块乌黑焦鬶的墓砖。众人尚未明白过来是怎么一回事时,墓砖却早已穿破了驾驶室前那块最阔亮的玻璃,带着所有的粉碎,直端端地拍盖在了那驾驶员的光脑壳上。

推土机当即便停止了浑厚逼人的喘息,彻底地瘫熄在了那里。

邦浩轩却并未因了这种瘫熄而庆幸,而罢休。紧接着,他又一个健步腾跃而上,隔着驾驶室一侧打开着的玻璃窗,向着那颗血肉模糊的脑袋,狠命地捶击下去……

施工方人员七手八脚,慌慌张张地将那驾驶员抬上了一辆正在拉石子的大卡车,败兵似的,向着哇啦镇医院直奔而去。

不多时,包括一辆警车在内的一长串小车队伍,便在一片尘土飞扬中,气势磅礴地疾速颠簸着,由远处的田野向这里直扑而来。

邦三惊魂未定地走上前去,偷偷地拽了拽邦浩轩的衫襟,示意他躲逃。邦浩轩非但没有退却的意思,反倒挺前一步,愈显理直气壮,愈显视死如归。

邦三当下有种鼓舞,心性骤然变得顽劣勇狂起来。他恶狠狠地从工地上拾了把铁锹过来,威武地护守在侄子邦浩轩的近旁。邦家的其余老少,也纷纷仿效,各操持了辣实的家伙在手,悲壮地聚集成团,誓与来犯之辈拼个鱼死网破。

五六辆小车近前骤停的一刹那,尘埃借着气浪,顿然乱哄哄翻搅。

车上下来十余人,紧跟在两三名公安人员的后面,阴森森地向着邦家"民团"逼近。

一名公安人员最先上前,异常严肃地厉声喝问:"你们,谁打的人?!"

"我!"邦浩轩声音很大,很嘶哑,愤然跨步向前。

唰——另一名公安猝不及防地甩出了一副锃亮的手铐,然后,两三人一拥而上,就要将邦浩轩铐走。

哗——邦家户族似猛水涌来,利器如浪,一下子将来人凶狠地逼退着,逼退着……

"慢!"一个矮短身材,体态肥硕的人异常慌张地走到邦浩轩的面前,神情诧异地说,"怎——怎么是你呀!"

"怎么会是你呀,甄董事长?"邦浩轩死死地抓住甄有为的一双手,神情怪异,双眼扑簌簌地落下了泪来。

至此,他们才明白了这件事情的全部因缘。

由瑞新公司改组而成的福乐天股份有限责任公司,经过多方不懈努力,在即将年终时,终于承揽到了这项投资近千万元的路建工程。这种成功,也许与甄有为的哥哥甄珠宝身为主管城乡建设的常务副县长这张王牌不无关系。但是,这样的猜测议论,即使是甄有为在这件事上真的与甄珠宝毫无关系,也会因为二者的亲缘成分,而让它变得比真正的事实都令人确信。任何事情,就这样简单而复杂,谁能知得一清二白。

这项工程修建的是一条三级柏油公路。它从县城一直通向了哇啦镇。福乐天公司在争取这项工程时,邦浩轩亲手起草、呈报了相关手续,而且还为这条油路能从他们石峁村经过而表现得一分兴奋,显现得异常庆幸。当时,他哪里会想到,这条公路在线路勘测时,竟会欺到自家的祖坟上来。

公司董事长甄有为听勘测人员说,这条路要经过某家户族的祖坟时,就问可以绕开吗？

勘测人员回答说："当然可以！不过绕远后的成本将会增加十几万。"

甄有为当即拍板定案，那就按已经设计好的线路来操作。他说："哇啦镇的高仁科书记是他的老同学，他只需一个电话过去，即可让高书记帮办这事。"

果然，高仁科在接到甄有为的电话后，表示非常愿意给老同学帮这个小忙。高仁科慷慨地说："这是我姓高的所辖地盘，终归是我说了算的，这等小事，只管包在我高某身上，放你七十二个心吧。"

而后，高仁科即向石峁村村支书高喜堂下了死命令，让他全权通知、协调、处理此事。

高喜堂虽说是受高仁科所领导，但他仍然是农民身份，毕竟不同于在高仁科手下吃饭的那些乡干部。他对高书记吩咐的事，虽然也能言听计从，但在行动的过程中，常常受诸多因素左右的成分较大，多少有点办事不力，积极性、主动性、政治敏锐性等较之吃财政的干部们，显然差了一大截。

村支书高喜堂在接到镇党委高书记的指令后，正准备去给邦家做工作，让他们及早迁坟时，却恰遇邦家的老二邦二突然在外地的一处煤矿掏炭中暴死了。不到两年工夫，连死两人。他一看邦家户族如此一派哀凄伤痛、消沉死寂的惨烈景象，当然就没再忍心伤口撒盐般地向人家传达迁坟移祖之事。他想，还是等人家痛定悲息，稍有缓和后，再谈不迟。

可是，没承想，他这里悄无声息地按兵不动，镇党委高书记却暗暗窃喜，他为石峁村的高喜堂支书在没有向他提出一丁点的条件，没费他一兵一卒就将邦家祖坟顺利搬迁而感到十分高兴。一向好大喜功的高书记甚至在老同学甄有为问起迁坟之事有何麻烦时，竟然能耐十足、爽快决断地说："你说的就是那点小事吧？那还用再问，已经办妥了！"

一听此言，甄有为董事长甚是欢喜。他一面差人将重礼送往老同学高仁科府上，以示谢意；一面赶忙调集重型机械，将那一截尚且遗留着的土梁坟峁火速削整平坦，尽快筑基上料。

甄董事长对员工们这样反复强调，这是咱们福乐天公司的第一桩迟到的大买卖，我们一定要在保证质量的前提下，下决心赶工期，抢速度，让这块迟到的鲜肉变作及早上席的肉丸，让县上领导先尝尝咱们福乐天的味道吧！

甄董事长身胖喜吃，凡事就这样爱用吃吃喝喝打个比方，做个比喻。

可是，甄董事长刚刚派出去的"机械化部队"，还未来得及全力向前掘进时，就被人给半道阻挡停息了。一名尚未来得及熄火的驾驶员，还被当场打成了重伤。听到报告后，甄有为火速给高仁科打电话，问这迁坟之事究竟是怎么一回事。

高仁科在电话那头，声音有些含混，他说："刁民之事，不足为怪，我已通知了派出所，他们说即刻就去抓人。人一抓走，你们的推土机便可继续前进，不碍事。咳！都怪高喜堂这个老饭桶！"

甄有为一听此言，觉得事情有些不妥，遂从别的工地，急忙驱车赶来。待高仁科他们的警车、小车刚一停定，他的"蓝鸟"也紧接着靠了上来。

令甄有为倍感惊奇的是，眼前这阻止施工、行凶打人的竟是自己公司的职工邦浩轩。

邦浩轩不也是一直在公司里在为这项工程奔波着吗？现在怎么会？前几天，他请假时，不是说要去给在煤矿掏炭而伤亡了的二叔处理善后事宜吗？怎么现在不去奔丧，而来这里……

待公安人员就要将邦浩轩抓捕的一刹那，甄有为突然从种种疑想中灵醒了过来。他果断上前，制止了民警们的行动。他要向邦浩轩问清楚，这究竟是怎么回事？自从上次邦浩轩将捡拾到的15万元巨款尽数交与他后，他就一直对邦浩轩的品行与人格深信不疑。

甄有为从邦浩轩那儿了解到了所有的情况后，大为震惊。在他历来承包的工程之中，还从未有过面对人家的祖坟开道问路，搞出如此的霸道行径来。他当即斥退了所有的施工人员，并对高仁科明确吩咐，让干警和干部们立刻通通撤离。

高仁科一脸羞红，却仍然厚着脸皮讨好地对甄董事长说："总不能让打人的凶手逃了吧？"

甄有为很不耐烦地瞪了高仁科一眼，悻悻地独自走开了。

高仁科心里顿时一阵狂跳。

灰溜溜的村支书高喜堂战战兢兢地走上前来，向着高仁科无奈地递上了一支烟。

高仁科轻蔑地睨视着他，任凭他拿烟的那只手平展展地举着、抖动着，尴尬在了那里……

突然，随着呸的一声震响，高支书那只平举抖动着的友好善意的手骤然间紧随烟棒垂跌而下。他的另一只手却惊慌地反反复复地擦拭着满脸的污秽。

他的双眼死死盯住高仁科的那张脸，内心逐渐无可遏制地暴涨起了仇恨的狂澜。甄董事长掏出一沓子钱来，着专人到哇啦镇医院去陪护受伤的司机。然后，他和大家一同重勘线路，商量改道的事。

几天后，邦浩轩在工地上找到了甄董事长。邦浩轩对董事长说，他已经说服了家人，决定迁坟了，日子就定在三天之后。从第四天起，工程队就可顺利施工了。

甄有为顿时喜出望外，他正准备要和邦浩轩商讨有关迁坟补偿费用等事宜时，邦浩轩却一转身，扭头便走，走出去很远后，才回过头来喊着说，他继续请假！

甄有为使劲地点着头，眼睛潮润着，远处一片模糊。

邦家祖坟迁移后不久，呲怪子绕村嘶叫的怪异现象便彻底消绝。但紧接着，一种更具威胁的怪诞诡奇却惊魂骇魄地袭拢而来。起先，死鬼邦二的婆姨传谣说，她家里有震感。她惊慌诡怪地描述说，每当正午或夜半时分，家中厨房里好端端摆放着的锅碗瓢盆便会无端地摇晃动荡起来，瓷器碰撞的声音清脆惊人……

老三邦三笑着说："嫂子，你就不要说笑话了，世上哪有这等古怪事。"他这样轻淡说笑过后还没几天，家里圈中的绵羊便一只只蜂蜇般地开始了弹跳，然后就一只只倒地而死了。

紧接着，邦浩轩家的一头老母猪也死在了圈中，即将生产的猪娃在猪肚里向外仓皇地顶拱着，逐渐窒息了下来……

紧急催撵而来的兽医，摸了把死去的猪羊，断定为血灌肠。兽医提醒他们，还是及早请来阴阳先生看看吧。

这次撵来的先生，是方圆百里有名的风水阴阳白真君。白真君早年学道于著名占卜师吴蒙，后拜师武孝义，学得一手观看风水、安坐坟地的好本事。他博通经史，尤好道术。人传说他法力无边，曾屡屡镇鬼斩妖，为民除害兴利。

白真君进得邦家门来，已是夜晚上灯时分。他听说了种种怪异事端后，就起身到了邦家新近搬迁的坟地上来。

白真君立于黑漆漆、阴森森的坟地中央，正身、齐足、叩齿数遍，以右手大拇指在空中指画着，画毕，起咒：……

从坟头回来后,白真君告诫邦家大小主事人说,此为迁坟之时动了"三煞",而今汝等须好生禳治方可;否则,百日之内,定犯重丧。

邦家大小人等惊骇着急问,何谓"三煞"?

白真君一捋霜白的胡须,淡淡地说:

动山明天星,
修造鬼神惊;
有缘方遇此,
千金莫示人。

这时,众人像是明白了过来,想必这祸端,定是源自于那开山筑路!

真君先生边说着,边打开了随身携带而来的一个小红布包。红布包里包裹着已经写好了的各种神秘符箓。先生将一个黄纸朱书的祥符,从中寻出,然后吩咐会识字的人,照此符样,用细小毛笔蘸着生红朱砂,在黄纸条幅上重复着写六六三十六张符箓。

邦三看了一眼邦浩轩。邦浩轩便走上前去,既像画,又似写,神奇古怪地急急草来三十六张。

先生吩咐众人,在人畜诸宅门道上,每一道门上,安贴此符一道……

天色微明时分,先生便执意要走。

这时,邦三突然忆及一事,仓促上前,叩问先生说:"呲怪子绕村叫鸣,又是怎回事了?"

先生一边抬脚跨步上了马背,一边回过头来说:"凡鸦鹊之鸣,有呼群唤子者,有夺食争巢者,其音相似。其鸣向我而异于常鸣者,是神使之报也。鸦鹊不为世俗所鸣,乃因有德者鸣之,以报言凶。"

先生说毕此言,便挥手扬鞭,腾马而去,将一片滚滚黄尘,留与注目之人。

10

　　邦浩波因车祸在医院里住了百余天,总共花去近 3 万元的医疗费用,被截锯了一条腿,总算保住了性命。当他胳肢窝夹着拐杖,单腿迟钝地蹦着出现在石峁村的时候,残酷的现实生活便明白无误地告诉他,他已是远近村庄里最为失势的一个人了! 他比不上跛子郭怀怀,更不如一只可欢蹦乱跳、行动自如的猪羊马驴。他失去的不仅仅是即将娶到手的可爱的兰花姐,更失去了作为一个普通人所拥有的最起码的幸福、骨气与尊严。他想要爱的,却再也沾不上边了;他想要恨的,却再也难以雄壮硬朗起来。在人世间的任何场合,他首先成为的,就是可供所有好奇目光竞相观瞻的怪物。像一只被痛击回头的可怜狗,他整天躲在家里,畏缩着,不敢出门与人相接。于是,他想到了去死。

　　邦浩波现在执意要去寻死,不单单是来自灰暗的心理,有时,实在是因为那万般磨难而无奈的躯体。他的左腿在被锯截时,左臀部也跟着被削去了多半截。大夫当时就说,由于左屁股已基本不复存在,他将来坐都会有困难。果然,他现在不但难站立,就连坐也难了。或者说,他根本就不是在坐,而是在向右侧半躺着。这样一来,右侧的屁股、手肘等就难以承受得起了。既不能很好站立,又不能自如躺坐,那他就只好睡下来。可是,由于他已基本失去了半个身子,一旦睡下之后,就完全失去了平衡,加之自从不能自如行走、干活后,他身体便有些发胖,若身边没有人来帮他翻身,他就只好一直干睡在那里,直到窝压出蜡黄的屎尿……

　　但是,邦浩波终迟迟未去寻死,他不是因为丢舍不开家人,也不可能会是因为在牵念兰花姐了(他已经丧失了那样的一种灵活自如),他主要是一直在期望着这场难缠的理赔官司。他翻车致残,责任主要在筑路商福乐天股份有限责任公司的一方。关于这一点,现在人证物证俱在,交警方面也已做了充分认可。但是这个令他们邦家倒祖坟搞得家宅不安、致人残弄得人亡家破的福乐天公司,却概不服认;一任你底下怎么上告,人家始终还是那样高高在上,福乐齐天。种种迹象看来,仅凭他们这些小小的百姓,终将对人家奈何不得! 可是,这场冤枉的官司打不赢,邦浩波实在是咽不下这口气呀！为给他治病，家里卖羊、卖猪、卖马、卖驴，就差卖地；为给他治病，家里借米、借面、借衣、借钱，就差借房；为给他治病，差半年就要初中毕业的小弟弟浩冉，也已失学回家，俨然成了昔日打里照外的"父亲"了；为给他治病……

——他实在是咽不下这口气呀！

正当邦浩波因为舒不出这口冤气，整天憋闷难耐之时，他的大弟弟邦浩轩，却突然又被福乐天公司开除回家了。

开除的理由简单而直接，就是因为邦浩轩今年里，请假已累计达三个月之久，按照公司《关于对工作人员暂行管理办法》的相关规定，他刚好够到了被开除的处罚。

那天，邦浩轩夹了简单的行囊，告别同事，走到公司大门口时，甄有为刚好自己开着公司的那辆"蓝鸟"，不知从哪里赶回来了。邦浩轩连忙躲闪一旁，为威风凛凛的董事长让出了足够宽的阔道。他虽在躲闪，心里却狠狠地骂道："真他娘冤家路窄！"

"蓝鸟"的主人并未听到他在骂人，却嘎的一声停在了他的面前。紧接着，甄有为那颗肥硕的脑袋探出了车外，笑嘻嘻地冲着他说："浩轩，这就走呀？年轻人做事，好好慎重想想。其实，我一直对你还是很看重的。只要你不再上告，不再和公司作对，我甄有为随时都恭候你的回来；福乐天公司的大门，随时都为你敞开着！"甄有为说着，用手幽默地指了指正敞开着的公司大门，将车子疾速开进了福乐天。

邦浩轩即刻嗅到了一股十分刺激的油烟味道。他一阵剧咳、一阵干呕过后，看见什么都是一片模模糊糊的了。

邦浩轩被开除回家后，顿时在石峁村里形成了一个巨大的信息冲击波。村民们探寻着议论道："亡人邦大的三个光棍把子，而今都窝回来了。"

"那不窝回来，还能怎的？"

"哎呀，这真是老大拄棍老二扶，老三围着看着走。把三个娃娃做苦戏了。"

"唉，好端端的一个人家，说衰败开了，竟连眨眼的工夫都不容不等。"

"许是有啥说法了。以我看邦家也该山上山下多拜访些高人，四周八达好好占卦卜问一番了。"几个好心的村邻，就向邦家的主事人邦三、越凤娥提醒说，"还是趁早请艺人看看吧。年轻人不习惯相信这些神奇鬼怪,你俩可要立杆这事。"

"是的,宁可信其有,不可信其无。要不然,再出了啥岔子,你们邦家可真的承受不起了。"

越凤娥蔫溜溜的,对一切事情都已心灰意冷了。邦三却悄悄地开始了行动。

邦三既未拜访神人高福些,也没有去恳求阴阳先生白真君,而是只身来到了他姐姐邦二女的门上。曾在埋葬他的两个哥哥邦大和邦二时,他姐邦二女就不止一次地暗中提醒着说:"邦三小弟,你媳妇还不会生养吧。姐姐那里有个有名的算卦先生,这先生能占出你们哪里出了问题,能指出禳治的法子。"邦三当时并未将这当正经话听,现在因了这接连不断的祸端,才在胡盘乱算中,又突然忆及了此事。如今正是冬闲春空时节,他决定前去试探一番。

他姐夫包二双领着他登临这位先生的门槛时,刚好是太阳出山时分。先生不在家。先生太太说:"他每天一大早都去转山。"邦三听不明白,就低着声问他姐夫:"何谓'转山'?"

"就是到山上转悠去了。"

"噢——"邦三不太明白地点了点头。

临吃早饭时,先生就转悠回来了。先生70多岁的人了,看上去却鹤发童颜,清瘦矍铄。先生姓李,名仪风。据邦三的姐夫说,李仪风先生精于持身养性和纵横捭阖之术,通天文、懂历法、精卦影。

李仪风先生问过邦三的生辰八字之后,便低垂了眉头,就着右手掐算着,陷入一片神奇默然。先生右手大拇指轻轻地在邻近的四个指头上逐一弹压过后,又像旋转着的叶片,再度忽正忽逆地轮番在那里扫过;与此同时,他那浓长的白眉也由舒张而渐趋紧凑了。

李先生掐指盘算了半天后,终于开口说:"有事了!"

"有事?"包二双急问。

"啥事?"邦三紧接着问。

先生点了点头,顺手取出了一副卦影。这二指宽、五指长的麻将纸牌,经邦三一阵口吹手翻后,复又交回到先生的手里。李先生将纸牌呈扇形逐一展放在前,而将他自己圈定在了扇形的中下方。从侧旁看来,先生正是能将这把扇子掀开又合上的那颗位居扇柄的钮钉了。邦三这样神秘兮兮地看着、想着的时候,先生就将扇面指点着给他们看了。

听罢先生一席预知密谈之后,邦三顿时被惊得目瞪口呆。他愈益惊奇地瞅着这把花红古朴的扇子在想,这扇面上果真如此具体翔实地记录着我们邦家的陷匿秘籍?果真这样祸及至凶地由它引发了那种种的不幸灾难?

邦三一颗玄妙的心早已无心在胸膛继续搁置,他连夜从他姐夫所在地骑马出发,百余里的路程,走了不到五个小时就到家了。这时,东方天边的那颗启明星已经在繁星渐稀的夜空里愈益闪亮起来,远远近近的鸡叫声互相呼应着,此起彼伏。邦三虽然困乏,心头却明晰地透亮着,他忐忑不安地开始寻找那秘密了。

邦三没有丝毫的喘息,急匆匆来到了已经故去近三年了的自己大哥的门上。这时,天色微明,东方天际也已有一片灰红的薄幕开始动荡。

邦三准备上前敲门时,却见门是虚掩着的。他一边故作咳嗽,一边推门进屋。

他大嫂越凤娥已经起床了,正在地上摸索着生火炉。两个侄子浩轩和浩冉还死睡着,正此起彼伏地呼应出甜美的鼾声。大侄子浩波却已醒了,只是还在那里干瞪着双眼半躺着,灰蔫灰蔫地,像是在想望着啥。邦三略有伤感地瞄了一眼浩波那因失去一条腿而显得空虚的被窝,突然就想到了他姐姐邦二女的大儿子包宝。包宝也因车祸,下身完全瘫痪,整天平卧不动,吃喝拉撒全由他姐姐和姐夫整日伺候着;相比之下,浩波还算好的,最起码自个儿还能挪动……

邦三觉得自己的思想已经跑偏了,遂直奔主题,和大嫂子讨要起了那个铜鼎。

越凤娥一阵激灵,说:"啥铜鼎呀?"

邦三将从自己家中带来的鼎子举起,说:"就这形状的。"

越凤娥当下就火了,激愤地说:"我说小弟呀,你一会儿元宝,一会儿又铜鼎的,你这不是又要逼出个人命来吗?"

邦三正在举着的一双手,猛一哆嗦,铜鼎险些掉在了地上。

"三叔,这玩意儿我有一个,却比这小点。"邦浩波对邦三手中的那玩意儿盯了半天,突然说话了。紧接着,他母亲越凤娥便在他的指点下,从一个抽屉里找出了一个铜物来,很不情愿地递在了他的手上。

邦浩波将这铜物拿在手中,把玩了半天,才爱不释手地交在了三叔邦三的手上,说:"这是我从小耍大的挖少钵钵。"

邦三一把将这小铜鼎抓在手心,连忙翻转着看来,竟又异常惊异地发现,它的底部果真裂开着一道细缝。

邦三顿时头皮紧缩,毛发倒竖。他异常惊慌地乱叫着,将浩轩和浩冉从被窝里一把拉出,紧急去往他二哥邦二的门上。

在已经空荡荡了近两年的邦二的书箱子里,他们找到了更小的一个铜鼎。

"这李先生就是个神人了!卦影中说的竟如同亲眼所见!"邦三反复惊叫着,一时竟难以相信,天下有此奇妙之事。

这一下,邦三就被彻底地惊吓着了!他异常恐慌地想起了那位先生的断言:"此鼎本是乌拉庙中上香敬神所用之物,是由你们邦家上几辈先人无意中捡拾回去的……"

邦三将大、中、小这三个铜鼎在一块大红绸布上惊怯而谦恭地摆置好,然后,十分郑重地当着邦家大小老少所有族人的面目,讲述并验证了这样一件神妙而蹊跷的玄事。

这样一件神话般遥渺的古怪事,突然就在大家的身上怪诞无常地生发,一时间,邦家所有的老少爷们儿无不心惊胆战、无不恐惧怯畏、无不有种祸可及身的宿命感觉。对着这三个原来竟是隐灾伏祸的铜鼎,大家首要的一个一致的紧迫反应就是,马上物归原主,高香厚物送鼎入庙。

一直想要去寻死上吊的邦浩波,亲眼经见了那些招惹祸端的三件套铜铸之物终于被高人占卜寻出后,他心中积压着的一块巨石豁然之间被抛撂一空,浑身上下顿然轻松起来,内心也突然亮堂无比。他激动地预感到,邦家那冤苦的时日已经过去,这出人头地的时候即将到来!

邦浩波显然已被自己这惊人的预知所深深地打动和鼓舞了,他心间的那些个愁云,不是没有了,而是根本就消散得无影无踪、一去不复返了。现在,邦浩波不但不会再想到要去寻死上吊,而且还下定决心,要重新活出个人样儿来。就像那些被砍掉了主干的树桩树墩,一旦春天复来,它照样崛芽冒枝,重新生长出蓬蓬勃勃、十分水旺、十分茂盛的新枝来。

邦浩轩决定再次进城。他回城去,也没有什么明确的目标。他只是无法排遣一直待在家里的那份孤独和寂寞。他已耐受不了石峁村里的那份重复的单调和无声的消磨。他本打算到更大一点的城市去闯荡,比如南下省城长安,或北往边塞乎市,但是,他最终还是选择了去往令他屡屡伤心碰壁的小小焦县县城。为什么呢?只因为这里有一个能给他带来慰藉的好姑娘——杨彩飞。他心里想,自己今生如果能娶了彩飞这样的姑娘做老婆,当属万幸了。至于甄梅,他现在已基本没有任何心境去奢想她了。

邦浩轩收拾起简单的行囊,即将跨出门槛的一刹那,他哥哥的两根拐杖却突然横在门口,挡住了他的去路。邦浩轩连忙上前,搀扶住哥哥的两只手臂,殷切地帮他进屋。

邦浩波挣开弟弟搀扶着的一双手,说:"我也回城呀。"

邦浩轩猛一愣怔,不解地问道:"啥?"结果再次听到他哥哥重复了要回城的那句话。邦浩轩本想提醒着劝说些啥,却又觉得不太妥帖,心想,那就让哥回城散散心吧!

一路上,果然招来了无数好奇的目光。

邦浩轩发现,他哥哥一直就那样低倾着脑袋,像是被逮住了的贼人,始终不敢抬头面对那众多目光。

邦浩轩生怕哥哥经受不住,进入县城,一下车后,他赶忙就近陪哥哥在一家小旅店里住了下来。然后,他又径直出去,满城里挨街挨巷寻找出租房子。

从中午开始,一直打探到傍晚时分,邦浩轩终于在城南的一处四合院里租赁到了一间小房。他将房子简单收拾之后,准备今晚就在这里住下,明天一早,再将哥哥从店里接来,反正一个人今晚的住店钱已经掏出去了。邦浩轩一边精明地划算着这样一笔经济账,一边十分疲惫地和衣倒在了干巴巴的硬木板床上。他不太清醒地想,这样歇过一会儿之后,就去店里给哥哥弄点吃的去。他这样迷迷糊糊地惦记着残废的哥哥,困乏即刻便顺着疲乏的脊梁攀爬而上,如雷的吼声将他那尚有的一丝灵醒踏踏实实地挤压着带入了梦境……

突然,邦浩轩赤条条地找不着了被子。仔细看来,被子已经盖在了他哥哥的身上。他哥哥见他光着身子在那里冻得发抖,却无力将被子裹在他的身上。蓦然间,忽见他哥扬起了那双拐杖,飘飘着,幻作被子状,温暖地向着他的头顶盖拢而来……

邦浩轩从睡梦中惊醒。他醒来后,上下牙仍然磕碰不止,这才觉得浑身刺冷,冰寒彻骨……哥哥在哪里?他前后左右恍惚看去,一颗心立刻寒凉冷僵。

冒着初春的寒风,虽是半夜三更,邦浩轩终究还是摸黑找到了那旅店。但是,令他万万没有想到的是,他哥哥邦浩波却并未在那旅店里过夜。店主说,那个"没腿鬼"下午出去后,就再未回来过。

邦浩轩当下便蔫作一堆,惊惧成团。

店主一脸惊疑地说:"后生,还不快去找找!"

邦浩轩又一阵冷战过后,浑身哆嗦如筛糠般地冲进了沉黑的夜幕……

邦浩轩从半夜找到了天亮,又从天亮找到了天黑,几乎将整个县城的所有角角落落都翻了个底朝天,但就是没有找到任何一个没有了一条腿的人。他只好又一次回到那旅店。店主老头说,你这是第十次折回旅店来寻人了。你有点像是被猎犬追逐着的兔子,总走回头路,这样恐怕永远也难以找着那人了。

邦浩轩一想,确实也是,不能总在这么几个熟悉的地方来回兜圈子了。是的,有几个地方他没有去找过,那就是看守所、"110",对呀! 我怎不到那地方去报案呢?

此刻,天色已经完全黑定。邦浩轩将店主递来的一杯热茶一饮而尽,一脸泪光地跨出门外,即刻便消失在了暗夜之中。

他的前方出现了一些路灯的光明。他仔细搜寻着灯光下的每一个行人。突然,他发现了一个不正常的人。他异常惊喜地揉了揉双眼。没错! 正是一个只有一条腿在那里蹦跶着的人! 他疯也似的扑上前去,痛痛快快地哭喊着,将"一条腿"重重地搂跌在地。

邦浩波干出了一件自认为是有生以来最具血性汉子的事情。

他这次"单腿走麦城",绝非弟弟邦浩轩所想象的回城散心那样简单、幼稚。邦浩波内心早已琢磨好了一件事情,但是他不会对任何人透露任何一点的风声。他只盯着一个目标,做好了视死如归的打算。他记得他们村的老支书高喜堂曾经讲过,说有的人死了,轻如鸿毛;而有的人死了,却重于泰山。这句话他当时听后觉得好笑,死了就啥都完了,还分个啥狗屁轻重? 高喜堂当下就跟他急了,说:"这是毛主席说的;毛主席,你知道吗?"现在,他终于思谋到了,这话到底是主席说出来的,就是太有道理了。比如,前些天,他若是忍受不了那种种痛苦的煎熬,一旦一绳子吊死了,那样的死就是比鸿毛还轻;而如今,他要以这条残命,和那霸道蛮横的甄有为拼了,这个拼死,就是比大山还重。想到这,邦浩波立刻就被自己的这一心性所鼓舞、所震撼了。奇怪，自从失去了一条腿后，自己的脑筋就像多开了一扇门，一下子变得爱思虑，肯谋事了。

思谋成熟之后，邦浩波就决定付诸实施。刚好，弟弟浩轩也要回城，他就一块跟来了。进了城，他本打算立刻就去找到福乐天集团，直奔甄有为府上，但是，弟弟浩轩却非让他就近住下不可，他只好无奈依从，准备见机行事。他想，这件事情在未发生之前，绝不能让任何人有所察觉。他也奇怪，自己现在变得竟是如此冷沉老辣。

在店里住下后，弟弟前脚刚一出门，他的一只脚就在两个拐杖的扶撑下，向着目的地一点一点，但却是十分顽强地进发了。

邦浩波百般挣扎，临近下午下班时，终于将福乐天集团董事长甄有为堵在了办公室里。

这个在石峁村修路，刨他们家祖坟的头面人物，他一眼便能认得。他一旦认出了这个人后，就猛扑上前，拼命地揪扯住了他的一条粗腿，誓不放松，誓死同归……

甄有为本打算要去赶赴一个重要的宴会。他的每次宴请，都预示着要有一个重要的工程项目被承包或有一笔重要的生意在成交，今天更不例外。刚才，办公室人员打来电话，说一切都已准备就绪，客人也陆续到来了。甄董事长将抽了半截的中华烟按熄在烟灰缸里，然后，在大衣镜前重新打好了领带，用上"摩丝"梳理好了发型，这才拿了那个黑色的小皮包，一边给司机打电话，一边急匆匆地向门口走去。就在他开门的一瞬间，一个夹着副拐杖一条腿的后生，正好将他堵了回来。

这个愣头鬼将他的一条腿猛然抱扯搂定住了的一刹那，他立刻明白，这一定就是邦浩轩的哥哥了。

司机在手机里先是听见甄董事长在招呼他备车，后来就听出了一些异常的喧闹。他急忙赶到董事长的办公室来，突见这等情形，便不由分说，猛扑上前，死拽硬扯、拳打脚踢，硬要将这个仅有一条腿的泼皮无赖从董事长的身上剥离开来……

邦浩波现在虽然失去了一条腿，但是一向受苦出身的他，显然臂力过人，加之，他现在是拼了性命而来的，因此，看来再有十个这样的司机过来，对他也是奈何不得；除非将他彻底打晕，否则休想将他从董事长的身上扳离。但是，面对这样一个高度残废的人，谁敢狠下死手？甄有为连忙阻止了司机冲动过激的行为。

甄有为本想说，自己公司在这次事故中纵有天大的责任，也该由法院裁决，轮不着你上门讹人呀！但是,当他再次看到这个只有一条腿的废人时,心里却有种难受的感觉。他马上又想到了被他开除出公司的邦浩轩。邦浩轩的确是个挺能干的娃娃呀。现在他的哥哥成了这等样子,父亲也已去世,我们却偏偏在人家最困难的时候,将人家娃娃从公司赶了出去,这是否做得残忍了点?想到这,甄有为马上对邦浩波说:"你的损失我们赔偿!你弟弟邦浩轩回原公司上班。"

横躺在地的邦浩波以为自己听错了,却见甄有为当即便真的掏出一沓子钱来,递在了他的眼前。这突如其来的大转折,使邦浩波的脑筋突然就转不过弯来。他不知眼前究竟是怎么回事,他究竟该面对什么。慢慢地,他终于逐渐思谋想象开了,我需要这么多钱吗?我成了这个样子,今生已不可能去娶兰花姐做老婆了,那我一条光棍,要钱干啥?父亲生前曾经说过,邦家的希望就全指靠弟弟浩轩和浩冉;现在浩冉已失学回家,只有二弟浩轩还一直城里乡下很不甘心地跳跶着……思谋到这里,邦浩波内心不由得一阵激动,突然就有了主意,对!我今天就只打弟弟浩轩这张牌。

"我不要你一分钱,我只要你答应我一件事!"邦浩波松出一只手来,挡回了甄有为递钱的手说。

"啥事?"甄有为一脸惊异,急忙问道。

"用我失去的那条腿,为我弟弟邦浩轩抵换一个饭碗。"

"饭碗?"

"对,找份工作。"

甄有为突然笑了,朗声朗气地说:"你倒挺会幽默的。我不是说了吗?嗯,明天,明天就让你弟弟邦浩轩到公司来上班,好吗?"

"不!是一份正式工作。就像你们一样,不会被轻易地开除。"邦浩波知道弟弟因为临时工的事而一直苦恼、压抑着。

甄有为想了想,表情复归严肃,说:"我给他个'铁饭碗',让他今生不愁饭吃。"

邦浩波松开了紧攥在甄有为腿裤上的另一只手,他双手顽强地顶托住宽厚的办公桌,异常艰难地呈金鸡独立状,站立了起来。

司机连忙从地上拾起了拐杖,及时支托在他的两膀下,扶着他向外迈步……

但是,邦浩波却并未有要走的意思,他要甄有为写个书面保证。

甄有为的电话再次响起,客人都已到齐,催他马上过去。甄有为对邦浩波说:

"现在来不及了,要不,你就只好在我的办公室等了。"邦浩波说:"那就等吧。"

第二天,甄有为再未到办公室来。临近下午下班时,给他送盒饭的那个小青年,将一张写有红黑两种字迹—加盖了红色印章的大而硬的纸张,递在了他的眼前。

邦浩波知道了事有定局,但却弄不明白,这上面究竟表述了些啥。小青年说,拿给邦浩轩去看吧,你弟弟的日子有盼头了。

邦浩波立刻喜上眉梢。他单腿带动着双拐,开始朝着旅店的方向慢慢蹦跶而去。此刻,夜幕渐渐降临,但路灯的光亮却将四周照得通明。邦浩波原本黑暗的心胸,也跟着渐渐亮堂了起来。

11

邦浩轩从哥哥手里接过了那份红头文件看过后,眼泪唰地就下来了。

这份文件,是福乐天股份有限责任公司针对邦浩轩一人下发的。文中已破格将他吸收为董事会成员,并特地派遣他去省城科技大学脱产进修旅游建筑设计专业。其三年学习期间的一切费用,由公司全部承担;同时约定,其学成并取得大专学历后,必须回原公司效力。

自此,邦浩轩上大学的梦想终于实现了!这,他能不高兴吗?大家能不高兴吗?

然而,有一人,却因此而陷入了苦恼之中。这个人,正是在邦浩轩最为悲苦之时,给他以无限慰藉并跟他提出要约定婚姻关系的杨彩飞。

杨彩飞自从和邦浩轩发生了那种关系之后,就抱定自己今生已是他的人了这样一个坚贞的信念。她处处为邦浩轩着想,处处又依着邦浩轩。邦浩轩说:"保姆这营生容易出那种意外。"她马上就从甄珠宝府上辞职出来,不干了。她整天陪伴在邦浩轩左右,像对待小孩子一般,精心伺候、照料着他,俨然给他做了保姆。邦浩轩又说:"你年纪轻轻的,就闲待在家里,也不是个事,还得找个活干。"她马上就做起了一家饭店服务员。后来,且然几经易职,但她职业的涉足范围基本就锁定在了宾馆、饭店、洗浴等服务性场所,惯用的职业称呼通通都是服务员。时间长了,有人叫她杨彩飞,她往往会没有反应,但有人呼喊服务员,她马上便会神情警觉地毅然趋前,习惯性地伺这候那。邦浩轩常和她调侃道:"在这个城市里,你的名字竟是多余的了。"

现在,邦浩轩终于有了这次难得的机遇;而对他以身相许的杨彩飞,却仍然还是这个城市里被忽略了姓名的那个服务员。凭着女人特有的敏感,杨彩飞明显感觉到了这种突至的现实反差所带来的危机险运。她本想阻止浩轩的行程,但这明明是个做梦都难以渴盼到的好事情呀;可是,她的内心就是充满了难解的矛盾。她在心里一遍又一遍地谩骂甄有为,这个该死的胖猪董事长,你为何要将我的人儿发送到省城?

后来,她的心性就渐渐蔫弱了下来。因为,浩轩一再对她柔蜜地表白,无论他走到天涯海角,他都已将她当作自己的心上人了。浩轩还说,他不变心,也不许她变心。

她怎么可能变心呢?

为了表白相互间真心承诺的心境,临别的这一夜里,他们未再避孕。

邦浩轩终于踏上了开往省城的列车。

想不到,他上大学的梦想竟是以如此波折崎岖的形式实现了。他兴奋而悲壮、豪情而伤感,双眼默默地溢流着激动的泪花。

泪眼蒙眬中,他再次幻化出逝去的父亲的身影——父亲那失去右手的身影……

泪眼蒙眬中,他再次幻化出残疾的哥哥的身影——哥哥那失去左腿的身影……

列车越往南行,春天的色彩便越显浓郁。上午还是风沙肆虐满眼荒芜的黄土沟壑,下午便见柔风吹拂下的青山绿树了。这真是峰回路转,十里不同天啊。到了广袤无垠的大平原时,邦浩轩泛绿的心境,已一下子便无限深远地开阔亮堂了起来。省城长安,他本已去过一次,但这次前行,却觉得一路上竟是如此新奇明朗。突然间,他在心间吟起了一首小诗:

遥望村庄，

遥望城，

我是村庄与城市的边缘人。

瞭见村城，

瞭不见人，

跋涉的脚步绕圈圈行。

我和我的列车，

正将春天的身影追赶：

我和我的梦想，

已将春天的绿色点燃。

我的列车，

我的梦想，

一同驶入明媚的春城。

省城长安火车站，春运高峰刚过，往来旅客虽熙熙攘攘，但毕竟已不再是摩肩接踵般地拥挤阻塞的了。

站台上，有一个高举着字牌的红衣少女，正向站内焦急地张望。

甄梅下午做完实验后，就急匆匆地跨出了大学的校门。她随手挡了辆出租车，径直向火车站方向疾驶而去。邦浩轩前来念书的消息，她早就从她二爸甄有为那里，打探得一清二楚。她二爸将邦浩轩开除出公司的那段时间，着实将她给惹恼了。她从电话里向二爸求情说好话，甚至焦急得每每都哭出声来；但是，她二爸就是不肯给她面子，不肯让邦浩轩重新回到公司来上班。放寒假后，她就成了她二爸的"跟屁虫"，死缠硬磨中，她二爸终于应承了她的一番苦心求饶。令她喜出望外的是，如今，二爸不但恢复了浩轩的工作，而且还公派他前来省城学习、深造，这真是太令人惊喜！太令人激奋了！

从焦县方向驶来的列车徐徐进站了。甄梅将写有邦浩轩三个大字的牌子兴奋地高高举起，内心立刻跳荡着、欢悦了起来。

从万头攒动中，辨得出浩轩身影的那一刻，她的双颊顿然潮起，滚烫的泪珠热辣辣地一阵外溢……

邦浩轩突然看见甄梅来车站接他，先觉惊讶，后感温热，再后来就有些担心了。他不会忘记，自己肩负着公司的重托，他要抓住这次学习、深造的机会，全身心地投入到繁重的学业之中；更主要的是，他和彩飞已经以身相许。此一时也，彼一时，他显然已经不再属于那单纯的过去。

在甄梅的帮助下，当天，邦浩轩便在科技大学顺利地住了下来。明天一早，他将正式报名入学。

邦浩轩十分感激地要送甄梅回去时，甄梅却俏皮地说："别忙，我还没有安顿你睡下呢。"邦浩轩只好又很不好意思地和她一同来到了男生公寓。

男生公寓对女生实行开放政策，女生公寓则对男生坚决说不，因此，害得女生们个个向男生公寓跑来。甄梅发现，科技大学男生公寓里的女生可真多，肯定是学校公寓管理政策执行到位，尤其女生宿舍，肯定是飞鸟难入了。

邦浩轩住2号公寓406室。同室八人，分别来自四省八地。大家属一个班级，性质相似，多是成人脱产进修一类，也有自费求学的两人。

邦浩轩是最后一个入住406室的。被挑剩的床板有些破烂。甄梅说："还是找宿舍管理人员换个新的吧。"邦浩轩却说："这比我租房住宿的条件好多了，咱不换。"甄梅就拿来一些纸片子，将床板缝隙垫平整后，才将被褥一层层打开，一层层认真铺开来。甄梅将邦浩轩已经折好的被子，重新打开，复又重新叠来。她双手轻轻地在绵软的被褥上抚摩着，双眼不经意地落在了一个绛紫色的地方；她盯视着那里，停顿了双手……

邦浩轩见她如此，神情立刻紧张难耐，感觉不好喘气。

"那次流鼻血，污弄得……"邦浩轩心跳脸热，话语仓促，话音模糊吞吐。

甄梅抬头看了看他那傻样，不由得一笑，随口小声偷偷地说道："该不会是鼻血吧？"随后，又正言道，"这么脏了，也不洗洗？星期天我过来给你洗好了。"

邦浩轩本想说，彩飞早就洗了，只是清洗不掉。但是，这话只能作为他生活中的头等隐私，只可永久地烙印在他内心的深处。

再有几个月，甄梅就要毕业了。四年的大学生活，眨眼之间，竟从宽松的缝隙中溜滑而过。好多毕业的同学，又纷纷报考研究生，以便为今后能找份好工作打下雄厚的基础。甄梅却只打算顶个学士帽戴戴，她并不想去挂那个硕士、博士的头衔。但是，她肯定能找到一份连硕士、博士们都难以企及的好工作。她那由副县长终于顺利攀到县委副书记宝座的父亲甄珠宝,前些天来省城出差,顺便看望她时说,她的工作已初步联系在了市委机关。

甄梅当时顿觉慌张,忙说:"老爸,我只想回咱们焦县城里去工作;要不,我就到我二爸的公司去上班。听浩轩说,我二爸的公司已经发展壮大为福乐天集团了,总资产已达……"

"你再休要提起那个邦浩轩!"父亲突然收敛了亲切的面容,异常恼火地打断了她那幼稚的话语,气急败坏地摊牌说:"市委副书记杭君的儿子才才,你该知道吧?……人家可是看上你了呀。我们即使是打着灯笼,也难以高攀得上人家的呀!"

才才?甄梅一下子想到了杭正才。对,杭正才正是广平市委副书记杭君的长子。他与她同是江汉大学同学,他比她高一届。在省城上学,老乡的概念已由焦县的小圈子上升到了整个广平市的大范围。在她刚入校后不久,他们就相互认作了老乡,彼此间多了一份亲近与往来。后来,杭正才被推选为学生会主席。不久,她也担当起学生会文艺委员一职,据说,这是作为老乡的杭主席执意推荐的结果。至此,他们之间的交往就日渐频繁。每逢学校举行大型活动,他们还会双双登台亮相,一唱一和地主持节目,甚是令人羡慕。

但是,甄梅的身边,总有孙光华或远或近地相伴左右,因此,知情者中并未有谁说甄梅与杭正才之间的一些什么;若硬要说他俩之间有何瓜葛,那也是明明白白地直面着大家的。

甄梅和杭正才均喜好跳舞,每周一次的学生舞会,他俩是逢场必到。两人一起愉悦地舞蹈起来,很少换舞伴。孙光华由于不爱此项推拉运动,只在远处默默地静待着,直到舞会散场后,才偕了甄梅一同回去。后来,孙光华感觉这种场面有些憋闷,就不再陪伴她了,任由甄梅一人,来去舞场。

杭正才见一向缠绕在甄梅周围的那根藤蔓,突然被剥离了,他甚是兴奋地拥着她。他一向轻巧分明地舞动着的肢体,逐渐变得拖泥带水、粘涩黏重起来。有几次,他竟将她搂紧逼迫得喘不过气来……

慢慢地,甄梅便找出种种借口,不再光顾舞厅了。但是,甄梅却很想再过一次舞瘾,她心中的舞伴就是远在焦县城里的邦浩轩。

杭正才临近大学毕业时,和甄梅有过一次单独长谈。杭正才说,他本打算留在省城,去一家大公司上班。但是,他最终拗不过老爸,还是要回咱们广平市市政府办公室去熬日子了。杭正才说到这里,反问甄梅:"你说我为何放着机关干部不当,而偏要留在省城打工呢?"见甄梅不便回答,他就自解自破道:"就是舍不得离开你呀!"甄梅莞尔一笑,反嘲道:"你已经回广平市工作了,这不就舍得了吗?"杭正才突然上前,猛然抱住她说:"不,等你明年毕业了,我将全权负责安排你到市委机关工作。甄梅,我……我真的很爱你! 我……"

甄梅猛然挣脱他的双臂,恼羞成怒地跑开,再不肯见他。

直到杭正才在广平市市政府当了秘书后,仍然经常给她来电话,甚至专程借故来省城约她,但都被她坚决推辞了……

现在,父亲在她的面前突然提起了他。莫非杭正才已向父亲提起过他们之间的事情? 对,杭正才说到做到,他现在既是广平市市政府的秘书,又是市委杭书记之子,凭他的能耐,定是要和父亲串通一气而将自己的工作联系到市委机关了。想到这,甄梅不由得一阵窝火。她觉得自己恰似某件物品,正要被实力雄厚的货主设法夺去。而一向血性充盈的甄梅,岂肯甘做任人摆布的物件? 她按照自己的意愿,抓住这即将毕业的最后的机会,偷偷地加紧行动。

她行动的目标,紧紧地盯在了一个人的身上。这人不是孙光华,而是邦浩轩。

从邦浩轩再次出现在省城的那一刻起,甄梅就像梦醒似的,蓦然明白,她真正爱的人,就是邦浩轩。现在该是她摊牌的时候了。

她十分郑重地找到了孙光华。

还是甄梅首先开口。她说:"我们马上就要毕业了,是该说再见的时候了。我非常感谢大学四年来,你对我的关照。今后,无论怎样,我都会记着你这位好同学、好老乡的……"

孙光华即刻急出了一身冷汗。他双眼陌生而惊奇地在她的脸上盯视了半天,几乎是带着哭腔说:

"我……我仅仅是你的同学和老乡吗? ……"

甄梅耐受不了他那双逼视、灼热的眼睛,默默地低下头来。

"是的,你现在需要一份好工作,你要寻找一个好靠山。可这些,我都办不到,我没法和人家杭正才比。"孙光华已经听说了甄梅的毕业去向,而且知道是杭正才在暗中为她操办。他早就为杭正才的出现而担心了,现在果然……

孙光华接着说:"甄梅,我孙光华虽无能,但却是一直真心爱你的呀!而你——你真的就忍心那样要我吗?"孙光华说着,竟哽咽了起来。

甄梅突然蹲在了地上,放声哭泣。她边哭边说:"光华,我对不起你。但是,我的确没办法做到违心屈就的那一步,那样对你对我都不会有好处。你就放我一马吧,好吗?我诅咒,我甄梅对于青春的戏谑必遭报应!我甄梅今后……"

孙光华猛地用手按住了她的嘴。他痛哭着说:"你别咒,好吗?"甄梅默默地起身,向宿舍走去。她的双眼第一次如此严重地出现了红肿。

孙光华远远地跟在她的身后,距离越拉越远。柔和的春风轻轻地拂来,他却难以体察到有一丝的暖意。他明白,这个春天,他将不会发芽。

每逢周末,甄梅必奔科技大学而来。邦浩轩起先有意躲着甄梅,后来,知道甄梅与孙光华不知为何吹了,便对她的频繁的到来,不再介意。这一周,甄梅照例帮他温习了数理化等课程,之后又重新为他调整拟订了复习计划。邦浩轩颇为感激地说:"有你的悉心指导,考试我准过。"

甄梅笑着说:"准过,准过!过不了可就是我的责任了。"接着,她话锋一转,说,"浩轩,听说你做家教了?"

"嗯!自己挣几个钱,贴补些生活费用。"

"那,给我也找个家教干干,如何?"

"拉倒吧。你又不缺钱花,何必遭那份罪呢?"邦浩轩笑着说。

"你——你小瞧人!"甄梅突然有些生气而又娇气了。

"那好,那好。我帮你找还不行吗?"邦浩轩忽然明白,这是甄梅多少年来第一次有求于他。他欠她的实在太多了。

不几天,邦浩轩果真为甄梅找了份家教。他们俩所教的孩子住同一栋楼上。这是邦浩轩有意为之。因为,这样一来,两人正好可在晚间同出同归,甄梅的安全才有保障。

邦浩轩做家教,完全是因为生活所迫。他除了在每周星期六和星期天晚上与甄梅一同出去做家教外,还在其他时间,又为另外两个孩子辅导功课。每天下来,累得要命。

甄梅做家教,则完全是因为好奇而好玩。她根本不在乎那几个钱。每周的那两个晚上,她能与浩轩一同前去体验生活,她觉得十分开心而幸福。大学几年来,她只感觉这段时光过得最为充实而有意义。只是,她马上就要毕业了,这种快乐的日子将不再长远。一种惜爱与珍视的情怀,如同忧伤的薄雾,正逐渐凝重地向她少女的胸怀笼罩而来……

这个周六,下午饭刚过,甄梅就由江大坐车直奔科技大学而来。邦浩轩急忙推了辆自行车出来,就要带着甄梅去做家教。

甄梅一脸桃花灿烂地迎上来,笑着将浩轩推着的车子接在手中,说:"今天风大,我们走着去吧。"未等邦浩轩发表意见,甄梅已将车子锁回到了车棚里。

今晚的风,的确是大了些。春风不刮,地不开呀。邦浩轩与甄梅肩并肩地行走在省城宽阔亮丽的大街上,他想起了故乡石峁村人这个时候常说的这句民谚。

天色渐渐暗淡下来,远远近近的灯光,一下子腾跃出一片壮阔与辉煌。长风裹挟着微尘碎屑,从深邃的天幕上直压下来,耳畔有恐怖的风吼声,森然回响。甄梅似有慌张地靠近了浩轩。她柔软的肩膀,不时碰着了他那战栗的心房。

她听出了他粗热的气息。

他听到了她娇促的喘息。

"要不,歇会儿?"邦浩轩关切地打破了紧张而甜美的沉默。

"不会迟吧?"甄梅完全依着了浩轩,娇弱的声音,梦幻般地叩击着他的心扉:"我可累得需你背着我走了……"

邦浩轩手足无措,一脸燥热。他猛然忆及了远在焦县的彩飞姑娘,遂暗自下定决心,绝不能越雷池于半步!

突然,他眼前一阵明亮。他异常兴奋地呼喊了起来:"到了,甄梅,到了! 前面那栋楼,就是!"

甄梅略有惊讶地望着浩轩,突然笑出了声来,说:"你可真是个好激动的孩子。"

做完两个小时的家教后,两人复又步行返程。此时,已经接近夜晚9点,按如此的速度赶回去,大概回去要到晚上10点多钟。邦浩轩看了看娇喘着的甄梅,决定破例打出租车回去。甄梅却双手搂住了浩轩的一只胳膊,娇嫩而又柔和地说:"我就喜欢和你这样走走嘛。"

邦浩轩的脑子里立刻一片空白……

这时,晚风呼啸的劲头骤然加剧。渐显空阔的大街上,杂尘末土如细浪一般接连不断地层层拂来。穿着单薄的甄梅,显然经受不了风浪的如此袭击,她渐渐搂紧了他的那只胳膊,脸蛋儿靠贴着他的肩膀,娇着声说:"浩轩,我冷。"

邦浩轩感觉到她那饱满的胸脯在阵阵战栗。他不由得抖动着嘴唇,说:"那,你将我的外套穿上。"邦浩轩边说,边欲抽出那只胳膊来脱去外套时,甄梅猛然就将他面对面紧紧地箍抱住了……

邦浩轩骤然冰冻在了那里,两只胳膊自然垂吊着,两眼惊惶无物。

甄梅的胸脯更加胀满地抵贴着他的胸骨,震撼着他的心房。

他的那道冰山防线,开始了消融……

又一阵春风鼓荡着吹来,甄梅迷醉的脸,随风柔美地仰起,蓦然间贴在了他的脸上。他即刻嗅到了那纯熟至极的久渴的少女气息。顷刻间,他便触电般地被彻底融化、焚毁;纵有万丈雷池,他也就此一跃了。他的双手失控般地欣然上箍,紧紧搂着她,一同坠入了疯狂。

她轻轻呻吟着,闭合了双眼。他的一张嘴紧急冲突着,贪婪地吮着了她的双唇;一种柔嫩的通畅,立刻使他魂痴魄幻起来。

她水蛇般扭动着腰身;舌本溜进了他的嘴里,滑动着探向纵深。他瞬间咬着它、含着它,再不肯松开……

春风浩荡地吹来。所有复苏的生灵,正被日渐催促着,躁动了起来。

12

焦县县委副书记甄珠宝与市政府秘书杭正才一同驱车来到了省城。他们将甄梅接收单位的有关手续交到了江汉大学学生处毕业生分配办公室主任的手里后,又径直去找到了孙光华。

孙光华告知的结果令他们既惊异又十分满意:他已经和甄梅彻底告吹,并且自己已经和南方的一家中外合资公司签订了聘用合同;但是,与此同时,他们收到了那颗定时炸弹,甄梅早已倾倒在了邦浩轩的脚下!

杭正才顿然像泄气的皮球,软蔫在那里一动不动。杭正才少气无力地问孙光华:"邦浩轩,邦浩轩是谁?"

甄珠宝走上前来，将一只手深情地搭在了杭正才的肩上，轻松而很有把握地说："正才，你放心。邦浩轩这小子不知天高地厚，我自有办法治他。既然你肯帮忙能将我女儿甄梅分配到咱们广平市财政局工作，那么，我就有把握将我女儿嫁到你们杭家的门上。我这可是在高攀咱杭书记呀！"说到最后，甄珠宝竟有些感慨了。

甄梅正为自己毕业后，能否回到焦县工作一事犯愁时，老爸一如"及时雨"宋江，来到了她的身旁。但是，她看见父亲身后，又跟来了一个杭正才，就感觉事情的唐突。果然，她的梦幻被彻底打破。她现在不但要脱离焦县县城，去广平市工作；而且，老爸还以极其严肃的口吻命令她，不准她和邦浩轩再有任何的往来……

甄梅一下子就被气蒙了。她将这事对浩轩讲后，邦浩轩却显得十分高兴。他说："能到市政府机关工作，那该有多好啊！"但是，当甄梅说，这些完全是杭正才的爱情阴谋时，邦浩轩突然间像回想起了什么似的，一下子便陷入长久的沉思之中。

终于，他硬着头皮找到了甄梅。

邦浩轩将他和杨彩飞之间的事，毫无半点遮掩地向甄梅和盘托出。末了，他泪流满面地对她说："甄梅，我对不起你。我今生所犯最大的错误，就是一直牵连着你，未能下狠心和你断然决裂。我欺骗了自己，更欺骗了你。现在，该是我彻底悔悟的时候了……"

甄梅脑海中接连不断地闪现出她家过去的保姆——杨彩飞的身影，却怎么也想不明白，杨彩飞和浩轩之间到底发生了什么。最终她想明白了，不管杨彩飞和浩轩之间发生了什么，她也会想方设法将浩轩留在自己的身边。她深信，无论从哪一点相比较，她都会远远胜过杨彩飞的。

从沉思的迷雾中，逐渐廓清明晰的甄梅，以无比的气度对邦浩轩说："对你的过去，我一概不管；我要的，只是你的现在。我要的，就是要将现在的你我延续到无限美好的未来……"

邦浩轩无比惊愕地仰望着甄梅，如同仰望着一尊爱神。

杨彩飞照例来到福乐天集团，准备照常代领邦浩轩6月份的基本工资，然后火速寄往科技大学，以便浩轩急用。杨彩飞来到公司办公室，办公室人员让她去找财务室；她来到财务室后，财务室的人员又让她去找甄董事长；她找到了甄有为董事长后，甄董又让她去找办公室主任。她就像被人驴推磨似的，又来到了办公室。在办公室主任手里，她接到了一份红头文件。

　　这文件显然是刚打印不久，油墨的味道依然浓郁。紧接着，她便被文件上浓烈的墨汁异味刺激晕厥了：邦浩轩被取消董事会成员资格，再度开除出了福乐天集团——自然，也就彻底断绝了他的一切学习费用和每月的基本工资。开除的理由是，邦浩轩在上学期间，不专学业，不谋正道，不守校规，乱搞男女关系……因此，他白白花费公司的钱财，不适合继续培养、任用。

　　杨彩飞从异常惊厥绝望之中，略微缓过神来。她万分焦躁地问办公室主任，说："那，邦浩轩是上不成学了？"

　　"不！是上不成班了。他已经考取了成人大学，学肯定能上，书照样能念；只是……"

　　"只是什么？"杨彩飞哀求的目光，死死地盯在了那主任的脸上，哽咽着急问。

　　"只是，邦浩轩上学的财路已断。凭他家的那点实力，这书等于是难以继续念下去了。"

　　杨彩飞呆呆地站在那里，泪珠无声地滚落在地。她想起了父亲给她说过的那些话来。父亲说："这邦大的二小子，可不同于旁人。他现在又去省里培训了，那这小子的前途可了不得。彩飞，你可要会耍些本事，将那小子缠蓿到手里……"

　　杨彩飞也许正是听了父亲杨狗吃的蛊惑，无所顾虑地和自己心爱的浩轩走向了开襟解忌的那一步……要不是前几天自己不小心跌了一跤，流产了，那么，她现在仍然该是怀有他的孩子的。可如今，这父子俩说"流产"，怎么就同时都"流产"了呢？

　　杨彩飞决定即刻前往省城，去看望邦浩轩。

　　她想，浩轩可能还不知道公司将他再次开除的事，她要设法将他稳住。好好地稳住！他现在，可是比她自己还要重要。她可不愿让他再遭任何的打击和闪失了。

　　当天，杨彩飞便慌慌张张地踏上了开往省城的长途客车。进了车站，她才发现，时间原本还是赶得及的。于是，她又去车站旁边的一个电话亭里，给红河宾馆的老总打电话请了假。杨彩飞现在已由普通饭店旅店、普通酒店宾馆的服务员，一步步地升到了如今这个星级宾馆的客房服务员了。

　　杨彩飞也许是由于刚刚流产，经过头天一整夜和第二天整整多半天的长途颠簸后，下午从省城一下车，她便感觉到了阵阵眩晕；她浑身困乏，打不起精神。但是，一想到自己马上就要和亲爱的浩轩见面时，激情便又重新在血液里沸腾了起来。她疲倦却激越地行进在大街上,一会儿走得飞快,一会儿又不得不缓慢了下来。最终,她拦了辆出租车,飞快地直奔科技大学而去。

杨彩飞终于找到了邦浩轩的宿舍。舍友们说,邦浩轩刚刚和他老乡一块家教去了。大概晚上9点多钟才会回来。杨彩飞惊喜地问道:"老乡?是石峁村的吗?"

"石峁村?噢,不,不是的。是焦县城里的。"

"焦县城里?"

"对,她叫——"一个舍友说着,却挠起了头皮。

"好像是叫甄梅的。江大学生,马上就毕业了。"另一个舍友,锋刀利剑,斩断了这团乱麻。

甄梅,是她?杨彩飞略有疑惑。她本想再仔细打探些什么。舍友们却纷纷和她打过招呼后,各自忙去了。她独自待在浩轩的床铺上,一种莫名的孤寂,突然间袭上了心头。

杨彩飞匆匆地吃了些干粮,喝了口茶水,顿觉精神好多了。她将浩轩的床铺重新整理了一遍。将床单被套脏衣污物撂进了一个大洗盆里,开始了认真仔细地搓洗。

洗完所有的衣物后,她看看表快9点钟了。她问清浩轩前去家教的方向后,便毫无目的地向着那边溜达而去。

杨彩飞有个小小的喜好,即她十分喜欢遥望都市的夜景。她常常会被街道两旁遥远延伸着的明光烁亮的灯带所折服,更被明丽的灯带之间那疾速流窜的汽车闪烁的各色星辰所深深地震撼。四周望去,成片的灯海、流星交织在一起,她想,这大概便是都市的全部壮阔与辉煌吧。她又想,从天上看来,这大概也便是人间的星空了,所有并不发光的人们,可能正是挤塞于星辰之间的那些个茫茫苍穹了……

杨彩飞突然觉得自己想远了,想得壮阔而感觉却渺小茫然了。当她漫不经心地溜达到街头的一家洗衣店铺前,她心头豁然一亮,似那明灯一般,顿闪光芒,洗衣?对呀,我何不在这街头开家洗衣店呢?这样,既可一直守在浩轩的身边,免受思念之苦,又可挣钱供他继续上学。是的,没有福乐天集团,我的浩轩还照样活人,照样念大学,以后照样能找寻个响当当的工作……她心间的那盏明灯越闪越呈明光铮亮之状,一如灰暗渺茫的苍穹之中,突现而出的那颗启明星,一种启奏光明般的豪迈感,即刻使她变得激昂起来。

杨彩飞忽然发现自己走远了。她连忙反身回去。现在已是晚上9点多钟,浩轩大概已回到宿舍了。这一路上,自己只顾瞎想,竟没有发现他。

突然,她发现了他。

在纷杂浩繁的大都市里,她能发现他、认出了他,她感觉异常惊诧、异常惊喜。她想,这绝对是他们之间的那种特殊的缘分了。

是的,就是他,就是我的浩轩。彩飞从马路这边,清晰地望着马路的那边,但看到浩轩推着一辆自行车,靠边缓慢地走着;浩轩近旁跟着的不就是甄梅吗?浩轩一行一动的姿势,她太熟悉了;甄梅行动的模样,她也早在她家做保姆时,就记得一清二楚。没错! 就是他们俩。他们一块出去家教,现在又一块回来了,正是他俩,正是的! 杨彩飞兴奋不已,差点喊叫了起来。

但是,她还是暂且按捺住自己激动的情绪。她要给他们一个意外的惊喜。待车流略稀略有间隙后,她就准备跨过马路,偷偷地走到他俩的近旁,然后……

一想到自己于悄然间,神不知鬼不觉地猛然惊现于他俩面前的那一刻,杨彩飞就不由得先将自己逗乐了。她独自偷偷地笑出了声来。

突然,她的笑脸于顷刻间便被凝结成冰状,马路那边的两人瞬间相拥着狂吻,旁若无人。

杨彩飞表情呆痴,视线模糊……

她的嘴唇渐渐地被咬出了血来……

她紧紧地跟踪了上去……

邦浩轩十分惊奇,一向和他无话不说,温顺柔和的彩飞,突然间变得沉默寡言、性硬情涩了。他由衷地感慨道,人呀,说变了,竟是弹指一挥间。与甄梅相比,彩飞怎么就……唉,他当初怎么没主意,竟和她不明不白地走到了那一步? 这真是彻底的堕落呀!

杨彩飞本想将福乐天集团的那份复印文件给邦浩轩看了,但却终未有勇气掏出。她害怕,邦浩轩一旦知道了自己所面临的那一厄运后,也会像她现在突然知道了自己婚恋所面临的这种濒危峻势一样,而难以承受。但是,有件事情,她却必须马上去做。于是,她独自去找到了甄梅。

在去找甄梅之前,她在自己的肚皮上张贴了一小包棉花。她在镜子前仔细地照了照全身,心想,若是自己怀的浩轩的孩子没有流产的话,现在,她的肚子,就该是这么大了。于是,她心安理得地找到了甄梅。

甄梅热情地接待了她家过去的保姆——彩飞小妹妹。甄梅十分惊讶、却又很不好意思地问说:"彩飞,你的肚子怎么?"

杨彩飞一脸羞红地悄着声、怪里怪气地说:"我……我有了……是和浩轩的。"

甄梅突地笑出声来,说:"彩飞妹,你可真会玩那种黑色幽默。"

杨彩飞蓦然间落下两道泪来,哭着声说:"这能是幽默吗?"

甄梅硬着头皮,揪着心听杨彩飞讲述了她与邦浩轩之间所有的枝枝梢梢、盘根错节……

甄梅抱头痛哭。

杨彩飞以泪洗面。

两个女人痛不欲生。

几天后,甄梅再次接到父亲甄珠宝打来的电话时,她说,她完全听从父亲的安排。

甄珠宝激动得老泪纵横,他声音颤抖着说:"这才像我的女儿! 这才是爸爸的好女儿嘛……你碰鼻了吧? 市财政局,哪个单位可与其相提并论? 那可不是谁想去,谁就能去的地方。对了,正才可是咱们到处打着灯笼都难以找得到的人物,人家可既是你们江大的高才生,又是市委杭书记的儿子;既是……"

"爸,你别说了。我嫁给他了。"

"你同意嫁给正才了?"

"……"甄珠宝听到了女儿异样的哭泣声。

甄珠宝当即备车,直奔省城。车过广平市时,早已等候在路边的杭正才一同前往。一路上,小车飞速前行,竟连一分钟都未曾停息。

仅两三天的工夫,甄珠宝和杭正才就为甄梅办妥了一切的离校、分配等有关手续。然后,三人一同驱车回到了广平市。

这样,甄梅便提前半个月,离开了校园。

当杨彩飞再次面对邦浩轩的时候,她便轻松地将福乐天集团的那份复印文件,摊在了他的面前。

邦浩轩看过文件后,却并未有任何异样的反应。这使得做好了一切劝慰准备的杨彩飞多少有些失望，更使她感到有种不可预知的恐慌。

突然，邦浩轩将那张纸撕成了无数多个碎块，一如撕碎的雪片，纷纷扬扬地抛撒开来。这样的一种结果，邦浩轩已经早有预料；其实，早在甄有为多次打电话威胁他、让他和他侄女甄梅彻底断绝关系的那一刻起，他就做好了这一思想准备。只是现在突然真正面对时，他还是有种撕裂的冲动。

杨彩飞说，她准备在省城开家洗衣店，可为他挣到足够的学费。邦浩轩看着杨彩飞，眼圈更加发红。

杨彩飞说："甄梅已经提前离校了。甄梅让我捎话给你，她说，希望你一路走好，永远将她忘掉。"邦浩轩瞪着杨彩飞，眼圈发黑，突地顺墙倒去……

邦浩轩彻底病倒了。有几次，他高烧竟接近了40摄氏度。杨彩飞一刻不离地伺候他。昏梦中，她听到，他一直呼喊着甄梅的名字。

邦浩轩知道，最终真正将甄梅从他身边赶走的，不是别人，而是杨彩飞。

邦浩轩将一张银行卡递在了杨彩飞的手中，说话的声音异常嘶哑："彩飞，我邦浩轩在你身上做了件错事，我是个罪人呀！我知道，这点钱无法弥补我对你的过错，但是，这却是我的一点点良心，你就原谅了我吧……"

杨彩飞将银行卡撂在了地上。

她使劲地抹擦着夺眶而出的泪水，突然一声长号，冲出了门外。她未带任何的钱物，只身强行挤上了返乡的列车。列车长说："就将这个疯子遣返回乡吧。"

杨彩飞突然变了。她不再坚决拒绝客人的要求。她开始为他们提供特殊服务。

一时间，她成了红河宾馆最走红的一员。

她渐渐走向疯狂。她已不再拒挡任何客人的任何要求。

她由故乡小城，一步步地走向了更大的城市。

福乐天集团的突然翻脸，使邦浩轩的求学之路陷入从未有过的困境。他正面临着彻底破产的严峻考验。

邦浩轩除了能按校规上课外，其余的全部时间几乎都用在了做家教、打零工上。他如今家教的孩子，已经增加到了5人。他的家教课程被排得满满当当。他比学校里上课的任何教授都要辛苦、忙碌。但是，他的学习、生活费用仍然无法维持。最终，他将夜晚睡觉的时间也充分利用起来。

现在,每晚的家教任务完成后,他就径直来到了一家建筑工地,上晚班,推车、拉沙、上料。

舍友们惊奇地发现,他每晚都夜不归宿,一有空闲,倒头便睡,还因此而经常误课。他的眼睛一直就被血丝包裹着,看上去十分可怕。大家感觉事情有些怪异而反常,遂悄悄地将情况向班主任老师反映了上去。

邦浩轩的情况出人意料。他的艰难困境,立刻在科技大学引发了强烈震动。"行动起来,拉'特困生'一把"的口号,顿然响彻整个校园。一夜之间,邦浩轩便成了"特困生"的形象代言人。

但是,所有这些,并未能从根本上解决邦浩轩的出路问题。他失学在家的弟弟邦浩冉,毅然"丢卒保车",来到了省城打工挣钱,供哥哥上学。

两年之后,也就是在邦浩轩临近大学毕业的这一学期里,他突然每月按期能收到一张千元左右的汇款单。款额从不同方向寄来,但却同样未留任何姓名。邦浩轩由赤贫的"特困生",一下子陷入了富裕的惊恐。

他想到了去报案。

但是,他最终还是不动声色地将钱悄悄地积存下来。他想到了一个人——杨彩飞。

三年的大学生活,在艰难曲折之中,一晃而过。邦浩轩竟有点舍不得迈出大学的校门。当他怀揣着各种"资本"进入人才市场的那一刻,他明白,真正人生大学的校门,才刚刚向他开启。

13

走出大学校门步入人才市场整整一年多时间了,邦浩轩的工作仍然没有丁点的着落。随着时间的一天天推移,随着就业形势一天天地严峻,邦浩轩一点点地陷入了绝望的深渊。他现在最感后悔的一件事情,就是自己花费了大量的金钱和时间,换回的却是这一文不值的一纸文凭。

人在最焦虑和绝望的时刻,往往就会做出最失望的事来。

邦浩轩抱着孤注一掷的仇视心理,狂暴地找到了福乐天集团的门上。他的理由当然是咄咄逼人:当初外出学习,是集团公司所指派,如今,自己落到了这一地步,难道作为董事长的甄有为,你就没有一点的领导责任可负吗?解铃还需系铃人,而今你就看咋办?!

甄有为被邦浩轩气势汹汹地堵在办公室内,任由邦浩轩发泄着胸中的怒气。他想,年轻人,就是多那么一腔虚妄之气,等这阵虚火雾气一过,照样还是由着人来使唤的。

果然,邦浩轩渐渐平息下来。他盯视着甄有为那张高深莫测的厚脸,再无其他话可说了。

甄有为轻轻地呷了口茶水,轻蔑地笑了笑,问道:"公司何时下发了文件,将你开除出局?"

"三年以前。怎么,三年以前派我出去学习,还不到半年时间,你们就将契约单方撕毁,现在,竟不记得了?"邦浩轩禁不住又有些火杠杠的了。

"记得,记得,当然记得。不过,你可知道国家法律的申诉期限,那才有多长时间? 我们将三年以前的事情,拿在今日来谈判,你不觉得很滑稽吗? 公司当初做出了那样的决定,你怎不吱声呢? 那时,你到哪里去了? 狗屎晾三天都不发臭了,你让我现在怎么处理? 福乐天集团,是大家的福乐天,又不是我甄有为一人的福乐天,想怎么弄,就可以怎么弄?"甄有为说着,站起身来,将旧茶叶倒掉,续添了新的。

邦浩轩没有将甄有为递过来的茶水接在手里,他默默地盯视着面前热气蒸腾的茶水,一时竟无话可说了。

"不过,考虑到你生活的实际困难,我个人倒愿意资助你,帮你一把,毕竟咱们是有过交情的人嘛。"甄有为说着,便将一张银行卡递在了他的面前,就如同他将一张银行卡递在了杨彩飞的面前那样。又说,"以后有啥难为事,尽管吱声,我甄有为从未将你当外人看。"

邦浩轩伸出一只手,向面前的桌子上探来。他未去拿卡,而将茶杯捏在了手里。杯子上刻写的一行字迹,清晰地跃入了眼帘:

一心

两叶

山泉水

四月清明

五采茶

六两青

七碗露

八分情谊

九巡盖

拾得茶馨满园香

从福乐天集团出来之后,邦浩轩便彻底打消了要寻找一份工作、谋求简单安逸生存的念头。他内心渐渐滋生起了某种雄宏的志向。这种志向由模糊而明晰、由暗淡而清亮,既像是赌气,又像是觉醒:

今生今世,我邦浩轩干不成一番事业便罢;如若能干成一番事业,自己一定要赶上甚至超过一个人。

——这个人,便是甄有为。

邦浩轩满腔热血,用心留意瞄瞅着各种机会。终于,他的机遇像是来到了。

确切地说,这并不像是机遇,倒像是灵感。有种顿悟、奢想的味道。

试想,假如你面对着石峁村里的这片水汪汪的湖泊,你认为这就是你的机遇吗?你能够将它和自己的人生命运相挂靠吗?你能幻想并勾勒出未来的种种美好景象吗?你能……

邦浩轩就是从这汪水泊开始,准备一步一步地来打造自己的人生"航母"。

石峁村里的这汪水泊大概有 20 亩之阔。它形成于何年何月,无人知晓。它有多深,也无人准确探知;只是知道,从岸畔向着湖心走进十多米后,便可淹到人的脖项。它的名字,其实也相当于不复存在,甚至有点搞错了,人们管它叫海子,其实它并不是海,而仅是个湖泊而已。

但是,在苍茫的黄土之中,忽出一湖,恰如苍山独松,横陈着一种彻天彻地的沧桑。远远望去,湖泊宛如一颗硕大的明珠,在那里闪烁着分外妖娆的光芒,使充满野性的黄土,顿然间陷入了一片细细绵绵的柔软之中……

邦浩轩是在人生最失意的时候,贴近这汪水域的。如同奔波劳碌的人们,终归是要停靠到那温暖的家庭港湾一样,来卸除辛劳,化解烦恼,积蓄力量,续添生机……

时值盛夏时节,石峁村的这一片蓝汪汪的海子,更是呈现出了一派生机蓬勃的旺盛景象。邦浩轩赤脚踩踏着酥软滚烫的黄土,异常舒畅地穿过一行行翠绿的柳林,异常轻松、洒脱地一路走来,不多时,眼前便呈现出一望无际碧绿的草滩。蔚蓝的海子静静地伏在那一方绿草丛中,正不住地闪耀着粼粼的银光。成群的牛羊正在草滩上悠闲地啃着嫩绿的青草。放眼望去,羊群蠕动,如圣洁的雪莲;牛儿甩尾,若憨厚的父老;马儿欢腾长嘶,一如这赤黄的厚土与绿草长水孕育而出的神奇的精灵……

近了。

近了。

更近了。

终于,他那光溜溜的脚板被轻柔的湖水温爽地亲吻着了。

邦浩轩一阵激动,情不自禁地褪去了束缚在身的衣衫,光着轻盈的身子,一步步地向着湖心走去。

辽阔的水域,一股股细浪,锦鳞般轻轻地向着他荡来,一如无以计数的鱼儿,正在那里不停地翻腾着肥厚的背脊,蹿跃着无尽的诱惑……

邦浩轩一下子没入了湖水之中,酣畅淋漓地浮游着,浪花迅即激荡周身。

水面上,一只只天鹅、海鸥正在水间天际翩然翔滑起舞,潇洒引吭鸣歌;一只只鸳鸯、水鸭正在水上水下精妙钻进跃出,自由翻腾浮动;无以计数的飞禽、湖雀正在那里上下悠然翻飞,任由来去翔集。

前方是一片茂密葱绿的芦苇丛岛。邦浩轩小心浮游着,靠近了那里,然后从水中翻身跃上了小岛,一如从水中腾身而起的那天鹅、海鸥、飞禽湖雀,他感觉更加舒畅而展扬、自在而清爽。环顾四周一片水汪汪的景象,真乃是一碧万顷,浮光掠影。远方错落起伏的黄土丘陵与大大小小的片状草滩相间,雪白的羊群似朵朵白云点缀其间,簇簇红柳树木在金黄色的沟壑中,接地连天,显得格外葱翠鲜绿,一如海子般,呈现出辽远的蔚蓝……

邦浩轩的心胸一下子变得海阔而辽远。他豁然开朗,豁然明白,石峁村的父老乡亲们为何要将这一方水域不称湖泊,而直呼为"海子"了。

黄土。草原。湖水。

湖水。草原。黄土。

——邦浩轩深深地陷入了一种独特而迷人的诗一般的意境。

他心间涌动着的荒凉和苍黄,在慢慢地沉入湖底。

他心间涌动着的绿草长水和金沙翠柳,正慢慢地浮出水面,跃然眼前,凸现出一片辽阔的蔚蓝……

突然,他的心间有一道异样的闪电划过,一种蓬蓬勃勃的葱绿,即刻,便从他的胸间生机盎然地涌出。这一次,竟将他激动得泪如泉涌。

邦浩轩当即便找到了村支书高喜堂。

高支书见这个年轻后生慌里慌张、情绪激昂地找上门来,以为有啥紧要事情,但是,听了半天之后,他仍然没有弄明白这个年轻人到底想要干啥,甚至将他头脑里原有的一些清明豁亮也搅在了一片浑噩之中。

邦浩轩觉得,他将自己不太成熟的想法,述说得又有些远大高深,这样,不但高支书听不明白,石峁村的父老乡亲们恐怕更是难以接受。于是,他重新调整思路,努力按捺住久久激动着的情绪,尽量以平常的心态,平静而又有条有理地说道:"高支书,说大了,就是众人出资入股,成立个'石峁海子民俗旅游度假村',全面开发利用咱们村的这片天然海子、草滩,搞特色旅游产业,走集体致富大道。说小了,就是彻底包装咱们石峁村的这方天地,将四里八乡的人们引进村,让他们游湖戏水,涉黄土,过草地,亲善大自然;让他们享受天然美鱼,吃农家饭菜,品农家习俗,贴近老百姓;让他们……"高支书断然摇摇头,甚是不满地说:"这成什么事了?将石峁村搞成个城里动物园似的,将好端端的庄稼人变作任人参观的动物?"

邦浩轩瞪大着双眼,突然间无话了。

几天后,他回城碰巧遇到了高轩同学。高轩刚好在县旅游办任职。此刻,他就像遇到知己似的,将自己已经暗淡下去了的那一想法,向高轩说来。没想到,高轩听后甚是赞同他的这一主张。高轩说:"若村民们不同意参与开发,你可通过承包的方式,和村里商讨,可出钱将海子及周边的一定范围租赁过来,然后,通过先注册,后招商的方式予以开发利用。"

高轩不愧是学法律的,他的一席话,令邦浩轩茅塞顿开。邦浩轩的心间再次闪现出了石峁海子那一片动人的蔚蓝的光华。

附录

苗雨田及长篇小说《黑金白银》印象

李 星

说起来，挺对不起苗雨田的：2013年九十月间，太白文艺出版社的总编辑韩霁虹打电话给我，说陕北神木一个年轻作家，写了一部反映煤矿生活的长篇小说，很不错，在有关单位帮助下，想在北京开一个研讨会，时间初步定在11月，特邀请你也参加。通话后不长的时间，一个穿着整齐、文雅清秀的年轻人就来到我家，送来了装帧简朴的长篇小说《黑金白银》。因为怕事多人忙，到时读不过来，误了研讨会，就找了个空隙，提前阅读了全书，并做了笔记，以备会上的发言。到了11月原定的会期，小苗突然打来电话，说会议因故延期，先请我写一篇评论文章。我口头虽答应了，但因为没有了会期的逼迫，事一多，写文章的事也渐渐忘记了；直到今年初，苗雨田突然来电话，我才想起这笔旧债。但要写文章时，因为已过了一段时日，不仅当初准备发言的几张纸没有了踪影，竟连书也找不见了。好在当初阅读时的大部分印象还很清晰，就以此作为对苗雨田先生的真诚和信任的报答吧。

《黑金白银》入选"西风烈——陕西百名作家集体出征"的陕西省重大文化精品项目，我就是其评审委员会之中的委员，应该说是经过认真选拔而入围的，书的整体质量是有严格要求和保证的。

《黑金白银》故事开始于20世纪90年代。主人公王二丫本是一名乡村干部，因为遭人嫉而被挤出村级领导岗位。为了改变家乡和自己家庭的贫困面貌，他以很便宜的价钱，收买了一个废弃的旧煤窑，贷款开业，发誓干出一番事业，并自己出马背着干粮去大城市的煤电企业去打开销路。苍天不负有心人，他终于感动了一家大公司的老总，成为他们固定供货客户，迎来了小煤窑的黄金时代，财源滚滚而来。然而富起来的他却遭遇了接踵而来的打击，先是矿难，后是同行业的激烈竞争，再是因为乱开滥采所造成环境破坏，国家煤业政策的调整、紧缩，加上煤价的下跌,原本抱成团的自家兄弟的利益之争,使他又回到了人生的低潮。

在塑造王二丫的形象,表现他大起大落的人生命运时,小说表现了苗雨田不凡的文学才能:一是他善于围绕中心人物营造他生活的社会和自然环境,既呈现了煤矿业兴旺时车水马龙、人来人往的热烈与繁荣,又生动地表现了萧条时山路和矿区的冷清;既写出了一个真实生动的矿区小环境,又写出了一个被污染的陕西内蒙古交界的山区农村和城镇的大环境。正是在这种大小、内外的环境氛围中,小说的人物和多样化的生活得以展开,至今仍给我留下了深刻印象。二是苗雨田作为一个基层作家,竟然有如此宽阔的目光视野和思想见解。在叙述中,他常常大段地议经、议政、议教育、议乡村发展、议人性人生、议社会公平正义,传达出一种让人兴奋的信息,这说明他是一个热爱读书、关心时事,并有着广泛关注的青年。因此,他的小说,他讲的故事,虽然不能尽如人意,但却预示了他的文学和人生的光明前途。这是一个令人敬佩且不敢小瞧的从人民大众中走来的文化人!第三,他的文学才能主要体现在本书的前半部分,尤其是有一个很大气的开头,他的笔墨可以具有如此表现力、穿透力,它可以让他的人物性格如此鲜明,也可以让他的人物精神如此飞扬,如此具有征服力。它可以如此精细入微地写出乡村及矿山的环境氛围,也可以如此准确地描绘出城镇生活的神秘和五光十色,值得玩味的东西很多,完全具备一个长篇小说所应有的结构框架和思想内涵及表现张力。

《黑金白银》不足之处是,由于他对煤矿生活的相对陌生,致使其生活积累和情感积累有所匮乏,正是人生体验和生活积累的不足,造成了小说后边越来越突出的空疏和乏力。可以说苗雨田是很有文学写作的才气和灵气的,但他的才气和灵气要结出真正的文学硕果,还需要花时间去广泛接触社会生活,还需要更多的生活积累和人生历练。

谨以此印象,表达对苗雨田先生真诚的希望和祝福。

2015 年 5 月 22 日

李星,男,1944 年生,陕西兴平人,中共党员,1969 年毕业于中国人民大学中文系文艺理论专业。历任《陕西文艺》杂志编辑,《延河》杂志编辑,《小说评论》杂志编辑、主编、编审,享受国务院津贴专家。陕西省作家协会常务理事,陕西文艺评论家协会副主席,中国小说学会副会长,陕西生态文学研究会副会长,陕西图书评论学会副会长,当代文学研究会常务理事,陕西省影视评论学会常务理事。1977 年开始发表作品。1984 年加入中国作家协会。著有评论集《读书漫笔》《书海漫笔》,专著《路遥评传》(与人合著)等,《王汶石短篇小说创作再认识》《农民命运的艺术思考》分别获第一、二届陕西省社会科学优秀学术研究成果奖,评论集《求索漫笔》获 1993 年中国当代文学研究优秀成果奖,《读书漫笔》获陕西省作协 505 文学奖,《路遥评传》(与人合著)获陕西省第六届优秀社科研究成果二等奖,《邓小平文艺思想研究》(与人合著)获中宣部"五个一工程"奖等,并获中共陕西省委省政府授予的"德艺双馨"文艺工作者称号,获省政府炎黄优秀文学编辑称号。

西部世界的"大观园"

——读苗雨田长篇小说《黑金白银》

乔 盛

　　20世纪末的世纪之交,在陕西与内蒙古接壤处的丘陵沟壑区,崛起了一个世纪级的特大煤田。本地人、外地人、农牧民、工人、国家干部……各种身份和职业的男人女人,都先后出于各自的生活需求或个人目的踏进了这块"流金淌银"的宝地。

　　故事的主人公王二丫、王二卜、王二卡三兄弟,从小生活在世代居住的卧牛沟,依靠种田为生,偶尔也到小煤窑掏炭,为的是烧火做饭,挣几个零花钱。而突如其来的市场经济风暴,几乎一夜间把煤炭能源推向比黄金白银还昂贵的价格。王二丫三兄弟由此身价倍增,成为远近闻名的资产上亿的煤炭老板,成立集团公司,坐名车,置地产,当人大代表、政协委员,成为县领导的亲戚,生意买卖做到天津、温州。围绕王氏家族发迹的除了汤副县长、天津商人刘天发以及当地一大批有头有脸的科级干部等人外,从卧牛沟这座黑金"大观园"里出出进进活动着的还有一批各行各业的女性人物:小芳、朱丽娅、史万英、师有娟、师有媚、师有佳、文静、汤佳、娄丽、王玲珑、訾小惠、韩玉贵……她们或是喝卧牛沟水长大的村姑,或是江南水乡的女子,或是吃公饭的公家女人,或是生意场和情场上的多面手。女性人物虽然在全书中并不是一、二号主要人物,却因她们身影的出现和性格的独特,勾勒得煤沟黑色"大观园"的轮廓十分的清晰。县煤炭局干事小汪与小芳的爱情,王二丫儿子王应龙与朱丽娅的热恋,天津商人刘天发与女助手娄丽在煤乡出差的偷情……似乎都不可思议又很在情理之中。爱得突然又很自然,恨得无奈又很酸心,都与煤与钱有关,好像又与煤与钱没有什么关系。在金钱与情感的"交叉点"找不到平衡的尺子,真真切切地把生活中的男人女人推到市场的风口浪尖,让读者去品评和自找评判标准,这是作者的妙笔之一。

《黑金白银》里男男女女有几十号人物,几乎都是不贴标签的"中间人物"。没有高大的英雄和完美的正面典型,也看不到阴险狡诈的卑鄙恶人。主人公王二丫的发财梦,并不是靠他的心机、智慧以及超常的手段,完全是沾了时势的光和本身的勤劳奋斗。他办煤矿、办焦化厂、办电石厂、搞房地产……有一些市场"客串"的特征,干什么都比较顺利,而同是煤矿矿长的叶顶峰,运气却不如他那么好。煤矿发生事故,一次死了四个人,搞得身败名裂。王二丫身上的人大代表、政协委员光环,成为抵抗各种邪恶势力向他"吃、卡、要"的"护身符",这是具有典型性和普遍意义的。然而,如同现实生活中的一部分有钱人一样,王二丫因矿山居住环境差,经不住儿女们的诱惑,居然出国跑到加拿大居住一年多,后因儿媳怀了"龙凤胎",做了一个思乡的"龙梦",毅然决定回到祖国。显然,这是作者的精心安排,使作品有了一个圆满的结局,同时也给主人公增添了许多闪光的色彩。

卧牛沟是大煤田的一个缩影。在这个黑色的缩影世界里,王二丫兄弟三人经营着现代的一座"大观园"。省、市、县、乡的各式各样人物都盯着这条"沟"这座"园"里发生的一切,甚至连北京的大人物也与卧牛沟有着千丝万缕的联系。主管煤炭工业的汤副县长鼓动王二丫,将来还会"被选举为省人大代表、省政协委员甚至全国人大代表、全国政协委员……"王二丫已经不是一个单纯的农民企业家,一些人极力想把他推上政治的舞台,想着背靠大树好乘凉。王二丫的命运不由本人做主,完全由现实生活中的一些外部力量来操纵,如同他的出国定居一样,也并不是自己情愿的。从这个意义上讲,王二丫这个"客串"人物的典型性在于无可奈何地随波逐流。他唯一的爱心不灭是:儿媳妇怀上"龙孙"后一定要回到养育他的卧牛沟(中国)。

卧牛沟演绎出的黑色"大观园",最终虽然挽留回了王二丫一家,但是像王二丫儿子王应龙的第一个女朋友朱丽娅这样的江南才女,"走得很决绝,很彻底,甚至未留下只言片语……"王二丫有钱,却没有吸引住一个未过门的儿媳。朱丽娅这位"林妹妹"只在黑色的"大观园"转了一圈,便消失得无影无踪。为什么?仔细想来,也不难理解,王二丫一家都有到外国定居的经历史,何况是一位南方的女大学生呢?

西部地区的发展还很不平衡,即使像卧牛沟这样的煤炭能源富集区,人们的生活环境还有待改善。否则，现代的许多"林妹妹""王熙凤"一样的女性还会出走，她们不是为追逐名利和贪钱，而是寻求一方安静的透亮的生存空间。苗雨田《黑金白银》的又一可贵之处也在于此，提醒和告诫人们一定要珍惜青山绿水，保护好地球这个共同的家园。

乔盛(1956—)，笔名林木、路阳、塞风。男，陕西省神木县人。中共党员，中国作家协会会员，人才学与经济学研究专家，资深编辑、记者。1976年参加工作，1984年就读于中国人民大学新闻系。做过共青团工作、经济工作、行政工作，历任教师，电台、报社编辑、记者。现任《中国经济时报》经济部主任。1981年开始发表作品。2000年加入中国作家协会。主要作品散文集《黄土地上的美男俊女》《割不断的故土柔情》《红山丹》《黄河长城的绝唱》，诗集《长江军魂的丰碑》，电视剧《大漠落日圆》，长篇小说《黄沙窝》等。

学术专著《一个记者与作家看世界》《西部大开发》《治国论》《领导论》《干部论》《人才论》，长篇纪实文学《战争岁月——白坚革命往事》等文学、新闻学、人才学、经济理论方面的文稿约500万字。

燎过欲望的唤醒

——读苗雨田长篇小说《黑金白银》

单振国

　　神木作家苗雨田的长篇小说《黑金白银》被选入陕西省重大文化精品项目"西风烈·陕西百名作家集体出征",这无疑是神木乃至榆林市新时期文学创作的一个新成果。特别在时下文学青年们一窝蜂热衷于写诗,又写不出来什么好诗的大背景下,真是令人眼前一亮,不禁为他高兴。苗雨田给神木文学多元化发展又添注了一股新的力量。长篇小说创作向来被文学界视作文学的"珠穆朗玛峰",是对一个作家综合实力的全面考量,极具创造性、挑战性和风险性。对于一个作家来说,小说是最能给他带来文学荣誉的体裁,长篇小说尤其如此。要想在文学事业上取得大成就者,经营小说、特别是中长篇小说当是一个好的选择。

　　苗雨田的首部长篇小说《红柳林·蓝柳林》发表在了中国《长篇小说》杂志2008年第1期,并获得了"最佳影视小说奖",在文坛掀起了他的第一波澜。今天,他再一次执笔创作长篇小说,并成功入选"西风烈",这不仅是他对自己文学功力已积累到一定高度的宣示,也是他才华厚积、情感勃发、知性广阔、思绪张扬的一次证明。小说《黑金白银》以财富为题材,紧贴当下生活,特别是以改革开放和神府煤田大开发为背景,深刻地勾勒出了以王二丫为代表的一批由穷变富、并成为巨富的煤老板们艰难创业与守业、创造财富、认识财富和对待财富的生活景致和人生景观。高额财富的瞬间聚拢,让没有任何准备的暴富者们一下子无所适从,接下来他们再怎么去对待生活、对待人生、对待下一辈?"富二代"们在轻松拥有财富的景况下,如何去应对自己的未来、如何去再接再厉和继承发展?这统统都是作者想要探究的主题,都潜伏着作者理性的忧虑,因此这部长篇小说是具有相当现实意义的作品。

乔治·桑说:"与其说小说好像是生活,不如说生活就像是小说。"小说是生活的文学表达。苗雨田的这部长篇小说中的故事无一例外地以不同形式发生在我们周围,其中他对银窝煤矿发生事故这一典型事例的创作尤其成功。银窝煤矿的矿长叶顶峰是一个典型的"黑老板"。他们为了花最小成本而最大化地捞取利益,和管理者们相互勾结,将煤矿的安全撇于一边,把工人的生命、把我们赖以生存的环境撇在脑后,只盯着钱转,他们手中的财富就不折不扣地成了隐形杀手。16岁少年师有原在这个煤矿打工,死于安全事故,一个像花蕾一样鲜活的生命就这样被掠夺财富的黑心煤老板杀戮,不,应该是被我们这个唯利是图的不良社会所杀戮,令人震惊,令人悲愤,又不得不去思考!师有原这孩子生活在最低层、最贫寒的农民家庭,3岁父亲暴病身亡,母亲守寡十多年,将两个姐姐和他拉扯大。他们学习一个比一个好,但随着不断升学,巨大的费用终于压垮了这个贫寒而残破的家庭,他们姐弟三个人中必须有一个为顶起家庭而牺牲自己的学业。这时候,作为16岁男子汉的师有原毅然站了出来,打包起自己一摞优秀学生奖状,含泪离开了他心爱的学校、心爱的老师和同学,走向社会,决心用自己单薄而孱弱的肩膀挑起这个家庭所有的苦难、责任和希望。他要打工去给两个姐姐挣大学学费,他不怕吃苦,只要能够挣到更多的钱,让两个姐姐顺利完成学业就是他最大的心愿,为此他挑选了挖煤这个最苦又处处都有危险的工作。当一个少年、一个稚嫩的学生娃娃,走进那黑暗压抑、万劫不复如同地狱般的煤窑时,作者并没有给我们叙述他害怕的心理,甚至还有点轻松和喜悦;但我想事实上他一定是十分的恐惧、紧张、惊颤,可我们看不到,因为他的心里有一豆明亮的萤火,给他勇气、胆量,照彻他面前那无边黑暗,那就是挣钱让姐姐安心地读书。单凭这一点,我们也应该对这个少年给予致敬和赞誉!但是这豆火光是极其微弱的,他的力量、他的青春、他所担负的家庭希望,包括他的生命,在这深邃而厚重的煤窑里根本算不了什么,甚至还不如煤老板以及那些管理者们手中的一沓票子,一场官煤勾结的酒宴重要,这无疑就成了他的悲剧,他家庭的悲剧!这个悲剧是在他生存的这个恶劣环境下注定的,因为这时候的他仅仅是老板们攫取更多人民币的工具,在这些人的心里真没有分量来让他们来珍惜,这也正是我们社会一个可怕的阴影,它迫切地需要阳光!

终于"随着炮声响起,他本能地搜紧了炮工的一只手,然后他就异常轻巧地同岩石、黑炭等一切的一切飘扬起来,轻轻地飘啊飘,飘到了天上。他的内心是平静的,感觉也是陌生的;他像摆脱了什么,又像得到了什么。他的魂魄在天上,在那高高的蓝天上;天底下是片片白云,在追随着他去远远的方向游荡"。我相信,每位读者读到这儿时一定会很痛心、很惋惜,也很悲愤;作者的心情肯定也是一样强烈,一样泪洒纸卷。但苗雨田将悲愤深深地压在心底,他反而轻松地写道:"这是他头一次出远门,头一次经见世界上还有这一番天地。"仅这看似平淡的一句,但却起到了"四两拨千斤"的效果,文学艺术对人心的打击力、震撼力、感染力,由此喷薄而出,让读者倏然昏眩,不忍卒读。然后作家写了具有戏剧色彩的赔偿,写到了师有原母亲因为儿子的殒命,疯癫出走,未知下落,使这个本来就雪上加霜的苦寒家庭,更是进入到数九寒天。让读者不由得要掩卷反思,造成这个家庭悲剧的根由是什么,是因为贫穷而没有让少年师有原继续读书吗? 是因为他选错打工职业吗? 还是因为少年师有原年轻单纯、不谙世事又不拿私心吗? 接下来两个姐姐对弟弟师有原的安葬,以及按照乡俗对尸体的火化,同样令人唏嘘震撼。作者这样写道:"依着乡邻们的指点,师有娟和师有媚姐妹在离焚尸火堆不远处放了盆冷水,姐妹俩一人手执根木棍,不住地敲着水盆喊:弟弟别怕火,姐姐送你从水上过;弟弟别怕火,黄泉路上你不会再有苦水尝……"这把让人泪水横飞的火焰,能不能烧醒我们对金钱的重新认识呢? 能不能烧醒我们应有的良知呢? 我不知道,但我读到这一章时,却沉默了许久、许久!

苗雨田的这部长篇小说,无疑是以一个作家的敏锐,在提醒、在唤醒我们社会对金钱、对欲望、对享受的重新估量和认识;无疑是以一个作家的良知,在呼唤着我们社会的公德和进一步的公平正义,呼唤着我们在金钱下那些崇高精神的愤然觉醒! 伟大的大陕北,厚重的黄土地,千百年来沉积着苦难也孕育着精彩,矗立着雄浑又有着情愁,凝结着精神也张扬着风流,掩埋着财富更创造着奇迹,这是一块注定能够出大作品、好作品的土地,柳青、路遥就是从这块土地上成长起来的伟大的陕北作家。愿青年作家苗雨田能够坚定地踏着陕北老一辈优秀作家对陕北的大爱情怀,写出真正的、无愧于这片辽阔黄土地的好作品来!

单振国,中国作家协会会员.中国小说学会会员,中国散文学会会员。政协神木县第八届常务委员;神木县文学艺术创作研究室主任。鲁迅文学院陕西中青年作家班学员,陕西省作家协会签约作家。在《中国作家》《中华散文》《诗刊》《农民日报》《解放日报》等国内外百家报刊发表各类文学作品 1000 余篇,有作品被《小说选刊》《小说月报》《散文选刊》《小小说选刊》《传奇文学选刊》《意林》及《中国精短美文 100 篇》《当代散文小品 20 家》《中国西部散文精选》,人民网、新华网、凤凰网等多种版本、网站选载和制作成配乐朗诵。获《人民文学》《文学报》等处举办的各类文学奖 30 余次。担任大型晚会总撰稿 20 余次。长篇小说《亲亲的山峁亲亲的水》被陕西省广播电视台制作成 22 集连续剧联播。还出版了《单振国中短篇小说选》,散文集《土地的歌谣》《幸福树上的鸟》《美丽的陕北》,随笔集《年轻的钻石》。小小说《抗日狗》被选为 2013 年高考预选题"文学类文本阅读"。《中国青年报》等多家报刊介绍过其文学作品。

黑金闪光人彷徨

——简评苗雨田长篇小说《黑金白银》

党长青

　　早在三年前,神木文友六七个人聚会,苗雨田说,他正创作一部长篇,写煤矿的。我说,我也正写一个有关露天煤矿的长作品《裸煤》。如今他的小说已出版,我的小说才写下前十章。本着都是神木人写煤相关的文学作品,而且又是同题材,所以就写了读后感,与读者和雨田共勉。

　　长篇小说的结构最费脑筋,宏阔的背景,众多的事件,色彩各异的人物,在一个舞台上演绎纷纭的故事,没有一个结构关系图是不行的。《黑金白银》是单线型构思,以煤老板王二丫从穷到富的变化过程作主线,以时间的隐形渗透和人物的不断添加为网络,最终以卧牛沟煤矿的经济效益升降做统领,展示了人情世相的悲欢离合。小说的构思过程大约是熬煎作者的关键所在,中间部分围绕煤矿的发展写了汪干事和小芳、王应龙和朱丽娅及师有娟的爱情,这部分内容给黑金子(煤)产生的外溢价值效应增加了可信的证据力量。人性的丑与美,在恋爱中的男女身上可以显示金钱背后的引力折射,男欢女爱的不老童话,也是人性中利益反差的最后作料。到底是黑金买断活人心,还是白银融化了黑心人的情? 我们看到赤裸裸的暴富心态,让许多陕北的煤老板及其他们的亲戚朋友,从人性深处产生一种连锁震荡。利益的大蛋糕都想分一块品尝,于是参股分红的形式无论官上私下,一下子让许多人富了起来。社会的转型让人的私心转型,膨胀起来的韭菜般的欲望天天生长,即使是再锐利的道德良心小刀,也割不完阳光水分充足的享受思想了。于是才有豪车的摆阔,才有豪华的婚庆典礼,才有洋味十足的小别墅华居………利益网罗的官场,官场上有人给民营企业家争当保护伞,官商勾结虽是事实,但小说只暗示了一下，一切尽在不言中。主要人物王二丫与天津商户刘天发的招商引资，直到购买煤矿，在结构框架上是重彩之笔，没有外边人的参与，黑金子不会堆在深沟里闪光，是商业的运作才催发了经济的繁荣。生意和买卖是同胞兄弟，谁的买和卖谋划到位了才有足够的余额等待收获。商场上对手和朋友常常互化，没有终身的朋友也没有永远的对手，尤其发这个外省煤老板事实上是王二丫的利益竞争伙伴，他精明又大胆，比倒霉的叶顶峰运气要好得多，他有几个小煤矿却没发生安全事故。我认为把尤其发和王二丫放在两条线索上写，最后归在一个主线里，从煤矿管理，官场背景，营销手段和用人方式以及处理村民矛盾的复杂事态中对比着描写，要摇曳多姿一些；变呆板的单线结构为复线结构，小说空间就更大更实了。当然把叶顶峰写入房产倒腾中，回应失败的煤产业更好。

小说的人物形象中，还有王二丫的妻子史万英，出现的场面，够当家女人的分量。一个家庭成员，是妻子角色与王二丫的几起几落有相同的心理节拍，尤其是进城后和到加拿大居住，史万英有了表演空间，告别家乡移居海外，对一个女人而言会有许多细节性的感悟，雨田设身处地式的想象力发挥充分。外省人尤其发，浓墨重彩地写活了，这个人在异地打拼其实比王二丫还要艰难，把尤其发当作二号人物写，至关重要。人物是小说的血肉，细节是血管里的血液，把细节表现得淋漓尽致，形象自然栩栩如生。

我和苗雨田曾说起过《白鹿原》的语言，陈忠实有一篇创作谈叫《寻找属于自己的句子》。写小说的地域性，必须有人物表达的地域性口语方言，如路遥的《平凡的世界》里陕北土语的巧妙应用。作者在《黑金白银》里有好多很好的叙述性的语句，是故事和人物很好的白描展示。语句通顺，激情四溢，作品审美层次的内敛和含蓄，吸引读者的反思。

贾平凹说过："不要把小说写得太顺溜。"一是情节上，二是语言上。河道太直河里没石头阻塞，水是不会起浪花的。雨田的小说情节上起伏得很好，语言应用上恰到好处，内涵哲理的暗示句子很多。他的后记，更是写得有品位，有蓄力，有一种纵论社会经济和地域人情的恢宏气度。更值得一谈的是作者对青春男女的爱恨情仇把握，我觉得是写得好，有一种清风明月自可爱的境界，即使写性爱也没有龌龊的感觉，反而给人情不自禁水到渠成的情节发展之铺成。

我们身处大煤海之腹地，写自己家乡发展变化尤其是煤炭经济的轰动小说很少,而《黑金白银》是本地作家写的一部力作,并且成功入选"西风烈——陕西百名作家集体出征"的陕西省重大文化精品项目,很不简单。我们惊喜地期盼更多的神木作家写出由煤炭引发的社会故事,把红红火火的煤雕塑成文学的美玉,再现当代产煤大县的风采。

我不是名家,写此文是为自己的《裸煤》后半部做一种写作上的借鉴,更是与苗雨田文友共勉,诸多不成熟的说法,只是一种欣赏大作后的己见,望大家再发雄谈。大风起兮云飞扬,黑金子闪光人彷徨。

2012 年 9 月 19 日

党长青,笔名沙蒿林,陕西神木人。曾在《中国艺术报》《北京文学》《小小说月刊》《延河》《短篇小说》《内蒙古日报》《西部散文家》《百花园》《陕西文学界》《安徽文学》《文学港》《短小说》《小小说选刊》《微型小说选刊》《北方作家》《散文选刊》《西部》《地火》《草原》《散文百家》《新疆日报》《草地》等报刊发表 120 多篇作品。已出版长篇小说《驴路》,散文集《离箭的弦》。系陕西省作家协会会员、中国散文学会会员。

一个人的长征

——入选陕西省重大文化精品项目的《黑金白银》作者苗雨田访谈录

李建德

1. 李建德：首先恭喜苗老师的长篇小说《黑金白银》出版发行。听说你在创作《黑金白银》的时候耗时 6 年之久，在这漫长的创作时间里你是如何保持创作激情的？你在创作《黑金白银》的过程中，想必也遇到很多无奈或者烦恼的事，比如说和工作、生活的冲突，你是怎样克服或处理的？

苗雨田：文学是愚人的事业。同时，它又要求从事这项事业的人有足够的忍耐和智慧。要耐得住贫穷和寂寞，要耐得住诱惑和冗杂；要做不是思想家的思想家，要做不是哲学家的哲学家。除此而外，一个作品的出炉，特别是一个大部头作品的诞生，最主要的恐怕是非凡毅力和艰苦劳动的结果。

大约从 2003 年开始，伴随着国家发展战略的调整，低迷多年的煤炭行业神奇般地出现了明显转机。煤价一路高涨，昔日那些连过日子都成问题的"小煤窑"，如今一下子显现出了大富大贵的征兆，众多"煤老板"成了暴发户的经典案例，人们谈论最多的话题莫过于围绕煤矿而在进行着的入股、分红和暴富。作为一个所谓搞创作的本地人，每天耳濡目染着这一切，一个有关能源重化工经济发展题材的长篇小说创作构想逐渐在脑海中形成。2004 年，我的首部长篇小说《红柳林·蓝柳林》出版面世后，我就着手开始了有关这方面的创作准备，大量搜集有关煤炭大开发、大发展方面的资料和素材。同时，我集中阅读了一批文学书籍，主要是长篇小说，意图很明确，就是要更进一步在艺术上打开自己。我已经有过一次写长篇的经历，这方面的经验和教训是深刻的。长篇小说人物和内容众多，时间跨度长，其最关键的是一个结构艺术，同时也有语言选择，甚至如何开头和结尾等。而阅读可以开阔眼界，同时也在完成心理调整，排除畏怯，树立自信，顺利进入到创作状态之中。有点像在做赶考的准备。2007年冬天，我利用相对闲暇时间，正式开始了《黑金白银》的写作。按照预先设定的创作框架和提纲，庞大的工程开工了。万事开头难，小说创作更是如此。第一章，第一节，第一段，第一句话，都成了接下来创作的基调。调子定不好，就会惹来好多麻烦；相反，却能使思路顺畅，灵感突现，激情澎湃，使写作得以顺利推进。当然，作为上班族，每天我只能将一切可利用的业余时间，用在写作之中。每天用于写作的时间可能并不长，但是每天都能坚持下来，就会有一个很可观的收获。不过，若是能从事专业创作，《黑金白银》是用不了6年的，甚至在1年内就能完成。从创作角度讲，1年与6年的最大区别在于，它会使叙事更紧密、合理，更连贯、顺畅；同时，也会使作品的闪光点更多，一气呵成浑然一体的效果更加明显。

2.李建德：你的《黑金白银》是全省唯一以撰写陕北能源重化工经济发展而入选"西风烈——陕西百名作家集体出征"的陕西省重大文化精品项目的长篇力作，是当代一部描述陕北煤老板坎坷、辛酸的创业史，作品到处蕴含着陕北的地方元素。听说你为了寻找创作素材，曾多次下煤窑切身体验生活，和挖煤工人同吃同宿同工作，是这样的吗？想必遇到很多难以克服的事情吧？你能说说吗？

苗雨田：煤矿对于我来说是个完全陌生的环境，要将一个自己不熟悉的内容诉诸笔端，除了读书搜集、学习，发挥想象的才智而外，最有效、最直接的便是深入其中，有意识地去体验生活。为了创作《黑金白银》，我多次走访煤矿，去感受那里的各方面生活状况。但是，好多煤矿出于安全考虑，很少同意下井。一次，我因一个采访任务来到了陕西恒源集团的赵家梁煤矿，有幸遇到了恒源集团的副总经理郝治昌，他不但同意去下井，还详细介绍了煤矿的好多情况，使我深受感动。也就是在那次，我以郝治昌为原型创作完成的中篇小说《郝总，好总》，以封面人物发表在了《大中华月刊》，后被中国《海外文摘》2012年第2期予以转载，引起了很大反响。

3.李建德：陕西有很多成名的"大家"，写了很多作品、出版了很多集子，但还是不能入选"西风烈"这一省委省政府的重点文化精品项目。你认为你的集子入选，是具有偶然性还是必然性？

苗雨田："西风烈"是省委宣传部牵头，由省委宣传部、省新闻出版局、省作家协会、省出版集团等组织实施的陕西省重大文化精品项目。其目的就是希望通过三四年时间,筛选陕西本土作家原创作品,推出能够展示我省文学创作水平的优秀作品,形成"文学陕军"的品牌,带动我省作家进入新一轮的创作热潮。实施项目带动发展战略是省委、省政府根据全省发展实际,着眼于加快文化、经济长远发展做出的重大决策。其对象主要是面向长篇小说和报告文学。《黑金白银》是全省唯一以撰写陕北能源重化工经济发展而入选该项目的长篇之作,是当代第一部描写陕北"煤老板"坎坷、辛酸的创业史。如此说来,《黑金白银》能成功入选可以说既有偶然性,也有必然性。

4.李建德:你在创作的前期往往大量地阅读中外经典名著,这是为什么? 你认为阅读对于一个写作者来说,意味着什么?

苗雨田:上面我已经基本说到了,创作是需要有语感氛围,要有意境气场的,而阅读在某种程度上正是可达到这一目标的唯一便捷途径。每当筹划写作的时候,我首先必须进行的一项工作便是大量地阅读。从阅读中开启创作的大门,寻找创作的语感、意境,激发创作的灵感、激情。阅读对于一个写作者而言,就如同一个学生对于课本的依赖,需要不断地从书本中去学习并吸收有用的知识来填充自己,方才能考出好的成绩来。而每当我的写作突然中断难以推进之时,我便会暂且停止写作,转而开始精细缜密的经典文学的阅读,阅读中往往是一个偶然的契合点,便会将中断的令人纠结的思路彻底打开,使写作以更加飞快的速度继续向前推进。写作是行进中的游鱼,阅读是一片汪洋大海,鱼儿要想顺利成长壮大,唯有一头扎进这片无比壮阔的海洋里去。

5.李建德:你是什么时候开始创作的? 是什么力量牵引你走上文学的道路的? 是哪个人或哪本书对你的影响最大? 你发表的第一篇文章是在什么时候? 当时是怎样的心境?

苗雨田:人的一生会有无数的梦想。许多梦想大多都会被生活的激流冲淡,最终大浪淘沙,只有那么一个或两个梦想得以沉淀,并成为人的毕生追求。我曾经梦想当医生、干警察、搞乐器,但最终选择了从事写作,梦想着写出厚厚的书来让人们去阅读。这在很大程度上是我从小便爱好学习语文,也爱写作文。我常常被书中的那些美好的故事、思想和语言所吸引、感动,并最终吸引我走上了文学之路。我真正的文学创作是在上高中时候开始的,当时,我写的一篇散文《大漠的风》发在了县文化馆办的《驼峰》小报上,感觉特别有成就感。之后,有作品不断发在《塞上柳》《延安文学》《延河》等。1992年,《高原,这一场雨》发在了《陕西日报》,并获得了该报当年副刊评选一等奖。

每一本成功的文学书籍,对我来说都有积累和启发,但是对我创作最有影响的当数陈忠实的《白鹿原》。我最早接触《白鹿原》是在1992年末最后一期的《当代》杂志,仅是看了开头的一小部分,就被一种完全有别于以往时尚小说的凝重厚实的高密度的语言形式及精准到位的叙事风格所吸引。之前,我一直从事的是散文写作。此刻,我不由得在心底惊呼:原来小说语言也可以做到如此精妙厚重。受其影响,我有一种跃跃欲试的极其强烈的创作冲动。后来,我的第一部长篇小说《红柳林·蓝柳林》还真就是在反复阅读《白鹿原》的氛围中开始动笔了。近20万字的《红柳林·蓝柳林》于2004年正式出版发行;2005年又节选发表于《草原》杂志第12期;2008年该小说经改版后全文发表于《长篇小说》杂志第1期,并获得"最佳影视小说"奖。好多人说,我的这一小说有点"白鹿原"的味儿。的确,陈忠实是我最崇拜的作家之一,我受他的影响是重大的。但是,我又突然意识到:艺术的要害在于"创"新而忌讳模仿。一个在艺术上亦步亦趋地跟着别人走的人永远走不出自己的风姿。艺术创作更是这样,必须尽早甩开被崇拜者的那只无形的手,去走自己的路。《黑金白银》属于我自己真正意义上的创作,它彻底摆脱了大师们的影子,我有意识地努力建立了自己的语言结构形式。但无论如何,《黑金白银》属于现实主义范畴,有平实记叙的局限。为了进一步放开艺术视角,博采各种流派之长,创作出色彩斑斓的现实主义力作,纵横驰骋于艺术的海洋,继《黑金白银》之后,我又以神木县著名企业家陕西恒源集团副总经理、陕西宝隆集团董事长郝治昌为原型创作完成了一个中篇小说《郝总,好总》。该小说最先以封面人物发表在《大中华月刊——榆林特刊》第2期,后被北京的《海外文摘》转载,引起了一定反响,从而更加坚定了我主攻小说创作的必胜信念。任何大家的成功之作都不是一蹴而就的,包括陈老师的《白鹿原》也是在无数个作品的磨砺之后,才终而成就了这一传世之作。

6.李建德:你的创作观点是什么?在你心目中,写作是为了什么?达到自己的目的了吗?你曾说,写作是件很幸福的事情,那么这么多年,除了写作本身带给你的快乐,你有没有意外的收获?

苗雨田:我认为搞创作和工人们制造产品有相当的共同点。他们都从事着一种艰辛的劳动,他们都在渴盼自己创作出来的东西能被人认可,为人服务,进而实现自己的人生价值。作家永远是独立的个体劳动者,这种独立性的劳动非常艰苦,是不能指靠别人来代替的。作家一旦进入篇幅较大作品的创作之中,如同走入了茫茫的沼泽地,前不着村,后不靠店,似一个人孤零零地在稿纸上进行着的一场不为人所知的长征。如果没有必胜的信念和坚韧不拔的毅力,随时都有可能停止了那渺茫的跋涉。如果说创作还有那么一点甜头,那么这种甜头也只有在吃尽苦头之后才能尝到。苦尽甘来,那才是最幸福的时刻。作品在塑造艺术形象的过程中,同时也在塑造自己。对于一个从不断的追求中体验到欢乐的人,创造本身就是一种幸福。它会使人活得充实而坚强,它会使人生活热情,精神饱满,警世预言,省我渡人。

7. 李建德:你曾经写诗歌、散文,现在又在潜心创作长篇小说。这三种创作形式分别带给你什么样的感受?你偏爱哪一种?以后你准备走什么样的路线?

苗雨田:创作是生命体验和艺术体验的双重过程。每个作家对正在经历着的现实生活和已经过去了的历史生活的生命体验和对艺术不断扩展着的体验,便构成了他的创作历程。每个人根据其不同的体验,表现主题的不同,以及自己身体、心理等不同状态,可以选择不同的创作形式。而每种创作形式,都完全是个人的一种独特的创造性体验。无论你选择哪种创作形式,这种体验的感受是一致的。就我个人而言,我比较喜欢小说这种艺术形式,因为,唯有小说这种载体,才可直抵生活本质,才可直达生命深渊。目前,我已经出了两部长篇和几部中篇小说,今后,我打算再多写几部中篇,力争在有影响的国家级刊物发表,努力闯出自己的一片创作新天地来。

8. 李建德:你的作品素材大多是以本土文化和地域特色为背景的,说明你对家乡很热爱,对生活很热爱,对周边的人和事很关注,是这样的吗?人在年轻创作的时候,很怕带上本地的味道,但似乎随着年龄的增长,创作中越来越离不开自己的故乡。你觉得是这样的吗?

苗雨田:是的,创作就是人的一种生命体验,好多时候都是在回忆中来完成的。我们的生命来自何方?是故乡。一个人的创作,一旦远离本土文化和地域特色,一旦远离了故乡的味道,那样的创作就会显得苍白无力,索然乏味。还是那句话,越是本土的,才越是民族的。那我们何必要舍近求远呢?

9.李建德:我们身边很多作家的作品,都被改编成电影、电视剧、话剧。你有没有动过心,想把你的小说改编成另一种文化载体?

苗雨田:我的第一部长篇小说《红柳林·蓝柳林》在号称中国影视第一刊的《长篇小说》杂志2008年第1期刊发后,好多影视公司意将这部长篇小说改编为影视剧本。后来,因为费用问题无法落实而搁浅。其实,一部作品改编成电影、电视剧、话剧等,就是个钱的问题,是市场运作的过程,艺术层面是没有问题的。

10.李建德:身边有很多人时常叹息:文学已死。当然了,还有另一部分人说,文学从来没有像现在这样繁荣,这样多层面、多元化的发展。你更认同于哪种说法?你是如何抵制来自各个方面的影响的?

苗雨田:在这个金钱至上的多元化时代里,不可否认的一个事实是,文学的确已被边缘化了。一方面是,当代人被电视、网络等其他娱乐形式从文学作品前拉走了不少;另一方面是,人们普遍被吸引到了一场近乎疯狂的逐利怪圈。评论一件事情,看待一个人,标准是,除了金钱,其余的好像都不重要了。商潮对这个时代的冲击是前所未有的。但是,尽管如此,文学依然繁盛。一个很简单的事例就是已经悄然兴起的"国学"热,积极倡导的"书香"热,努力创建的"文化"热等。

对于我个人而言,既然选择了文学这一事业,我就必然会沿着这条道路一直走下去。我始终坚信:那些成功者并不是因为他们比普通人多么有才干,而只是比普通人更有锲而不舍的精神和坚持到底的勇气。人的成功在于,少开挖太多的井口,而只需将认准的一处井口以必胜的信念一直坚持挖到底,甜美的甘泉便会自然可得。

11.李建德:你觉得在我们的这一时代,文学存在或发展的意义和价值在哪里?

苗雨田:文学是一个国家、一个民族存在的理由,是信仰之所在,它在某种程度上代表着一种天意,昭示着我们的未来。无论我们怎样发展,无论我们如何进步,最终都需回归到精神层面上来。很难想象,一个没有文学的民族,能够久远地存在。

12.李建德:在神木县域经济飞速发展的今天,有人说时代变迁了,人在变,文学也在变,你觉得神木现在的文学处于何种境地?你是怎样认为的?

苗雨田:经济在飞速发展,时代在骤然变迁,伟大的时代,就应该产生伟大的文学作品。文学应该为美好的时代鼓与呼,为光明的未来展望预言,为一路向前探照引航。神木的大发展、大繁荣,史无前例,令人振奋,客观上为文学创作提供了太多极好的素材。文学记录生活。作为每个有志于文学创作的人,特别是神木人,理应用我们手中的画笔来描绘出我们身边的发展巨变。我想,在不久的将来,神木一定会有伟大的作品问世。

李建德,笔名若戈,中共党员,陕西省作家协会会员。1985年出生于神木县,大学学历,退役军人,爱好散文、诗歌创作,作品散见于媒体报端,2010年涉足新闻行业,现供职于神木报社。

陈忠实老师给我写书评

苗雨田

新年伊始，我便因小说稿一事，一直在神木和西安两地奔波。后来，这一以刻画"煤老板"由贫穷走向富裕的奋斗史诗的长篇小说《黑金白银》终于通过专家组的评审，成功入选由省委宣传部、省作家协会、省出版集团等组织实施的陕西省重大文化精品项目"西风烈——陕西百名作家集体出征"系列丛书，从而成为全省唯一以撰写陕北能源重化工经济发展而入选该项目的长篇之作。在小说最终定稿之后，按照"西风烈"的成书要求，还需请人来为小说写个书评，拟在书的封底刊用。几经考虑，太白文艺出版社决定邀请中国作协副主席陈忠实为《黑金白银》作书评，因为陈老师同时也是"西风烈"项目的专家评审组成员。为慎重起见，出版社在将书稿寄给陈老师过目的同时，通知我主动去和陈老师进行沟通联系。当太白文艺出版社的闫瑛编辑将陈老师的手机号码告诉我时，我当时既欣喜激动，又不知该如何去拨通陈老师的电话。

和大多数的读者朋友们一样，真正认知陈老师是从他的长篇小说《白鹿原》开始的。我最早接触《白鹿原》是在 1992 年末最后一期的《当代》杂志，仅是看了开头的一小部分，就被一种完全有别于以往时尚小说的凝重厚实的高密度的语言形式及精准到位的叙事风格所吸引。我甚至在心底惊呼：原来小说语言也可以做到如此精妙厚重。受其影响，我有一种跃跃欲试的极其强烈的创作冲动。后来，我的第一部长篇小说《红柳林·蓝柳林》还真就是在反复阅读《白鹿原》的氛围中开始动笔了。近 20 万字的《红柳林·蓝柳林》于 2004 年正式出版发行；2005 年又节选发表于《草原》杂志第 12 期；2008 年该小说经改版后全文发表于《长篇小说》杂志第 1 期，并获得"最佳影视小说"奖。好多人说，我的这一小说有点"白鹿原"的味儿。的确，陈忠实是我最崇拜的作家之一，我受他的影响是重大的。但是，我又突然意识到:艺术的要害在于"创"新而忌讳模仿。一个在艺术上亦步亦趋地跟着别人走的人永远走不出自己的风姿。艺术创作更是这样,必须尽早甩开被崇拜者的那只无形的手,去走自己的路。《黑金白银》属于我自己真正意义上的创作,它彻底摆脱了大师们的影子,我有意识地努力建立了自己的语言结构形式。但无论如何,《黑金白银》属于现实主义范畴,有平实记叙的局限。为了进一步放开艺术视角,博采各种流派之长,创作出色彩斑斓的现实主义力作,纵横驰骋于艺术的海洋,继《黑金白银》之后,我又以神木县著名企业家陕西恒源集团副总经理、陕西宝隆集团董事长郝治昌为原型创作完成了一个中篇小说《郝总,好总》。该小说最先以封面人物发表在《大中华月刊——榆林特刊》第 2 期,后被北京的《海外文摘》转载,引起了一定反响,从而更加坚定了我主攻小说创作的必胜信念。任何大家的成功之作都不是一蹴而就的,包括陈老师的《白鹿原》也是在无数个作品的磨砺之后,才终于成就了这一传世之作。

由对《白鹿原》的钟爱,进而对陈忠实老师本人由衷的钦佩。这次以小说《黑金白银》为媒,能和陈老师进行一番创作构建与交流,我深感荣幸。陈老师是大师级名家,每天有无以穷尽的应酬,为了不太惊扰于他,在通话之前,我先发了个短信,说明来意;恳请陈老师看在扶植新人的份上,在看过小说之后,做个书评。令我万万没有想到的是,短信发出去不多时,陈老师给我打来了电话,如同久已相识的文朋好友,没有丝毫所谓的"大家"的架子,令人肃然起敬。陈老师在电话中以一腔地道的关中口音说,他会尽快将我的书稿看一遍,然后尽快将书评写好给太白社总编辑韩霁虹寄去刊用。他说,现代青年作家写诗歌、散文追求时尚速成的居多,能潜心下功夫从事小说创作的越来越少,他希望我能继续坚持大部头作品创作,并尽其所能地支持我帮扶我……陈老师的关怀厚爱令我备受感动与鼓舞,永生难忘。

这次通话一周之后的一天晚上 8 点钟左右,我的电话再一次响起,一看是陈老师的长途电话,我本想挂断后回过去,以示歉意,但仓促之中还是不敢有片刻耽搁地接通了电话。一个亲切而熟悉的声音再次响起:"……你的小说《黑金白银》写得很好,有生活,有思想,有功底,能在陕西省重大文化精品项目'西风烈'出版,物有所值。书评我已写好,可以刊用。年轻人 ,好好地干,将来会大有作为,大有希望的。再有需要我帮助的,可直接电话联系。"我还要说些感激涕零的话语,却没有来得及;我一只手紧紧地攥着电话,激奋的情怀久久难以平静,一股前所未有的力量悄然滋生。

陈老师在书评中写道:长篇小说《黑金白银》让人第一次近距离真切体味出我们是如何富裕起来的,引发人们对富起来之后终究该走向何方这样一系列活生生的社会价值观、人生观的锐利反思。小说最可取之处在于对主人公"煤老板"王二丫的客观描述和准确把握。煤炭行业的发展是中国社会大转型、大发展中的一面镜子,一个缩影。小说以物质的富裕甚至畸形,深刻呼唤精神的昂扬与升腾,情真意切,忧患于心,重责担肩,让我们在阅读的过程中不断生发出似曾熟知却并不明晰的多元意向,有种久掩书卷意无穷的无尽感慨。

陈老师的书评可谓一语中的:无论我们怎样发展,最终都需回归到精神层面上来。

苗雨田,男,20 世纪 70 年代出生于陕西省神木县。曾在学校任教,后做媒体记者。现为陕西省作家协会会员,中国《长篇小说》杂志签约作家,神木县作家协会副主席。

作品发表于《长篇小说》《陕西日报》《包头晚报》《延河》《草原》《延安文学》等。曾获《陕西日报》副刊评选一等奖、《长篇小说》杂志"最佳影视小说"奖等。出版长篇小说《红柳林·蓝柳林》《黑金白银》。长篇小说《黑金白银》入选"西风烈——陕西百名作家集体出征"的陕西省重大文化精品项目,中篇小说《郝总,好总》在《大中华月刊》2012 年第 1 期发表后,被国家级大型刊物《海外文摘》2012 年第 2 期予以转载。